校长问业

张义宝 著

辽宁人民出版社

图书在版编目（CIP）数据

校长问业 / 张义宝著. -- 沈阳：辽宁人民出版社，2024.9. --（校长说）. -- ISBN 978-7-205-11310-0

Ⅰ. I267

中国国家版本馆 CIP 数据核字第 2024X8Y967 号

出版发行：辽宁人民出版社
地址：沈阳市和平区十一纬路 25 号　邮编：110003
电话：024-23284325（发行部）　024-23284300（发行部）
http://www.lnpph.com.cn

印　　刷：沈阳海世达印务有限公司

幅面尺寸：170mm×240mm

印　　张：14

字　　数：220 千字

出版时间：2024 年 9 月第 1 版

印刷时间：2024 年 9 月第 1 次印刷

责任编辑：张天恒　王晓筱

装帧设计：识途文化

责任校对：吴艳杰

书　　号：ISBN 978-7-205-11310-0

定　　价：68.00 元

目　录
Contents

1

◎ 研无遗力，
　　功夫始成

◎ 未来已来，
　 将至已至

不忘初心，立德树人

七彩德育自主化　五育融合一体化

——在 2021—2022 学年度第一学期学校迎接朝阳区德育专项调研时的汇报（2022 年 1 月）

就学校的"双减"工作，我的汇报包含两个角度：一是对过去 10 年的回顾以及对传承方向的思考；二是在"双减"背景之下，如何进一步彰显润丰九年一贯制的特色，能够把时代赋予润丰的历史使命担当好、发扬好。"五育融合"是落实全教会精神，"七彩德育"是在总结润丰过去 10 年经验的基础上，面向新 10 年的新发展。

一、德育省思录

"十四五"期间，学校一直在积极思考如何面对"双减"背景，如何把"和谐教育"秉承好、创新好，在这个基础之上确立新的挖掘、成长空间。面对"双减"时代对学校育人更高的要求，要具有更加现代的教育视野，来审视学校以和谐教育为引领的教育，从"课后服务课程化，双减方向自主化，校本推进机遇化，教育生态创生化"维度破解人才培养难题，深耕润丰德育品牌。

（一）德育架构体系化

润丰德育体系中间聚焦的是全面和谐发展，关键是和谐，落地在全面，方向为发展，"为中华之富强而读书"，吻合了第二个百年目标，从富起来到强起来的"中国梦"，与国家民族培养人才的目标紧密相连。围绕这个方面学校德育目标（学生发展目标）提出了"立志、自律、友善；诚信、合作、创新"的润丰学校德育十二字校本化学生发展核心素养，以及"崇德修身、文化知识、身心健康、艺术修养、劳动素养、科学素养、社会公益"七个方面的能力提升，最后落地学校七星少年的星级评价的综合素养一体化培养上，以五个维度贯通式的养成方式，借由学校的和谐文化、七彩课程、全员育人以及十二个主题活动月，形成了和谐一体又有理论支撑的德育体制。这个体制特别彰显了习近平新时代中国特色社会主义思想，还特别彰显了"五育"。

（二）德育渗透学科化

2018年9月10日，习总书记在全国教育大会上明确指出，德育有三个途径，第一个是思想政治课课程，第二是各个学科的知识传承教育，第三个是社会实践活动。第一条和第三条都相对容易操作和落实，难点或者说重点是占据孩子每天大约80%以上在校时间的课堂，而且是各个学科的课堂。没有学科育德，就难以让教育教学的"两张皮"合二为一，因此学校依托区课堂评价标准3.0版，梳理学科育德要素，将标准1和16（立德树人、价值引领）作为课堂评价的重点，重视课堂教学对学生精神价值和行为习惯的养成和引导，将每一节课都当成一个新机遇，实现学科育德三个维度（横向、纵向、立体式）的全面融合和渗透。新10年，学校将"问学课堂"模式作为课堂教学改革的重要抓手进行推进，通过"问学"的实施，将四个权利（提问的权利、研究的权利、评价的权利、成功的权利）还给学生，通过模式变革激发学生自主学习、自主管理、自主发展的主动性和积极性，以课堂为媒介，引导学生树立远大理想，形成自主发展意识，争做"三个小主人"。同时作为九年一贯制学校，组建"九年四段"大学科研究部，将九年贯通整体设计、整体实施、整体评价，以整体发展的视角审视和指导学生更优地成长，在学科贯通中落实立德树人根本任务。

（三）德育实施课程化

学校的课程为实现"全面实施素质教育，为实现立德树人的根本目标"而设置，以学生实际发展需求及学校新时代的育人目标为出发点，在原有"三级七彩"课程体系基础上，拓展创生"五五"（AI课程、美健课程、戏剧课程、国学课程、双语课程）德育实践特色课程，分别指向学生各方面的培养需求，丰富了学校课程育人体系。

积极设计、开发丰富的课后服务选修课程（包括：艺术类、体育类、科技类、实践类、文化类等40多门），为学生提供个性化菜单式选择。更重要的是学校将德智体美劳五育整体规划到"九年四段"一体化德育课程建设中，强化德育为先的课程建设理念。通过打造一贯制课程架构引导学生学习中华传统文化，传承优秀红色基因，提升实践创新能力，涵养审美情趣，锻炼身体素质，形成积极自信的心理品质，培养学生的公民意识和国家认同感。

（四）德育管理一体化

"双减"背景下，学生在校时间变长，学生个性化需求变多，家长对学校教育质量的关注度越发提升，让学生爱这些都是学校教育必须面对和破解的"重难点"。如何充分利用好"双减"政策的红利，充分发挥学校德育的价值引领、行为养成、文化浸润的效能，真正实现学生在润丰一至九年级贯通和谐发展的目标，我们从机制模式创新、理想信念引领、学生自主管理、丰富活动供给、家校协同共育等方面做了有效的尝试，"双减"背景下润丰德育管理一体化建设初见成效。

二、双减进行时

目前学校提出了"双优""双减"这两个概念，"双优"是目标，是高质量的保障；"双减"是根本，是要通过变革赋能达成的。

（一）学校基本理念

学校的办学理念前瞻而优秀，基于和谐教育的本质追问，进一步提出在面向新时代，特别是错综复杂的国际环境时，育生目标要更加聚焦，因此提出了和谐教育的本质是一种竞合关系，形成了理念的"谱系化"。"把润丰办成让家长放心地把孩子和孩子未来托付给我们的学校"这个办学愿景，我将它总结为两个词，第一个叫"放心"，第二叫"托付"，放心是现在，托付是未来。在这个基础上，我们确立了学校的教育理想是"让学校成长为孩子一生当中到过的最好地方"，这个理想即我们的育人目标——培养有竞争力的现代中国人，竞争力就是"才"，就是拔尖创新，就是具有原创精神的人才。

（二）学校对"双减"的深度思考

结合学校理念和"双减"带给学校的改革冲击，需要思考四个问题：第一个问题，究竟为什么要强烈地推进"双减"落地？第二个问题，"双减"时代，润丰学校面临着新时代质量强校的历史使命，到底路在何方？第三个问题，润丰"新基建"这个新兴概念是我在去年8月28日提出的，而教育部的"新基建"概念是今年7月1日提出的，为什么我能提前一年预设到这个问题，而且有配套的举措，可以如此吻合一致，学校全体老师的"勤""慧""志"是否能够做到学校新基建的"宁静致远"和"行稳致高"？第四个问题，质量跨越发展是在"双减"背景下，既然有减法辩证法的存在，必须有隐形的加法、乘法和除法，这些法则藏在哪里？如何应对？我们必须提前思考，提前有招数。那么如何思考？思考路径又是什么？

（三）结合"十四五"规划落实"双减"任务

树立"双减"是机遇的信念，去年就提早规划，安排工作，构建"三步四段十五年的发展路线图"，将过去10年和新10年做了一个总体架构体系，规划内涵新校。今年进入第二阶段——打造质量强校，这将需要三到五年的时间。第三个阶段是构建品牌名校。第四个阶段回归初心，回到真正的学校，完成一个闭环流程。

（四）构建"双减"新生态

"双减"目标是新时代服务学校发展的新征程，学校需要围绕跨越式发展和清晰化举措来落地以构建"双减"新生态，要继续构建学校"一体双翼两擎双部"的治理新机制，构建教学质量提升机制化建设，逐步探索创生建构配套的"十个"校本机制："一主四辅"的零整机制、"一体双翼"的A型机制、"两部双擎"的飞体机制、"三兵合一"的竞合机制、"三层多元"的研究机制、"三时定量"的公示机制、"三级共享"的建构机制、"四课合一"的成长机制、"四方驿站"的服务机制、"五位一体"的融通机制，形成润丰校本教研结构图；构建"校本培训"新模式，以备课组为核心，形成教研组和大学部、研究院，再增加年级组、专家组和监控组形成"一核六维"的校本教研结构。

"双减"没有先例，它将是跨时空的影响未来中国教育10年到30年的一个变革，必须要有自己的创新能力，做出最明智的选择——靠自己，做自己的主人，会学习、会创新、会管理。作为润丰学校新 10 年发展和"十四五"发展的开端，还有很长的路要走。相信在教委的领导和专家指引下，在润丰全体教师的共同奋斗下，在学校和家长的共同配合下，润丰学校一定会更加和谐、积极、阳光、健康。

刚才，两位领导对我们的汇报给予了热情的鼓励和表扬，对学校"双减"工作，尤其是对学校德育的过去 10 年的一体化学校给予了高度的认可，对学校德育工作做了全面的肯定、鼓励和建议，让我们深感获益匪浅，为我们送来了温暖，提出的意见建议给我们指明了方向。

第一，领导对学校德育工作的肯定对我们来讲是一个巨大的力量。在学校转型的关键时刻，从德育角度入手，实际上对学校全面工作都进行了一个审视，领导的鼓励对我们来讲是在关键的时刻一种支持，使我们感到振奋。

第二，领导对学校工作的建议，让我们看到了润丰未来这篇文章还能够精加工、细琢磨，还有进一步优化的空间，同时也让我们看到了领导对我们期望，希望我们新任的领导成为新时代的教育家，我个人理解是要有教育家的情怀、教育家的志向，才能够更加担当。我相信这种期望不仅是对我个人的，还是对我们班子的认可，更是对我们一年来学校全体干部、老师，包括学校、家长的一个认可。领导对学校在发展规划当中，基于德育的五个融合的教育思路提出了进一步的要求，这个无疑是一个高端的引领和一个鲜明的导向，让我们无比振奋。

第三，领导对学校德育生态建设工作的指导，对我们来讲是鼓舞和振奋。因为从某种意义上来讲，我们有自然的生态、教育的生态，这些形成了国家整个发展的新生态，即育人环境。新生态的孩子应该是什么样，或者说现在培养孩子能够为未来这些新生态做出什么贡献，我认为这将是一个大文章，教育就是做未来的事儿，这真令人振奋！

第四，领导建议学校在现有基础上能够总结经验，提升发展，形成一个市区的典型案例，这对我们是极大的鼓舞，更是振奋！会后我们将立即召开相关的专题会议方案，进行更精准的修缮和完善，我和书记一定会亲自抓，尽快落实。

最后，再次感谢两位领导对学校的鼓舞，感谢两位特别智慧地提出来的建议。还是那一句：十分振奋，天冷的季节温暖的感觉，当然是振奋的，新老朋友相见在这样一个时空，当然是振奋的。

爱满天下　学做真人：大思政党员教师的意义

——在 2022—2023 学年度第二学期中学文科党支部新党员发展大会上的讲话

（2023 年 6 月）

今天，我很高兴看到又有一名新的党员，成为党组织这个战斗队的新成员，而且更让我高兴的是这位新党员是思政学科教师的背景，所以，就以"爱满天下 学做真人：大思政党员教师的意义"为题，有三句话与大家分享。

一、"捧着一颗心来，不带半根草去"。这是一种大思政党员教师之心——党旗所指，大思政所向

我认为这句话中所说的"心"就是"大思政之心"，也是"爱满天下，学做真人"的"陶行知精神"，这是一种核心思想。

通过崔文雯同志的入党志愿申请，通过刚才入党介绍人包括各位党员对她的评价，以及支部大会的决议，都表达了作为新时代党员教师的大思政之心，应该是"大思政所向"就是"党旗所指"。

今年 5 月，习近平总书记在中央政治局第五次集体会议学习上，第一次就"教育强国"作了全面的论述，在这个论述当中可以鲜明地看到，这是党的二十大之后就"教育强国"中央政治局做一个专题会议学习，这还是第一次，也是党的十八大以来和新时代以来，习总书记关于中国特色社会主义的教育思想的最全面最纲领性的论述。习近平总书记多次提到"国之大者，党之大者"就是要坚持中国特色社会主义的基本制度，要坚持中国共产党的领导。作为担当"立德树人"这样一个光荣使命的"为党育人、为国育才"的教育同人，尤其是大思政教师队伍，更要旗帜鲜明，毅然决然心之所属地指向这个主题，这也是教育落实"为党育人、为国育才"这个目标的关键角色，关键少数。无法想象一支党员不占主体的大思政教师队伍，如何才可以担当起"立德树人"这样一个重要使命。

反过来拥有一支"为党育人、为国育才""捧着一颗心来，不带半根草去"的大思政教师的成群结队，这样的旗帜鲜明的党员教师队伍，这一定是"爱满天下，学做真人"的教师队伍建设的根本所在，也是大思政党员教师的核心利益。在即将迎来建党 102 周年的党的生日前夕，崔文雯同志能够光荣加入中国共产党，我本人表示热烈的祝贺！

二、"没有激情，任何伟大的事业都不能完成"，这是一种大思政党员教师之情——党性所在，大思政所策

在这里，我想特别表达的是党性所在，也就是大思政之策略和规矩。没有激情的事业，不能召唤别人，拥有激情的人，才能对伟大的事业，火红的年代和美好的憧憬，能够达到知行合一。大家在刚才的评价当中，对崔文雯同志有一个典型的描述，就是"风风火火，热情四射"。

作为一个青年女教师，青年思政教师，我认为这是她的一个个人风格，但是我认为这是新时代或者说激情燃烧岁月所需要的这样一种青年教师或者从业者的基本素养，尤其是在新课程变革这种环境之下，如何营造学生喜欢的课堂？如何培养出拥有创新精神、挑战能力、批判意识、合作精神的这种优秀品质的未来学子？没有一个具有正确价值观，充满激情的党性所在的党员教师引领，是不能实现这个目标的。为什么习近平总书记讲大思政，要改变"说条式"，要改变那种"输入式"，要改变那种"两张皮"的思政等学科教学的陋习，要摒弃不联系生活实际，不追求科学真理的陈旧教法。因此在这种背景下，理解当下时代的"党员"意义，它可能还要有一种规矩，这种规矩跟激情之间是辩证关系，但是，如果因为"规矩"就失去了"激情"或者充满了"教条"，或者说不能够进行思想的解放，人性的优性张扬，那就不能实现当下时代，特别是互联网人工智能下的GDP 时代，思想自由的青年一代学生的正确培养。同样也正要拥有这种激情之策和党性之规，才能够对这样一个新时代的学子更加关注他们的道德伦理，他们的德行和谐成长，他们的家国情怀竞合创新。我想这样一句话，就是大思政党员教师存在和壮大的意义所在。

三、"生命需要燃烧，激情教育更需要燃烧激情"，这是一种大思政党员教师之育——党魂所驻，大思政所归

党魂所在，或者党如何永驻我心中，加入这个组织，这应该是大思政教育，更需要回归生活，或者生活当中处处是教育，让党员教师大思政的教育，在从业的教育过程当中，能够燃烧起这种生活的激情，从生活当中汲取营养，燃烧自己，也点亮别人。因此如果说崔文雯同志的典型特征，正如大家所评价的是一种"激情"，应该是一种"为党"的"红火"，是一种"育人"的"风格"，我想这是满满的"正能量"的原点和起点，这是十分宝贵的灵魂，值得张扬，要保护这个"初心"，张扬这个"善心"，光大这个"爱心"！我觉得成为一个大思政个性化教学风格的优秀党员教师、学科骨干教师，乃至未来在道法学科的名师，道并不在远，路就在脚下，以崔文雯同志为代表的学校道法学科团队，已成为学校拔尖创新人才培养的质量强校生力军，尤其是九年级中考的优势学科，加工学科或者说是跨越学科的这样特别能战斗，特别能奉献，特别能胜利的团队的优秀传统、优良作风，希望崔文雯同志能够继续保持和发扬这个团队的好传统、好作风，未来无论从事什么样的岗位，处在什么样的环境，这应该是学校道法学科组、文综大学部、文科党支部、初中团队，乃至润丰学校整体教师团队这样的"激情燃烧、教育智慧、生命价值"的团队的杰出代表者、优秀传承者、卓越创生者！这是党魂永驻，价值归依，因为这样一种"大思政党员教师之育"，无论从她的品格和能力相合一角度，我认为是可以再造的，可以完善的，也正如大家所提出来的，能够更加辩证成就你富有风格、能够大踏步前进的优秀名师，期待你百尺竿头更进一步，更期待你青春永在，活力四射，再创师生伟大成就的新篇章！

祝愿初中文科党支部党员教师曾经、正在、将来的"爱满天下　学做真人"的大思政党员教师更加熠熠生辉！更加璀璨夺目！再次祝贺今天的党员发展大会圆满成功！

"教育家精神"的"神来之笔"与"荣誉之歌"

——有感于 2023 年习总书记"教育家精神"教师节寄语
——在第 39 个教师节座谈会上的发言
（2023 年 9 月）

在第三十九个教师节来临之际，习近平总书记对教育家和优秀教师身上体现的教育家精神作出全面概括："心有大我、至诚报国的理想信念，言为士则、行为世范的道德情操，启智润心、因材施教的育人智慧，勤学笃行、求是创新的躬耕态度，乐教爱生、甘于奉献的仁爱之心，胸怀天下、以文化人的弘道追求"，这是对全体教育工作者的极大鼓舞和鞭策。

十八大以来，总书记从新时代第一次全国教育大会提出立德树人的"为谁而教，为何而教"的教师职业振聋发聩的灵魂考问到"心无旁骛求知问学"的"教什么、怎么教"的教师职业内在关联的本质哲问；从"四有"好老师、"四个"领路人的"两四"教师职业定位，到"为党育人，为国育才"的"两为"教育初心使命的鲜明主张；从"经师""人师"的"双师合一"的"大先生"的历史传承，再到"心有大我、至诚报国，言为士则、行为世范，启智润心、因材施教，勤学笃行、求是创新，乐教爱生、甘于奉献，胸怀天下、以文化人"的"六位一体"的精准提炼，这既是对新时代以来教师队伍建设的价值引领、殷殷期许，也是对教师队伍建设的递进期许、成就肯定，这更是对"教育家精神"的高端品行大家风范的全面概括，这是教师队伍的优质卓越"教育家精神"的群体塑造，这是总书记对教育、对教师的"教育家精神"系统画像的核心所在，也是问题提出的关键所在，极为重要，也是极为宝贵的。这是党的十八大以来总书记把教育教师的教育强国建设与中华民族伟大复兴这样一个中国梦的光荣使命内在关联一语中的。

作为教育工作者，广大教师应该怎么样来定位自己？面向未来。这是值得我们深入思考深度研究和深耕践行的。应该说，从全国教育大会以来的历次论述，已经开启了一个新时代的教育的、最好的、重塑的再造平台和重构策略。这么多年来，每逢教师节或者在重要的时刻，总书记对于教师这一份光荣的职业，给予新时代更前瞻的、更深刻的、更系统的崭新论述，可以看出这样的脉络和轨迹，也就是说，从教师的定位、职责使命，以及教师发展，甚至于中华民族伟大复兴这样一个重要的使命的完成，教师队伍成长和教师队伍建设都是重要地位和关键领域。新时代以及十八大、十九大、二十大以来，总书记在教师节先后发表的重要谈话，我们可以看出都是一脉相承的。从"四有"好老师，"四个"引路人，这个教师基本方位、基本定位，为教师的发展提出了基本的要求，再到我们"为党育人，为国育才"的教育使命的"两为"初心使命的旗帜鲜明，再到既要做经师也要做人师的大先生的古今纵览、中外视域，纵观中国的中华文化，基于新时代的"大先生"的教师宝贵定位的古词新用的精妙解读，更有他的独特的历史、现在和未来视角。也是教育的中华优秀传统文化的自信表达，这是宝贵的历史传承与时代创新；这是对中华优秀传统文化，乃至教育者教育人的文化自信的大先生的历史传承，也是中华文化、教育文化、教师文化中华民族自立世界民族之林的自强主张。如果说，"大先生"已经是一种文化自信的新时代的教师图谱的话，这次教师节前夕的关于教师"教育家精神"的一声呐喊，应者云集。我们可以看出这样的重要论述，将是今后教育教师建设之于"教育强国"责任担当和时代使命的一个纲领性的嘹亮之歌，这是对当代教育工作者的精神价值追求的更高层次的殷殷期待，一脉相承的纲领性和一呼百应的交响曲。

"心有大我，至诚报国"是"有理想信念，做学生奉献祖国的引路人"的"教育家"的信念，这样的理想之光是家国情怀，家我一体的，闪烁的是中国特色的"教育家精神"的理想之光；"言为士则，行为示范"是"有道德情操"的"教育家"的情操，这样的心神之力是大德美德，道德一体的，传承的是中国特色的"教育家精神"的心神之力。

"启智润心，因材施教"是"有扎实学识，做学生学习知识的引路人"的"教育家"的育人智慧，这样的"学识"之举是"人人皆可尧舜"的，闪烁的是中国特色的"教育家精神"的灵魂之师、天性之能。这是一种"经师"之术，这样的育人智慧是"教育家精神"重要的一种专业特质，实际上是一种教育方式，是尊重儿童、尊重生命的儿童观、教育观。我觉得这一点是特别重要的，也就是说我强调的"人人都是拔尖者，个个都是创新人"的培养拔尖创新人才特别倡导和践行的，人人皆可，个个优秀，人人皆是拥有天性潜能，个个都是奇迹伟大创生者，这是自然法则、文明法则、也是宇宙法则、教育法则。这是"教育家精神"的专业素养和"大家"智慧天地、方圆天地。

"勤学笃行、求是创新"是"做学生创新思维的引路人"的"教育家"的躬耕态度，这样的耕作之作是"日出而作，日落而息"的，闪烁的是中国特色的"教育家精神"的教育的初心之初、使命之使。这样的遵循生命成长规律、遵循教育生长之规律、"躬耕态度"实际上是"教育家精神"的特别需要的一种教育生态。我们要把教育作为"农业"，润物细无声，更是应该把孩子都看成是创造之子，天然之子，人人都是最好的，人人都是富有生命力的。

"乐教爱生，甘于奉献"是"有仁爱之心"的"教育家"的大爱，这样的大爱之乐是师者之乐，乐在其中的，传承的是中国特色的"教育家精神"的不亦乐乎。这样的一种"仁爱之心"是"教育家精神"的奉献之歌，是不思回报的，是难得的爱心起点，这也是人工智能时代，人类智能的教育高地、育人根本，是爱满天下、爱满人间的大爱之声，这值得我们特别关注。

"心怀天下，以文化人"是"做锤炼品格的引路人"的"教育家"的格局，这样的格局之格是战略高地，人师之歌，传承的是中国特色的"教育家精神"的天人合一；这是"大先生"谓之"大者"的应有要义，就在于"人类命共同体"天下大同，和谐万邦的"弘道追求"。我觉得这是这一次总书记论述教师的"教育家精神"的特别亮点。也就是说，我们教育家要站在百年、千年人类历史长河的这个角度来定位、来深思。我们不一定做到人人都是教育家，但是"教育家精神"，也是人人都应该值得拥有的。以文化人、胸怀天下，也是我们中国教育优秀传统文化，是教育对世界的文明建设的独特胸怀和崭新贡献。因此，"心怀天下，以文化人"弘道追求，更应该是元宇宙时代、ChatGPT 时代我们"走进世界舞台正中央"，实现中华民族伟大复兴中国梦的教育工作者的应该有的世界格局、人类智能和宇宙大道。因此，"为人民谋幸福，为民族谋复兴，为世界谋大同"的教育之"党之大计、国之大者"的育人初心和使命更有未来价值、人类价值、智能价值，

一句话，这次总书记的"教育家精神"教师节寄语倡议，是一种"弘道追求"，恰逢其时，正当其理，是特别的精妙之处、精彩之处、精当之处，更是神来之笔，荣誉之歌，必将给予我们当下的教育工作者以深刻启迪和实践赋能，也一定会成为我们"教育强国"高质量发展的教师之歌、时代之歌和胜利之歌。

不积跬步，何以千里

弘扬精神　坚定信心　善于学习　勇于革命

——在 2021—2022 学年度第一学期中学部开学工作启动会上的讲话（2021 年 9 月）

过去一年，初中部的工作，取得了优异的成绩，九年级毕业班中考成绩实现了质量的历史性跨越提升，我想用 3 个词来概括：

一是团结进取。初中部是一个非常团结的集体，大家彼此帮助，积极向上，这一点一直都是初中部的亮点，为大家点赞。

二是拼搏冲刺。过去的一年中，初中部各个年级，特别是九年级渐入佳境，整个年级都洋溢着"拼"和"冲"的气氛。教师、学生、家长一起向极致努力，为大家点赞。

三是定标创优。初中部三个年级的共同特点就是大家敢于定标、心中有标，"标"就是数据，"标"就是学生，"标"更是未来。正是因为有标，才能在过去的一年获得各种突破。创优是什么？创优就是依据定标，挖掘学生潜能，让他们更加优秀，这也是本学期初中部的重点工作之一。初中部的全体教师干部一定要敢于创优，牢记"王侯将相宁有种乎"。

面对存在问题和新学期的前进方向，我想用 3 个词来表达：

严峻。各类数据表现出的形势还很严峻，尤其是个别学科。大家必须要有清醒的认识，明确自己要弥补的不足和要弘扬的优势，要为自己制定更高的目标。

艰巨。面对当前年级的问题，面对"双减"的新要求，面对国家未来的新需要，面对各个方面需要落实的细节，任务是艰巨的。

信心。因为只有认识到问题的严峻性、体悟到任务的艰巨性的时候，才能更好地突破自己，过去一年九年级的成功实践与奇迹创造更是初中部的信心之证。大家一定要坚定信心，学习传承 2021 届九年级的"团结进取、拼搏冲刺、定标创优"三大精神和经验，坚定意志，创造属于 2022 届的新奇迹！

为此，在这里用三句话与大家共勉：

"一切皆有可能"，这就是有信心之基。怎么让一切皆有可能？就是"把不可能的成为可能"，这是一个具体目标。怎么让不可能成为可能？"学习可以改变一切"，一定要去学习，一定要谦恭地学习，老老实实地学习先进经验和拼搏精神。

定标，要有三轮定标。第一轮目标自上而下定，根据学校的"十四五"发展目标来定，根据学校新学期工作计划来定。第二轮目标自下而上定，由老师根据学校年级制定的目标，结合自己的实际和需要来定，研讨辨析，再反馈上来。第三轮目标自上而下定，整理收集老师反馈上来的目标，年级审议，上报学校通过，然后再次自上而下，下达全体老师共同执行。

改变，改变有三种状态。依据所处层级和变化节奏，第一叫变革，第二叫改革，第三个叫革命。对不同的老师、不同的学科应该用这改变当中的不同概念。有关老师一定要敢于刀刃向内，咬牙进行自我革命，由内而外真正改变自己。

自信自主：开启"双优"质量新征程
重构"双减"强校新生态

——在 2021—2022 学年度第一学期教育教学工作会上的讲话
（2021 年 11 月）

今天学校举行新十年的第一次教育教学工作会议，会议的主要议程及相关的精神举措都跟我们区教委的工作会议是对接的。这次会议是要学习贯彻市区教育教学工作会议精神的学习会、培训会，也是对过去一年为学校争光添彩的教师和团队代表的表彰会、激励会，更是明年、未来三年、未来五年、新十年乃至十五年发展路线图规划实施、顶层设计、分步推进的重要举措。因此今天这个会议必将在润丰学校的办学史上留下一个开创意义和传承价值。利用今天这个机会，我把我的讲话主题确定为"自信自主：开启'双优'质量新征程 重构"双减"强校新生态"，也是响应市区校"双减"会议精神、教学工作会议精神及北京市基础教育校长大会精神的校本方略。

一、回顾与反思：聚焦"双优"目标 定位跨越式发展

首先简要回顾和反思过去一年的工作，特别是教育教学质量专项考核年级及毕业年级的工作状态，把成功的经验总结好、提升好、展示好，分享好，把问题找准、对标、聚焦，确立跨越式发展的伟大自信。物质可以从无到有，精神追求也可以由低到高，从这个意义上讲，回顾就很有内涵意义了。我认为"高质量引领'双优'新变革赋能'双减'"，应该成为今天这个会议的主题热词，在日常的行动中，大家的思考、汗水，也必将在今天和未来的日子里为大家的变革赋能。

（一）成绩与亮点

主要是围绕 2020—2021 学年度中考年级及三、六年级教育教学质量专项考核工作的回顾与反思。

1. 重视全面育人与顶层设计，着力"一个不能少"的跨域性发展

在过去的一学期、一年里，不仅是成绩的提高，更是德智体美劳全面发展，是德行共成长，这就是学校全面育人观的展现，引领大家的是高位、前瞻、变革、先进的东西，而非只看到成绩。同时过去的经验还证明学校一直拥有着坚强的领导集体、智慧的领导团队。

坚强的领导集体。开学伊始，学校就成立毕业年级工作领导小组，并提出了"一切为了九年级"的口号。在暑假期间就由校长、书记担任初三领导小组的组长，直接对初三工作做具体引领和指导。同时，组建了优秀的干部做初三管委会领导，以刘校长助理、毛校长助理和冯副主任、年级组长王老师等为核心的干部教师队伍带领初三年级组全体任课教师共同研究毕业班的工作。

智慧的领导团队。校长、书记亲自部署，全程指导，把九年级的工作放在了首位。作为校长，我经常深入课堂作示范指导，还跟同学们一起就餐，了解学生需求和学习状况，仅在一模质量分析会上，就向年级组提出了切实有效的 21 条数据化建议，对九年级的重视可见一斑。王书记也经常深入年级组办公室、各班课堂，了解老师和同学的状况，及时处理出现的问题，在一模家长会上，书记与班级组的老师坐在一起，给九年级的考生和家长一个个作独立分析，提出后期改进建议。在校长和书记的带领下，全校老师们全力支持九年级，为九年级的质量提升打下了坚实的基础。最终实现了毕业年级中考质量的突破与跨越。

以毕业班的郑同学、窦同学为例，他们在领导关注、团队集体帮扶和个性化指导下获得了逆袭式成长，是把不可能变化为可能的典型例子。

2. 重视目标规划与策略设计，着力"三个早一步"的拔尖性培养

一年来，学校尤其重视规划与目标，把规划和目标具体落到了管理的策略上，"早规划、早下手、早干预"的"三早"策略大家都已经耳熟能详。因为"三早"更加清晰目标，清晰办学初心，清晰十年投入，清晰要回报社会。每一个教师都是润丰的历史时代责任担当者，共同的奋斗目标具体清晰，有数据支持。也是经过了"三早"的设计和目标引领，初三年级早早上了道，并超额完成了预定目标，参加中考的 91% 以上的学生都考取了理想高中。肖主任今年在教育教学工作会上拿出三分之一的时间，以详细的数据来说明朝阳区拔尖创新人才是名副其实，是有原因的，是干出来的，这是一个激励。譬如说此次对毕业班提

19

出了保五争四创三望二的目标，就是让大家一步步看清自己未来努力的方向，有更大的梦想。

3. 重视教学研究与考试研究，着力"问学式课堂"的高端性研训

重视高水平的教研。一学年以来，学校以学部为根基，8个学科大学部完成了两轮13场教师线上教学专题研训；6次"大家讲堂"拓宽教师教育视野；首届科研年会凝练教师科研成果，10位教师获得朝阳杯、京教杯一等奖，21位教师获得"十三五"科研先进个人；开展了20余次行政督导课，践行区域新课堂评价标准，聚焦"四八"环节研、学、教、评于一体的问学课堂建构；以学校"和谐杯"课堂教学大赛为核心，举办教师基本功大赛"8+1"系列竞赛；等等。高层次、多方位、全覆盖地为老师们进行教研助力，现在大家对问题的思考更加深入，对课堂的研究更加精细，问学课堂遍地开花，深研精神蔚然成风。

重视针对性考研。一年来在科学分析的基础上，九年级领导小组陆续推出了"A线生云班教学""数学物理分层协同授课""英语周一口语专项模拟练习""特殊学生班级组联动辅导"等有效措施，聚焦真问题，尝试新举措，攻坚克难抓质量，科学管理成关键。学校逐步完善了月度质量调研的流程和细节，从命题，到考务，到阅卷，到表彰，每一个环节都有规范和要求，尤其是最后的表彰会，成为激励学生前行的盛会。学生都盼望着在表彰会上收获一份荣誉，树立一份考场上的自信，为实现理想积聚更多力量！

4. 重视团队攻坚与个体激励，着力"三兵合一体"的激励性竞合

我们有一个团结同心的攻坚团队，聚焦问题，攻坚克难，越战越勇，敢打硬仗，乐于奉献。同时，重视"一生一策"，着力让学生超越自我。建立"三兵合一体"机制是一年来的一个重要策略，这是激励学生的有效手段，原来是西方现代治理管理的一种先进思想，现在成了为学生更好赋能的一种方式。当学生满心欢喜，满是热爱的时候，一切的学习都会因为喜爱而不再是任何的负担。"王侯将相宁有种乎？"一旦学生找准了自己未来的位置，一旦学生的积极性被调动起来，那么一切都会变得不一样。在学生中，大力倡导"学习金字塔理论"，鼓励学生"竞合"学习。前后召开了近20场学生质量分析总结表彰会，每每成为学生的月度期待。作为校长，逢会必奖，逢会必讲，逢讲必励，逢奖必颁，"比学

赶帮超"蔚然成风，激励性竞合机制赋能满满，晋优晋尖，层出不穷。经过一年的艰苦攻坚，初三年级取得了突破性的胜利。在中考结束后，4个班的平均分、及格率和优秀率都取得了历史的突破——年级平均分进入全区前29位，优秀率更是在全区前1/3。没有全体教师的攻坚克难，就没有这场胜利！

（二）问题与短板：毕业年级工作问题反思

1.务必高度重视拔尖创新型人才培养

根据学情分析，认识到生源结构不应成为高质量发展的"生源论"和"拦路虎"，为此，我较早就提出了"人人都是拔尖者，个个都是创新人"的理念，就是要树立"相信学生一定能！鼓励学生一定行！"的信心，这也正是学校质量跨越发展、建功逆袭变局、验证教育奇迹的无限时空！这次要再次强调这句话！坚定一切皆有可能！

2.务必将体育锻炼尽早纳入规划体系

体育要从40分变成80分了，今天表扬的团队中就有体育备课组，有他们在，我对学校强化体育的工作非常有信心，我相信重视体育锻炼是一个功在孩子成长，功在孩子未来的举措。

3.务必精心设计分层培养因材施教

我相信经过更加细致的跟踪、更加精准的定位之后，我们对孩子的了解会更加深入，实现孩子们更高速成长和优档跨越目标。

二、展望与推进：强化"双减"行动 落实精细化举措

要强化"双减"的行动，就要实施精准化，我把它叫作精细化举措，行动跟精细化对接。"双减"这个目标要完成，当下校本教研的高质量，五项管理的重点化，如何精细落实？这成了"新基建"的基础工程。基础工程有三条，第一信息基础，第二融合基础，第三创新基础，在学校，我把AI作为战略项目融合了进来，成立大学部解决贯通问题，创新进行"一体双翼两擎双部"A型飛体新机制。新学年，润丰的新基建则是下面三点："双减"目标大有可为；拔尖创新人才培养正当时；校本教研强化高质量。为了更好地达成，我有三句话想与大家分享。

（一）咬定青山不放松：质量强校需要高标冲尖

主要体现在高质量的目标管理要细化。如果说去年一年解决了标准目标问

题，那么今年我在反复强调一个词"高标冲尖"，"拔尖"这个词大家已经很熟悉了，今天我还想送大家一个词，那就是"顶尖"，尖上之尖的"顶尖"，要冲这个尖。目标是干吗的？目标是用来打的，目标是用来超的，目标是用来创的，目标是个最好的东西，但是目标要够细化，够具体，执行的力度才能够加倍提升，未来管理的目标更是要数据化的。回顾过去一学期，学校及时研制了《2020—2021年度教育教学质量专项考核目标责任书》（试行稿），就是把团队个人管理目标化、质量目标位次数据化。本次会议，面向三六七八九等年级研制的《2021—2024年度教育教学质量专项考核目标责任书》（试行稿），就是更加精准聚焦数据化目标，以求高质量目标达成的全程、全科、全员的过程化实施，教育教学就是这样时时刻刻的春风化雨，方可落地生根，根深才能叶茂。

（二）为伊消得人憔悴：攻坚克难倒逼真改实变

1. 高质量项目管理要细化

去年，学校在"一体双翼"的"左翼"强化了横线管理的学科大学部，创生的行督课"4+8"，和谐杯的"8+1"，课堂评价标准（3.0）x/16。今年年内学校要完成"一体双翼"中"一体"的纵线管理的行政"一体中心化"，以及继续重点解决"一体双翼"的"右翼"交线管理的"项目研究院"问题，因为这是攻坚克难的需要。"双减"新形势和高质量目标，倒逼学校成立"9+n"个项目研究院，为此，本次教育教学工作会上，学校研制《2021—2022学年度项目研究院组建与颁聘方案》，那么这些项目为什么要研究呢？就是为了难点爆破，重点攻坚。去年学校定的三年全覆盖目标，今年就提前被完成了，这完全要感谢大家的共同努力。全体老师都纷纷表态，听从学校召唤，发挥自己特长，成立攻坚队。去年学校在AI项目上的尝试效果很好，拿到了全国一等奖，得到了课程化。我相信随着"9+n"项目研究院的成立，大家一定会啃下一个又一个的硬骨头，天性和潜能注定了在座的每位老师都是学校管理的主人。这样的成绩证明了为大家提供一个好的"平台"比什么都重要。

2. 高质量重点项目要细化

五大管理抓什么？重点是抓作业设计和校本教研。为什么抓这两项？每项抓什么？怎么抓？大家要动脑子思考和变革。我送大家一句话："神仙"藏在细节里。重点项目要细化，刚才孙副校长和刘曦助理就五项管理的两个重点，就前期研制的《北京市润丰学校关于进一步加强"双减"背景下作业设计与管理监控的实施方案（讨论稿）》和《北京市润丰学校关于进一步加强"双减"背景下校本教研与管理监控的实施方案（讨论稿）》，做了重点解读，后期还要组织大家学习讨论。在研制作业设计和校本教研实施细则方案时，要注重"3+2"细则工作原则，即共性的主题化与重点化相结合、主体化与立体化相结合、自主化与创新化相结合三原则，个性的作业方面侧重的层级化与效率化相结合，校本教研方面侧重的整体化与碎片化相结合的两原则。与此同时，逐步探索创生建构配套的十个校本机制："一主四辅"的零整机制、"一体双翼"的 A 飞机制、"两部双擎"的飞好机制、"三兵合一"的竞合机制、"三层多元"的研究机制、"三时定量"的公示机制、"三级共享"的建构机制、"四课合一"的成长机制、"四方驿站"的服务机制、"五位一体"的融通机制。后期还要聚焦十个方面的研究，提升课堂效率，促进学生的高素质，完成学校的高质量！

（三）她在灯火阑珊处：山高人峰必成美丽风景

主要是高质量的绩效考核要细化。大家要有自信自主，美好明天一定行！一定美！当大家攀登高峰，成为峰上之人的时候，灯火阑珊处一定是风景极美的地方。风景极美就意味着今年学校的考核表彰荣誉属于在座的每一位同志，全校的每一位员工，以及合作团队的家长、社会和孩子们。正是有了过去一年大家的共同努力，学校才能获得"双优"的成绩进步！我深切地相信润丰会有更美好的明天，高光必将属于大家！自然而然，学校就可以提前研制《2021—2022 学年度教育教学质量专项考核优秀团队和先进个人的决定》，因为，大家已经在志存高远、攀登高峰的新征程中，一定能重构出"双减"强校的新生态、新业绩、新美好！

"天下难事必作于易，天下大事必作于细"，润丰学校的新十年刚刚起步，已经做好了开局之年，在接下来的各项工作中，润丰人要旗帜鲜明地培养德智体美劳全面发展的社会主义建设者和接班人，坚定初心，牢记使命，坚持全面发展、知行合一、因材施教，坚守住学生人格健全、心理健康的底线，遵循学生身心发展规律和认知发展规律，为学生的获得感、幸福感找方法、找方向，砥砺前行，奋斗不已！

勇于高标：争做研究最优的大学部和贡献最大的大学部

——在 2022—2023 学年度第一学期英语大学部线上教学研讨会上的讲话（2022 年 11 月）

我对此次英语大学部的线上教学研讨非常赞赏。我认为此次会议有四个特点：一是组织准备充分，表现在大部长的主题发言，现场组织安排，老师的发言都是有的放矢；二是主题聚焦，聚焦在这个新课标新方案新课堂，大家各有亮点；三是组织有序，老师们都 5 点准时入会了，老师们调整到位，主持有序；四是点评及时，大学部赵部长对老师们的发言点评恰到好处。

英语大学部的教师队伍年轻有活力。在以往的行督课和和谐杯当中英语大学部都是走在前面，效果是相当明显，而且为学校学科发展特色建构课程的一个研发推广已经做出了很好的贡献。就下一阶段的工作，我再提出"五个勇于"，有的是大家要坚持和发扬的，有些地方是需要强化努力的或研发的。

一、勇于守正传承

英语大学部展现出很好的传统，特别对新课堂的变革，问学课堂的建构，新课标的应用做得比较好，所以希望新任的大学部赵部长能够传承原部长梁老师及其他各位的很好的经验。虽然赵老师很年轻，但谦虚好学、礼貌有加、思维灵活，有专业功底，大家都很支持，希望大家能够支持她的工作，也希望赵老师大胆开展工作。常态化的"4+4"的集中式备课要落实落地，这都需要传承和创新，这很重要。

二、勇于变革创新

刚才交流研讨中，赵老师和刘老师都提到的课堂评价工具表的使用研发，这是新课程新课堂"教学评一体化"必须解决的问题。英语组在督导课准备的整个过程中备课试教和正式展示的课堂中，这一点倡导的是很清晰的。这也正是体现"教学评一体化"我们校本的敢于尝试，主动建构。勇于变革创新的立脚点是什么？一定是抓住评价。刚才武老师也提到这个问题。教学评一体化是"牛鼻子"，也是"硬骨头"。武老师提出的这个学生课堂的评价和竞争机制，问学课堂不能上着就忘掉了。"学业质量评价"是新课程新课标中最重要的"增容增量"，所以请大家一定把新课标学业评价、过程性评价、阶段性评价、水平性评价等好好研究，勇于创新，大胆探索。

三、勇于难点突破

立德树人，素养导向，学科本质等是难点突破的堡垒，要勇于攻坚克难。刚才燕老师提出来现在的课堂一定要强调创设真实情境，孩子自身的生活情境，通过学科来实现课程的核心素养的育人目标。冯老师和黄老师也提到立德树人。然后回到生活当中一个是应用，另外是产生新的疑问，这就是学校问学课堂回到真实生活中形成新的问题，这才是真正创新性课堂，这也是未来拔尖创新人才在英语课堂上的一个落地。特别像英语这样的学科，在学校这个项目当中，五大课程有两个和英语有关联，一是双语课程，后期要在双语教学有展示，要有成果体现。二是戏剧课程，戏剧课程的英语经典，这个是希望体现跨学科融通融合的。

四、勇于超前命题

真正的高手不只是做过去的卷子，不是做其他区的模拟卷。因为考试永远是面向未来的。一定要根据我刚才提到的学业质量评价标准，这就是包括中考在内的各个层级检测评价的"考试说明"。这个大家一定超前研究，特别是基于大学部统领下的学段年级备课组。老师们要想象未来一年、两年、三年后的英语卷子是什么样，平时的限时作业就要有这方面的精心的超前命题创编。今年的学校科研年会就聚焦这个来遴选优秀者分享评优。

五、勇于高标贡献

今天很可喜的是，近几年来的小学综合考核第一次是优秀，中学的考核第一次是良好。学校八大学科，特别是中考学科，三、六年级在学校的检测统测中是贡献学科还是拉垮学科，在未来在绩效方案上还要有所体现。小学六年级要加强贯通培养，主题的选择，旗帜鲜明，不断加强评价前置，目标前置优于课堂教学活动设计的，形成这样一种教学评一体化的常规教研备课习惯。大学部的最大特点是贯通衔接，值得研究，期待硕果。

　　英语大学部寄托着学校领导的高度期待。如何彰显这个学科的优势和特色保证？未来在贯通上还要加大力度，六年级的孩子要直接送到中学的创新项目和衔接实验中去，一定会取得更好的业绩！期待并相信大家一定会在今后的教研教学中，勇于高标，成为学校教育教学研究最优的大学部和贡献最大的大学部！

随风入夜，润物无声

"高"在干部　"赢"在执行

——在 2021—2022 学年度中层干部述职述廉民主评议会上的讲话

（2022 年 7 月）

今天举行 2021—2022 学年度干部述职会，也是新 10 年的第二次。去年的干部述职会开创了新 10 年的一个很好的先例，取得了很好的效应。结合学校干部管理以及刚才各位干部的述职，我想用《"高"在干部"赢"在执行》这 8 个字来做我今天点评讲话的题目。写在学校新 10 年以及"十四五"开局之年的关键字是"高"：高质量、高效率、高效益。高质量是质量强校；高效率是指队伍建设一种状态，是一种过程，那就是要快步走，要只争朝夕，要时不我待；高效益是在单位时间内取得的成效要大，性价比要高。这些"高"都通过谁来实现呢？最重要的，当然是干部管理团队。今天述职的是三类干部：一类是副校级干部，一类是中层干部，还有一类是后备管理干部。听了大家的述职，我十分感动，特别亲切，引以为傲，觉得对学校未来的发展前景更有信心了。

我要从六个方面来点评今天 15 位干部管理人员的述职，也是今后再接再厉、发扬光大的地方。

一、精准化

今天所有干部的述职都包含有大量的数据，大量的案例汇总。干部们对所涉及的内容，时间、地点、人物、数量等等，如数家珍。这说明他们的管理是精细的，聚焦的问题是精准的，所有的工作都是基于事实的真实发生，这都显示着干部们高水平的精准。

二、闭环化

闭环化是基于学校现代管理的四个环节即"计划—执行—检查—总结"的循环往复，晋档升级。今天所有的干部在这里向全校老师进行述职报告，之后我和书记也会向全校老师进行述职报告，这就是管理的闭环。反馈反思环节中总结这一点至关重要，只有实现了它，这个管理才是完整的，才能实现迭代，才能实现螺旋式上升，而上升达到最高处，就能赢得胜利。

三、服务化

干部的第一个特点是服务，所有干部都应该是服务员，校长、书记就是最大的服务员。从今天的发言我可以看出干部们都把服务作为了自己的起点，也作为了自己的终点，全心全意地提供优质的服务、纯净的服务。特别是在防疫和教学都高标准要求的条件下，全体干部把服务作为第一特征，实现了对教师的服务，对学生的服务，对家长的服务，对社会的服务。

四、高端化

今天的述职，各位干部不仅讲了干什么、怎么干，还谈了为什么干和干得怎么样，有了这两点，今天的述职会就变得不简单了，要知道如果干部没有高端的定位，没有高层次的认识，没有高度的认知，是不可能实现"赢"的目标的。

五、和谐化

和谐化体现在两个维度：一是学校各部门之间的团结和谐，相互理解支持。这一年，我可以看到小学跟中学干部之间的互动贯通，相互学习，相互鼓励，这是真和谐。不仅如此，这个和谐还是体现在竞合基础之上的和谐，大家彼此和谐竞争，互学优点，都在自己领域有所突破成长。二是学校一线和二线之间的和谐，相互补台。在"两手抓两手都要硬"的背景下，学校一线和二线的和谐表现得尤为充分。

六、拔尖化

对于学校来讲，拔尖创新人才的培养迫在眉睫。要想培养出拔尖创新人才，就要有拔尖创新型的干部管理团队。要有拔尖创新型的管理团队，就要有拔尖创新型的校长、书记。唯有拔尖创新的领导干部团队，才能打造出"培养拔尖创新人才"的教师队伍，才能培养出更多"拔尖创新人才"的学生群体。

面向未来，面向新学年，我期待今天的述职干部，特别有责任心、有耐心、有慧心、有进取心、有同理心、有恒心，再接再厉，奔着拔尖目标全力以赴，以优秀的执行力，打赢质量强校各个攻坚克难"战役"，这是对学校、团队、自己负责，当然这也是新的"双名工程"体现出来的"双培养"导向。什么叫"双培养"？就是要把干部培养成骨干，把骨干培养成干部；把党员培养成骨干，把骨干培养成党员。也就是说，在未来走一条路不再是组织需求了，组织需要的是你能担当多个岗位，承担多项职责，并将它们凝结成一个和谐的整体。不仅如此，在"双培养"的过程当中还要"双硬"，即思想过硬和专业过硬，唯有"双硬"才能实现"双培养"，双轮岗位转换才能达到真正的相互促进、和谐竞争，才能真正实现高在干部，赢在执行。

希望全体干部继续向高位竞合，赢得更大的胜利和更优的成功！

质量强校勇争先 "双减"增效冲高标

——2021—2022 学年度第一学期正职考核个人述职报告

（2022 年 9 月）

2021—2022 学年度是我履职润丰校长第二年，进入了学校十五年发展规划"打造质量强校"第二阶段，是学校"十四五"规划开局之年，也是国家"双减"新政实施的第一年。本人作为北京市特级教师和特级校长，更加严格要求自己，以"质量强校勇争先，双减增效冲高标"为本年度工作定位，聚焦重点，突破难点，善解热点，在德能勤廉绩诸方面，履职尽责，注重"三为"，优化"三能"，不断精进，学校和个人都取得了显著的成效，现小结如下。

一、注重政治修为，优化思想动能

（一）认真学习理论，坚定政治方向

一年来，认真学习习近平新时代中国特色社会主义思想，深刻领会十九届六中全会决议精神实质，坚决拥护"两个确定"，自觉牢固树立"四个意识"，坚定"四个自信"，坚决做到"两个维护"。聚焦立德树人根本任务，做政治上的明白人，在教职员工管理和学生教育教学中及时宣传学习体会，分享学习心得，发挥了头雁领航引领作用，激发雁阵齐飞的方向动能。

（二）重视意识形态，坚持师德导向

本人积极务实推进意识形态和百年党史教育融入师生心田教育工程，2022年1月，在学校第二届科研年会上，邀请中国社科院研究员朱继东博士向全校党员教师作"多措并举：防范化解意识形态领域重大风险"意识形态专题报告，作为校长我也向大家作"师表至上：融化建党精神，强化监督执纪，优化师德言行"师德专题报告并上党课。也先后应邀为北大、北师大、国教院等高校国培校长班作"立德树人是校长的神圣使命"等专题讲座，受到大家一致好评。

（三）明确工作主题，坚守发展定向

一年来，本人亲自谋划定向，主题鲜明，守正创新，先后确立了"质量强校：让学校教育'新基建'行稳致高"的学校 2021—2022 学年度工作主题和"高标冲尖：在行稳致高中矢志不渝"的 2022 年度工作主题，并把"强化队伍建设，完善治理体系；强化双减工作，打造质量强校"和"强化高效率队伍建设水平，严实现代治理体系；强化高效益双减实施水平，夯实质量强校品系"作为第一和第二学期的具体落实的工作主题，并率先示范，引领推动教职员工、家校社协同作战，矢志高标不动摇，唱响了众志成城的强校润丰最强音。

二、注重质量行为，优化素养智能

2021 年 9 月开始，"双减"全面启动，新"课标"呼之欲出。本人敏锐思考，前瞻深刻，超前布局。本人经过学习感悟，深刻体认到：大而言之——究竟为什么"双减"？我们定位了"人口发展福利化，民族生存赓续化，立德树人创新化，国家富强力量化"高端"四化"理念的感悟理解。小而言之——到底是什么？究竟怎么办？我们提出并践行"双减方向自主化，课后服务课程化，校本赋能机遇化，教育生态创生化"校本"四化"理念，从规范教育教学秩序、提高课堂教学质量、提高课后服务质量等维度，基于"素养导向"高质量发展，从"精微科研赋能，精准数据赋能，精心课堂赋能，精细策略赋能"的"四精"质量行为具体路径，聚焦主人角色回归、评价标准导航、课堂生态创生、服务机制、素养智能优化重构等实践探索，着力把"双减"的每一个要求落到实处，引领教师为党育人、为国育才，促进了教育教学质量的高标冲尖、跨越发展。学校"双减"相关思悟实践分别被新华社、学习强国和《中国教育报》《现代教育报》《朝阳报》《朝阳教育》等热点媒介报道。本人撰写的"双减"论文《内卷破圈：基于双减的高标赋能实践建构》荣获北京市教科院论文大赛一等奖，并全文发表在《基础教育参考》2022 年第 6 期（总 342 期），也被选为封面文题。

（一）传承"和谐教育"理念特色新谱系

一方面，学校结合新时代教育特色，赋予"和谐教育"办学理念更新的时代内涵。如通过梳理，我们认为，和谐的本质是"竞合"，所以"和谐教育"的育人目标是：把学生培养为有竞争力的现代中国人。办学愿景是：让学校成为学生一生中到过的最美好的地方，使学校成为师生的精神港湾。结合学校的发展历程，我们绘制了学校办学理念新谱系。另一方面，学校设计一系列文化活动如文化节、科技节、体育节、艺术节、读书节、戏剧节等，体现办学理念。通过报纸、微信公众号等新媒体加强学校的文化宣传。同时明确学校的文化标识，如校名、校训、校徽、校歌、校旗、校舍等文化符号在教室场馆、微信公众号、各类文件、校园文化墙等场所的规范使用。

（二）构建"A 型飛体"治理体系新结构

我们着力构建"一体双翼两擎双部"是新型管理机制。其中："一体"是现有学段行政分类为主体；"双翼"是指"学科大学部及项目研究院"；"两擎"是指高学术、高学历的高素质教师队伍；"双部"是指党支部和监督部。目前，学校规划的八大学科大学部和 15 个项目研究院均已创建完成。2022 年学校学生社团在 AI 项目上拿到了教育部白名单一等奖 6 人次，增长了 3 倍，创造了国赛大奖的历史新高，新治理结构的尝试初见成效。

（三）创新"一核六维"双减新机制

学校建构了"一核六维"校本融合教研体系。"一核"是指学校开展以"备课组"为核心的校本教研（同年级单学科的成立跨学科教备组）。"六维"的具体内容为"3+3"：第一个"3"指与备课组紧密相连的学科教研组"素养聚焦的学段教研"、学科大学部"融合贯通的主题教研"和项目研究院的"攻坚克难的精深教研"三个维度；第二个"3"指为备课组提供支撑的"年级组统筹、专家组指导和监控组治理"的三个维度。六个维度，共同指向学生的科学高效发展。

（四）丰盈"55113"课程服务新体系

"55"指课程贵融通。学校从"课后服务课程化，双减方向自主化，校本推进机制化，教育生态创生化"四个维度深耕"和谐育人"模式，在原有"七彩阳光"课程体系基础上，拓展创生"五五"特色课程，立足"五育并举"、实践以"AI、美健、戏剧、国学、双语"五类课程为核心的新型特色校本课程体系。"11"指"双百"课程贵共享。学校特意创设"双百"课程，在"十四五"期间，学校会吸引 100 名家长和 100 名专家，走进讲堂，为学生提供心贴心的高端社会教育资源。"3"指"三绿"课程贵生态。以新颁布的《朝阳区教育文化示范校评价指标》48 条为依照，全面规划抓机遇，重点谋划新突破，创生绿色生态理念与文化载体。学校强调"绿色、环保、科技、和谐"生态校园文化的构建，始终将"和谐教育"办学理念和与之相匹配的"七彩阳光"育人体系的教育观念落实到校园文化建设的各个环节之中。我们将在"和谐校园、七彩阳光校园、全面发展校园"的基础上构建"绿色生态梦想园"，涵养"班级绿色空间、校园生态空间、社区生态空间"三绿生态课程体系建构，创建包括将楼顶改建为绿色种植园、将润青湖公园建成实践基地等纳入学校未来规划，构建"梦想生态园"，打造文化最美校园。

（五）践行"四六"合作对话新范式

通过积极参与"理想文化教育"的实践探索，我们不断吸收"合作对话式"教学的经验，着力建构与"和谐教育"文化相适应的"问学"课堂。赋能问学品系，丰富"合作对话式"课堂文化。课堂是学生学习的主阵地，为了在课堂营造一种理想的学习环境，理想教育文化从学校教育的角度提出了合作对话式教学的要求，最终目标是培养尊重、民主、责任、科学的最佳公民。着力理想文化新课堂新范式，基于教学方法论指向"扰启、内省、质疑、实践"四个要素，赋能校本"问学课堂"实践载体，我们建构了问学课堂基本结构：启问导标—自学调控—内化反馈—自主检测—总结反思—问题解决。立足"问学"课堂，学生们"做学习的主人、做管理的主人、做创新的主人"，立志"为中华之富强而读书"，在"问学"课堂中"润品立德"，在合作交流中"丰知强体"。

（六）抢抓"十四五"首批示范创建新机遇

建校 10 年来，我校拥有了理想教育文化引领文化示范校创建初具优势领域，新十年，抢抓区域理想文化建设新机遇，在朝阳区教委及王世元副书记"理想教育文化"的引领下启发，我校积极参加"教育文化示范校评价指标体系征求意见座谈会"前期调研研讨，学校进一步梳理了建设文化示范校的重点工作，如学校生态发展、文化课程供给、家校合作等。我们将立足新时代教育文化的实践经验，聚焦丰富课程体系、课堂教学改革，构建内涵更丰富、更具时代特色的"和谐教育"文化，建设优质教育文化示范强校，成为首批朝阳区"十四五"百所创建学校。我校的思考做法在2022年6月16日朝阳第七届学校文化节启动会我作为全区三位校长之一作《以教育文化示范校创建工作引领学校全面发展》大会发言，受到与会领导、同行高度认可与好评，2022年8月《北京教育》刊发了我的教育文化经验文章。

三、注重勤廉作为，优化工作效能

崇尚进取，讲求奉献，是我永恒的性格。跨域发展、逆袭变局是我常有的景观，立身为旗，贯彻落实社会主义核心价值观，廉洁自律，着力党建同体共行，树德立业，培育英才。面对困难，从不退缩，奋力创新，勇往直前。一年来聚合的"团结进取、拼搏奉献、敢攻善克、定标创优、高标冲尖，诚者自成"的精神文化极大彰显，绩效巨变！超越自我，在跨越中追求卓越！本人的口头禅："让一切都有可能，让不可能成为可能"。在润丰第二年里，再次浴火重生，化蛹为蝶。

（一）高标冲尖已成常态，顶尖成绩点面花开

1. 年度教育教学双优。在2021年10月区教育教学质量奖考核中，我校荣获小学部质量优秀奖和中学部质量工作优秀奖的双优成绩，小学部还在2021年12月区"双研会"上作大会发言介绍经验。

2. 中考区测，拔尖顶尖全优晋级。继2020年及2021年初中部中考拔尖创新人才培养成效显著、数量倍增、振奋信心和2021年九年级中考实现了一个跨越、两个突破和多项成就后，2022年中考再创新高：本届九年级成绩有了新的突破。中考升学的考生招考总分优秀率达到100%，实现了突破；及格率、合格率都是100%，全员达标；中考学生全部考入理想高中。没有未录取情况，全体学生都实现了自己的理想。学校645分上线率达到9.28%，高分上线率超越上届九年级1倍，实现了新的突破。在期末区统测统阅中，我校七年级两个学生进入全区前3%；670分以上有3个学生，进入全区前8%；还有12人在660分以上，是高分潜力生。拔尖创新人才培养创造了同比环比的历史新飞跃，

3. **集体荣誉，独创优质高端。** 国家级荣誉：2022年第六届全国青少年无人机大赛优秀组织奖（全国10个，润丰学校4个）。市级荣誉：2021年北京市国际跳棋校际联赛团体冠军，建团100周年北京市五四红旗团总支。区级荣誉：2021学年度小学教育教学质量优秀奖、中学部质量工作优秀奖；小学英语组获2022朝阳教育先锋号、中学部团总支荣获朝阳区五四红旗团总支。

4. **师生获奖，创全国特等、一等奖。** 学生个人总共获区级及以上奖励352人次，其中最高奖项为2022年全国中小学信息技术创新与实践大赛赛项机器人越野小学和初中组一等奖，再次取得教育部人工智能机器人类白名单竞赛一等奖翻三番的增长。《三只小猪》首次获得2022年第十三届"希望中国"青少年教育戏剧全国年度终评特等奖。教师个人总共区级及以上获奖120人次，教师10余人次获区"朝阳杯"基本功大赛一等奖等。一位老师被评为北京市优秀教师和正高教师。

（二）率先示范勤廉耕耘，编著不断硕果颇丰

一年来，勤政乐观不懈怠，"朝五晚九"是常态。一年里，本人亲自示范，深耕课堂，先后为全校教师作5次大家讲堂课堂变革主题校本分享报告，进行50多场线上线下专题点评与引领，公众号推出了本人第二年度近20万字的各类课堂、科研、课程、家长学生会等专题分享。严守政治纪律，党政同心，和谐共振。严格民主程序，所有重要决策、创新变革，做到公开公正公平，严格原则底线红线，不做老好人，不违背原则，敢于斗争，努力做到原则性和灵活性的和谐统一与竞合融通，优化化解危机能力，善于处置应急事件，夯实细化三重一大新机制新规范，加强合同流程单与申报机制、预决算执行率争先创优，坚决做到能干事、干成事、不出事、成好事。在工作极为繁忙情况下，自己作为校长管理实践创新和个人教科研上率先示范，专业发展不断精进，取得了标志性成就。

1. 2021年7月被评为北京市第二批特级校长（2022年5月证书颁发）。

2. 一学年来，在《中国教师报》《基础教育参考》等报刊上发表文章6篇次，市教科院论文一等奖1篇；出版专著《校长问学》1本；担任主编《五育融合的数学文化》和《生命安全与健康教育》等13部专著已正式出版发行；参编《中

小学人工智能课程教学指南》1本；市级规划课题结题1项，并获良级鉴定；担任一项国家级课题中国教育发展战略学会课题"九年一贯制学校人工智能课程教学实践研究"主持人和"基于资源共建共享德育大中小学一体化研究"核心组成员，处在中期推进中。

3. 被新评聘为中国人生科学学会中小学教育专业委员会专家、中国教育学会小学数学学术委员、北师大中小学优秀校长培养项目实践导师等5个国家级、市级学术专家。

4. 应邀为北师大校长班、北京大学名师班、全国第八届中关村"互联网+"创新周、元宇宙教育实验室成立论坛、《教育家》"双减""教育新基建"论坛等20多场线上线下作专题报告和示范课，努力发挥特级校长及特级教师的示范引领力和学术辐射力。特别是，第八届中关村"互联网+"创新周，作题为《智业革命+教育：基于中小学人工智能课程教学的问学课堂实践建构》的论坛报告，全国全网线上线下直播，学校实践及经验反响特好。

目前，我校"人人都是拔尖者，个个都是创新人"理念深入人心，经过时间和实践验证，极大地提振全校师生信心与斗志。"未来可期，虎虎生威，强校有我"，已成虎年校园的流行语与胜利交响曲。新一年，我们一定团结拼搏，精耕细作，攻坚克难，务必夺取质量强校新胜利！

德能"双强"：教师基本功的高标赋能

——在庆祝第三十八个教师节暨师德教育"双名工程"年度工作启动会上的讲话

（2022年9月）

今天是2022年的9月10日，是第三十八个教师节，同时中秋节也将在同一天如约而至。此时此刻，在这里举行北京市润丰学校2022—2023学年度第一个学期，庆祝第三十八个教师节暨师德教育启动仪式，这是特别重要的时刻。在一个月后的10月16日，即将迎来党的二十大的胜利召开！这是党和国家政治生活的一件大事喜事！我们要以饱满的政治热情、真诚的职业操守、专业的素养导向和良好的精神风貌，迎接盛会如期而至！我想说三句话。

一、热烈祝贺——教师职业幸福人生的"双节"福报

教师节意味着什么？国家设立教师节就意味着专门让教师给自己过节的，因此教师节的首要意义就是快乐，快乐应该是教师节日和生活的方式，而且还跟中秋节相约同日，此乃本世纪之内教师节与中秋节同日而"庆"三难得的三次之一，是幸运的，这也是教师职业幸福人生的另一种"天人合一"，天赐良机，更值得热烈祝贺！中秋节的本质是什么？是"团圆"。"团圆"标志着一种圆满，"圆满"是中华优秀传统文化核心思想之一，是中华文明绵延不断宝贵的血缘纽带与亲情链接。从这两个意义来讲，今年"双节合一"就是一种很好的"福报"机缘。那么"福报"在哪里？福分的报效，福气的生长和幸福的回报！我认为教师的快乐团圆就是教育人快乐人生，教师的最好福报一定是基于所培养的学生的"快乐"成长和"圆满"收获的，这是教师职业的独特价值和永恒意义。在此，我代表学校领导班子向全体教职员工表示热烈的节日祝贺！恭祝大家教师节、中秋节"双节"快乐，福报不断！

二、热切召唤——拔尖创新人才培养的"双尖"飞跃

今年 8 月 27 日我开讲了七年级线下学生的"校长开学第一课"，8 月 28 日我开讲了一年级学生家长的"校长开学第一课"，8 月 30 日我开讲了新学年新学期教师的"校长开学第一课"。在这些"第一课"中都有一个共同的话题，就是新学年我们要走向"新胜利"！要夺取"质量强校"的桂冠明珠，而"新胜利"的标志就是教育教学拔尖创新人才培养的"双尖"飞跃进步！

本次会前，我有幸代表学校参加了全区教育文化示范学校的申报答辩，作为"十四五"朝阳区首批百所复评学校，目前学校进入了 30 所的复评，今天站在讲台上进行这 7 分钟的汇报，收获了一些专家的肯定和鼓励，我是很有底气的！因为学校刚刚获得了两个教育部国字号大赛的"拔尖""顶尖"大奖，这代表什么？这就代表着学校"王侯将相，宁有种乎""人人皆可尧舜"的理念的标志性胜利！这就是"人人都是拔尖者，个个都是创新人"的"双尖"飞跃，学校的课程、学校的课堂，是一块高地，是一座险峰，"山高人为峰"，这就是学校全面发展，五育融合，特别是基于新十年"五五课程"体系之一的 AI 课程的胜利！AI 课程学校已经进行了 3 年，取得了有目共睹的优异成绩，不仅如此，学校的国学课程已经启动到三四年级，双语课程在一二年级也在进行初步的探索，后期开发的戏剧课程更是后发先至，率先收获了全国特等奖的硕果，是飞跃发展的经典案例！每一门课程、每一节课堂，都已经成为一种常态"竞合"的迭代升级。在这样一个课内课外互动，课程课堂变革，理念方式相容的拔尖创新、"双尖"高飞的时空，"双节"如约而至，收获如约而至，甚至提前而至，因此我热烈祝贺也热切召唤"头雁领航来，雁阵齐飞去"！尤其是 2023 届九年级中考师生拔尖创新人才培养的"双尖"飞跃的再次如约而至！我想代表学校领导班子衷心感谢大家，感谢所有人的付出。因为有了召唤，你们闻令而动！因为有了召唤，你们使命必达！因为有了召唤，你们未来必定德能"双强"，再创奇迹！

三、热情共勉——质量强校目标导向的"双优"跨越

这学年是 2022—2023 学年度，"十四五"规划已经进行到"中盘"，所谓"中盘"就是决胜之战，就是战略相持阶段的决胜冲锋。因此，我相信全校教师

过去的付出、智慧付出、熔炉般锻造、千锤百炼的重塑，都将铸就学校在 2023 年——十五年发展路线图第二阶段的"尖刀班"的大无畏直抵！"十八勇士"的"勇必胜"呐喊！只有 2023 年的点面开花，才能用实力说话，也就是 2025"打造质量强校"这个阶段目标全面胜利的如约实现，甚至是提前实现！

学校要取得 2023 年历史性"双优""双尖"的跨越胜利，就要特别重视教育教学这一核心领域的成功破局！所以在此次第三十八个教师节庆祝活动后面的系列安排中，会有很多获得优异成绩的教师受到表彰重奖！还会有更多的"双名工程""名师名长工作室""师徒结对"的责任担当！还会有重点创新项目的院部长隆重聘任！更会有"双强"德能代表的感人至深的全真分享！在此，我预祝后面各项活动圆满成功！希望受奖受聘老师再接再厉！期望大家学习先进，发挥作用，主动赋能，抢抓机遇，珍惜平台，东西南北中，比学赶帮超，我们有理由相信并更期待 2022 年的"双节"好运，将再一次吹响润丰教师德能"双强"的号角，教师拔尖创新人才培养基本功高标赋能定会如约而至！期待明年的此时此地此景，刷新时空，共庆共贺！

教学评一体化：让新课标在课堂真实发生

——在"大家讲堂·创建朝阳区教育文化示范校推进会"上的讲话

（2022 年 9 月）

今天是全校教师新学期的第二次全体会议，内容相当丰富，体现了学校的整体设计。利用这个机会，我以特级教师、特级校长的身份进行一次"大家讲堂"，在我正式解读之前有三个"关键词"要与大家分享。

一是大家讲堂。今天是一次"大家讲堂"，所以希望大家能够从高端视域的逻辑认真听，站在学术理解的角度来感悟。

二是双新核心。今天讲的是新课标在课堂当中真实发生的聚焦点——"教学评一体化"，而这个是"双新"当中的核心之核心，或者说"抓住牛鼻子""啃下硬骨头"的一个策略，是"双新"中具体的、要落地的，也是近期我对相关热点文章进行了主题学习之后的分享。

三是四案联动。今天我将把本学期的体育节、科创节、戏剧节和"和谐杯"等师生年度、学期大赛与学校创建朝阳区教育文化示范校工作有机结合之后进行策略解读。

所以今天这个会议它是不一般的，在定主题的时候，我就明确界定它为学校创建朝阳区教育文化示范校推进会的"大家讲堂"。下面，我主要从两大方面给大家分享。

一、"教学评一体化"四大实施策略"外显"

（一）如何进行教学设计

1.逆向设计——让"评价早于教学活动"

关于课程方案和新课程标准，我在 8 月底学期初的"校长开学第一课"上做过有关解读，那就是宏观的或者是纲目式的。今天我要求大家要聚焦新课标"教学评一体化"，这个提法跟传统教学最大的不同就是"教学评一体化"，那主要不同在哪里？就是确定的学习目标和评价设计先于教学活动的设计。以前大家备课教育活动设计，很少关注目标，即使有目标也就是照写教参的，更不要说这堂课还先设计评价环节。上次在初中备课组长的会上，我专门提了一个历史科孙老师的例子，他有一句仿佛轻描淡写无意的话，使我感到很震撼，或者说是他教学有效性的一个秘诀。他说每天一大早来到学校，有个习惯，就是在上课之前，大约要有一节课左右的时间，围绕今天要教学的内容，进一步思考琢磨对应课程标准的哪一条、哪几条，然后自己再画画思维导图，这就让他的课首先做到精准，其实就是目标确定，包括他最后揣摩学科的课标，就是在课堂上领悟其理，直接应用本节课目标对学生学习情况进行点评，或者学生互评就有导向。有了这样的课堂设计打底，再看孙老师的课堂教学效果，那就是绝对的正比匹配了。面对孙老师的教学，学生的反应是什么？两个，喜欢他上课！喜欢这门课！为什么？因为孙老师把难懂的讲得通俗易懂，让学生觉得不难、好玩，让学生觉得这门课有意思，而且不只有意思，只要认真学了，上课评价就有表扬，考试成绩就有收获。有让学生享受快乐的过程，又有让学生收获喜悦的成果，学生又怎么会学不好？自然形成良性循环。反面来说，如果老师把一门课上得很高深，学生难以理解，自然就不会喜欢这样的课，尤其是像数学、物理、化学等自身本就有难度的课程，这一点是我反复向大家强调的，希望大家也能真正重视起来。这次新颁布的新课标增加了"学业质量评价"，这和过去的两版都是不一样的。在"学业质量评价"纳入新课程方案以后，如果不把"教学评一体化"，特别是目标设计和评价设计先于教学活动的设计，那就意味着你在走"老路"、走"弯路"，或者说你就不知道明年后年"双新"背景下的中考卷高考卷怎么命制，包括小学三、六年级卷子怎么命制，导向是什么，怎样让新课标在课堂中真实发生，这些问题就显得很重要了。

今年上半年4月21日《义务教育课程方案和课程标准（2022年版）》（以下简称"新课标"）正式颁布，并于秋季学期全面实施。新课标严格意义上是当前课堂教学改革的基本需求或者综合提炼，这是综合性的工程，单靠某种课堂或某种策略是不可能一蹴而就的。它的重点就是让一线老师如何在实施教学当中真正地让新课标走进每天都发生的平平常常的每一节课当中。因为，现在要求全面发展，"五育并举"，每门学科、每个方面都很重要。就在今天刚才会前召开了全区学校的"双奥"体育大会，学校代表发言选择了北京中学、陈经纶嘉铭分校、帝景分校等介绍经验，就是因为这些学校中高考成绩特别好，体育方面的工作也是特色鲜明、成效显著。北京中学办学不到10年，高考近几年都是一马当先，帝景和嘉铭分校不仅中考成绩好，体育成绩更好。想要学校、学生都能够全面发展，哪一个学科都不可忽略，所以任务很艰巨，关键是理念要先进，课程要改革，课堂要变革，尤其是课堂教学设计。

具体来说，以"学业质量标准"为核心来落实"教学评一体化"是基于新课标的学校教学改革重点。实施"基于深度学习的教学评一体化设计"，包含大单元设计和课时设计。深度学习教学设计的基本要求就是要回答"为什么教""教什么""怎么教""教到什么程度"的问题，这与新课标的理念与要求完全一致。"教学评一体化"即目标、教学、评价一致性原则，充分体现了"教、学、考"一致问题。在具体教学设计上，采用逆向设计"评价早于教学活动"。

深度学习实践团队早已提出：要做现代教学设计3.0版（导学案为1.0版，"学历案"2.0版），在学习目标之后要呈现"学业质量标准"而不是仅仅聚焦"评估任务"，要实现学业质量标准"单元化""课时化"。

那么教学设计上，它的点位如何体现呢？这里边就是把目标、教学、评价三者合一。今天听了我的"大家讲堂"，请大家重点记住一定要做到"逆向设计——让评价早于教学活动"。我建议本周的集体备课和教研活动聚焦关注这样的变化，大家一定要转型。无论是单元化还是课时化，无不体现评价的先置前置，最后达成什么效果，围绕问题和评价，解决学什么、怎么学、学到什么程度，真正实现"教是为了不教"！

2. 自主问学——让"拔尖创新人才培养"课堂化

我最近特别要求中学老师更加强化"拔尖创新人才"高强的教师基本功的研究，要有真本领、真功夫、硬本事，不是轻易达成的，但又是急需攻关的。为什么今年调整"和谐杯"教师基本功大赛的"8+1"项目，个人训练与校级大赛相结合，校级聚焦"1+1"的课堂和命题两方面，课堂展示提出狠抓"四个落实"，完善"21534"课堂评价校本体系，同时聚焦基本功的命题创编，并与本学期各年级检测命题相结合，评委外请专家，评出真正的行家里手和命题高手。如果把命题水平提升了，就牵住了评价这个"牛鼻子"了，其实老师对学生也是如此。自主学习问学课堂的本质是什么？大家来看这张单元规划表，这其中有专家对表格的解读，他说搭好支架是什么，就是基于学习目标和学业质量标准为学生搭建三大学习支架，即"问题（任务）、活动（学程）、评价"设计，回答学生"学什么""怎么学""学到什么程度"问题，从而让课堂能够真正发生深度学习，实现"教是为了不教（自主学习）"的目的。这几个数字，大家看一看，和自己比对一下。

我到任后，推进"问学课堂"已经两年多了，你现在处在哪个位置？第一，70%或以上的时间还给学生，40分钟之内要有28分钟是学生在有效地自主活动的；第二，内容的70%是学生自主解决的，不是你教会的，也就是说如果一张卷子100分，70分要是学生自己学会的，自己解决的；第三，70%以上的学生能够高质量学习，也就是说一班30人的话，当中要有21个人的学习是高水平的。所谓高水平的不就是"拔尖创新人才"吗？所以"拔尖创新人才"是在哪里培养的？请大家注意，一定是在每一节课上，刚才副校长孙凤颖在解读方案的时候特别强调"四个落实"，第一条就是"拔尖创新人才"在每天的课上老师是怎么关注的。比如在物理课上，在数学课上，老师是怎么关照张栩喆、赵可晴、李雨涵、高若谷等这些"种子选手"的，有没有给他们特别分层设计什么？前几天，我曾跟一个老师探讨这个问题，他说自己暂时还没特别考虑到设计这个，这样是不妥的，严格一点来说甚至是一种失误、错误。今年的"和谐杯"比赛时，学校会建议大家课前就把"拔尖创新人才"的"种子选手"以及其他特别需要关注的学生名单罗列出来，有评委会专门对着名单就"种子选手"以及特别关注的学生进行课堂观察。正好现在中国教科院支持学校作"AI赋能课堂评价实验研究"，有很多研制好的操作量表，实行这样的评价就能促进进步变化。

当然课堂改革还在路上，但是已经出现了很多优秀的老师，以宗哲老师为例，她带的两个班的数学成绩不仅在本校表现优异，更进入了全区的领先位置，是非同凡响的。如果老师经常听她的课的话，就会发现，在她的课堂上，她经常在教室后边，并不常在讲台上，我就曾无数次看到她讲着讲着就到教室后面去了，那谁到教室前面，到讲台上面给大家讲呢？自然是学生，而且是不同的学生，在我眼里宗老师既是实干型的，也是改革派。还有郭志斌老师，一位还有几年就退休的老同志并没有因循守旧，而是也在积极改革自己的课堂，可能刚开始耽误了一点点时间，效果也并不明显，但是我相信"磨刀不误砍柴工"，未来一定会越来越好，跨域发展，创造奇迹。

（二）如何优化课堂教学

基于新课标的课堂教学，必然是素养立意、深度学习，为此应该关注"三个三"：

1. 进阶式目标、真实问题解决、学习性评价——聚焦三大焦点问题

类似于新课程改革初期基于"三维目标"的自主、合作、探究学习，是素养时代新课标下的抓手。

进阶式目标——低阶学习目标，短期的学习结果；高阶学习目标，长期的素养目标。简单说来，即"掌握双基内容"和"运用双基做事"，二者相辅相成，构成了思维进阶式的完整学习目标，能够引领教师在教学中组织学生进行"完整的学习"。

真实问题解决——学科教学要聚焦运用知识来做事，即解决真实问题。以"真实情境融入学科素养，任务驱动聚焦问题解决，高阶思维实现深度学习"。真实问题需要情境，但这种情境不是简单地添加生活场景，也不是为了故弄玄虚、人为设置学习障碍，而是为了模拟真实的生活场景，让考生在场景中解决问题，并由此能够迁移到未来生活之中。

学习性评价——在"形成性评价"基础上发展演变而来的、为适应新一轮国际基础教育改革而产生的课堂评价理论及其指导下的课堂评价实践。学习性评价的目的是促进学生而不是诊断学生学习结果，除了"逆向设计，评价为先"，即目标之后呈现"学业质量标准"之外，课堂教学嵌入评价量规，类似于评分标

准，在思维障碍处、学习困难处搭建"问题解决"或"活动规则"评价支架，引导学生高质量做事。

2.联结、生成、迁移——突出三大学习要素

大道至简，课堂一定要立足于"知识从何而来，又到何处而去"组织教学。

（1）联结，即新旧知识融合、新知未知的贯通。

（2）生成，即诞生新的思维成果或学习产品。学习是一种生长，不是复制，建构主义的落脚点是新知识、新方案的产出，要学以致用，用以致问。

（3）迁移，分为近迁移与远迁移。近迁移指将所学的经验迁移到与原初的学习情境比较相似的情境中，远迁移指个体能将所学的经验迁移到与原初的学习情境极不相似的其他情境中去。

素养立意，深度学习，需要两次问题解决历程，第一次是从旧知到新知的问题解决历程，第二次是从新知到未知的探路奠基历程。新知学习的最好的方法是从旧知走向新知，新知实质上是旧知的重新组合与创新。如果能让学生从已学知识、技能、方法等入手，大部分新知内容就可以迎刃而解，并没有那么生涩难懂。"为迁移而教"，举一反三，融会贯通，运用知识、思维的迁移规律，帮助学生塑造良好的认知结构，不仅是一种高效的学习方式，也是素养立意"培养学生做事能力"的基本需求。为此，教学应该"基于迁移，逆向设计"，引导学生完成思维进阶的过程。

3.大单元设计、教学评一体化教学原则、结构化思维教学素养——深度学习的三个载体

没有有效的教学载体，任何工作都是难以落地的。

第一，大单元设计，内在的逻辑关系是结构化，操作精髓是"课程生本化开发"，要把教材单元变成能够引领学生学习的课程，即有目标、情境、任务、活动、评价、成果、反思的学习载体。两个组成部分：单元教学规划，课时教学设计。单元教学规划强调整体性，课时教学设计则强调具体化。第二，教学评一体化，即目标、教学、评价一致性教学原则，这是教学设计与组织的本质，同时又可以以此搭建"驱动性问题""挑战性问题""嵌入性评价"。

新课标下深度学习课堂的六个观察点：结构化学程、进阶式目标、驱动性问题、挑战性活动、生成性成果、持续性评价。核心是：问题解决和迁移运用。结构化教学，高度重视教学结构化，体现学科逻辑和思维进阶，是深度学习的基本特征，"结构""联系"和"迁移"是大观念内涵的本质，即在认识事物之间普遍联系的基础之上以结构化的模式构建各种具体内容，形成本学时思维导图。

（三）如何提高观课议课的能力

观课议课"循证医课"源于20世纪90年代兴起的"循证实践"或"证据为本的实践"概念。它是一种强调学校听课观课者将前期的教学研究、教学经验与授课人的实际状况和需求结合起来，聚焦学习目标，制定统一标准进行观课、议课，并通过课例研究以解决课堂现存问题的听评课方式。"循证医课"基本方法和流程，一是从学习者角度走进教室，聆听观摩；二是从探寻者角度对话课堂，循证问道；三是从研究者角度望闻问切，教学诊断；四是从实践者角度对症下药，拿出方案。"循证医课"的关键是，循证——"基于目标、教学、评价一致性原则"，从目标和学业质量标准出发听课观课以及分析教学表现；医课——拿出对策，拿出可行的替代方案（到底应该怎样做）。具体表达方式为：

（1）优点（案例）+教学原理（理论依据）+提炼为操作程式（策略）；

（2）问题（细节）+错因分析（判断根据）+有效的修改方案（建议）。

让观课、听课者从课堂观摩与评判者，变为一个教学诊断与开处方者。这需要观课、听课者有较高的教学理论基础，洞悉各种教学模式和教学策略，对课堂有高屋建瓴的认识，听课前的认真准备和研究等，从而建立起真正的教研共同体。循证医课核心在于："医课"。循证：基于证据的实践（为什么这样做）。医课：可行的替代方案（到底应该怎样做）

（四）如何提升作业设计的品质

作业设计体现"结构""进阶""支架"三大特征。以新课标中的"学业质量标准"为依据，体现学科特点根据学生学习需要和能力基础，精准把握"已做、新做、未来做"的作业梯度和作业难易程度，合理确定作业数量，丰富作业类型，提高作业设计品质。

1. 结构——实施单元结构化作业设计

整体减少重复性作业和机械性作业。"单元"本身就是依据统摄中心，按学习的逻辑组织起来的、结构化的学习单位。单元结构化作业是指以教学大单元为基础，依据单元教学目标进行整合、重组，有层次地设计单元作业群，使之成为一个具有结构性、系统性、关联性、序列性的作业系统。单元结构化作业整体设计，需要围绕单元主题（或大概念、内核知识）目标，把一个单元所有作业按照一定的秩序和内部联系组合起来，同时对单元内的各时段作业进行统筹安排，探索各种类型作业的合理搭配，在保障学生有效掌握基础知识、基本技能的基础上，实现学习从知识到素养的进阶。

2. 进阶——重视复合思维作业

减少单一思维作业，以输出驱动输入，以高阶带动低阶，从掌握知能、理解意义到实现迁移。单元前置作业、过程作业（课时作业）、后置作业以及课时预习作业、随堂作业、课后作业应系统构成，呈现螺旋式上升的形态，实现"掌握知能、理解意义、实现迁移"的思维进阶，积极探索学科融合或跨学科融合作业。

3. 支架——以教学评一体化为载体

为作业提供"怎么做""做到什么程度"的路径和评价标准，聚焦学生"不想做、不能做、做不好"问题解决。关注学生的作业过程和作业行为，在作业设计中给予资源、路径、要求、提示支持，嵌入评分标准，帮助学生能够跨越障碍，高质量地"做事"和解决问题。

二、"和谐教育文化"四个工作方案"内联"

（一）国家层面

今年是"双减"第二年和"双新"元年，这是教育文化的新背景新要求。

（二）区级层面

本次学习讨论的重点内容主要是深入学习贯彻落实区委书记文献的讲话精神，立足朝阳教育发展，结合各单位实际，重点围绕以下主题开展学习研讨：

1. 围绕加强优质高中建设，研讨如何做好拔尖创新人才贯通性培养工作

学校实施院部制，以"人人都是拔尖者，个个都是创新人"作为校本推进拔

尖创新人才的核心理念，效果显著，跨越发展，此起彼伏，更需攻坚克难，夺取决定性胜利。

2.聚焦集团化办学，如何发挥教育集团优势，促进集团内各校优质均衡发展，提升整体办学品质

学校将思考和探索未来的"3+6"或"6+3"的学校发展办学新格局新模式。

3.研讨如何贯彻落实好"双名工程"及人才队伍建设工作

学校率先召开校级"双名工程"启动大会，出台"四长"教师专业规划"369"行动计划和"两高"引进计划，着力实现教师队伍的"拔尖创新人才化"。

4.研讨如何统筹优化教师编制资源配置，提高教师能动性，提升教师队伍整体质量水平

学校将策略性扩张生源规模，强化小初衔接，前置小幼协同时空。

5.如何贯彻落实好中小学校党组织领导的校长负责制改革工作

学校将以"主动超前争示范"为策略，"规范优质促强校"。

（三）校级层面

为什么以师生的体育节、科创节、戏剧节和和谐杯为导向，"四案"同时发布？"四案"顶层设计主旨是什么？如何把新学期"四案＋两检"落地生根？

1.为什么"四案"同时发布

主要体现在全面质量观的"五育融合、拔尖创新"的定位上；强校攻坚战的"强手如林、你追我赶"的状态上；生存与发展的"时不我待、只争朝夕"的节奏上；莫道君行早，"东方欲晓、统筹优选"的速度上；一年早知道，"早规划、早突破、早下手"的落实上。

2."四案"顶层设计主旨是什么

主要体现在"鲜明主题性，经典精优性；全体普及性，精英竞技性；特色规模性，先手创新性；综合融通性，师生发展性；快乐成长、活动主题、活动口号、全员参与、层层选拔、顶尖导向"等方面的立意聚焦上。

3.如何把新学期"四案＋两检"落地生根

主要体现在"常规不常、常态不常；高端引领、流程完整；四课合一、A型

飞体；一事三做、三事一做；坚持不懈、矢志不渝"的策略智慧上。

凡是过往，皆为序章，只要你做的永远是你的财富。通过今天几位校领导"四个方案"的联动解读和我本人的"大家讲堂"专题分享解析，希望每位润丰教师都能抓住迎接朝阳区素质教育发展综合督导、教育文化示范校创建的新机遇，努力提升教育教学功力，让新课标在课堂真实发生！也相信每位教师在今年的"四案两检"重点工作当中做出优异的成绩！迎来新学年第一学期的新迭代、新跨越、新胜利！

质量强校：赋能教育"新基建" 共筑和谐"新港湾"

——2022年北京市朝阳区学校发展素质教育督导评估汇报发言

（2022年10月）

　　北京市润丰学校成立于2010年5月，学校现有教师120人，其中特级教师1人，正高级教师1人，市区级骨干35人。现有9个年级，38个教学班，学生人数为1100余人。建校10年，学校始终践行首任校长卓立先生倡导的"和谐教育"，成果丰硕。2020年6月，北京市特级教师、特级校长张义宝担任新一任校长，秉承"和谐教育"核心文化理念，守正创新，开启新十年学校教育"新基建"，不断追问"和谐教育"本质意义，赋予办学理念新的时代内涵，明晰"和谐教育"的属性是"运动"，本质是"竞合"，表征是"创新"，应是在新时代"双减""双新"（新方案新课标）视域理念的感召下，不辱新使命，创新勇拔尖，矢志高标为党育人，积极赋能为国育才，共筑和谐"新港湾"。

一、赋能和谐本系，丰范"高瞻引领式"党建新使命

　　（一）政治高站位办学，发挥和谐党建引领作用

　　1.把握教育方向，坚持党的教育方针。学校坚持以习近平新时代中国特色社会主义思想为指导，全面贯彻党的教育方针，始终把落实立德树人作为教育的根本任务。坚持新发展理念，构建新发展格局。进入新十年，确立了"以尊重求稳定、以服务求发展、以规划求创新、以质量求品牌"的工作主题，以学生成长为落脚点，号召学生"为中华之富强而读书"，倡导教师"为中华之富强而教书"，创生理想学校，全面增强老百姓对学校的认同感。

　　2.落实意识形态责任，强化学校精神文明建设。履行党总支组织群众、宣传群众、凝聚群众、服务群众的职责，推动实现润丰高质量发展。

　　3.强化反腐倡廉建设，落实"一岗双责"。严格落实"两个责任"，进一步强化内审职能，细化完善"三重一大"工作制度，严守工作程序，重点项目严格按

照学校内部评审遴选制度落实各环节程序，接受群众监督。监督执纪"四种形态"中的第一种形态，落实润丰学校班子成员党风廉政建设全程纪实工作手册，干部信守承诺，明确职责，严格考核。

（二）充分发挥教代会职能，实现民主管理

学校党组织充分发挥教代会等群团组织职能，强化民主管理，健全议事决策制度、健全沟通协调机制，定期组织党员、教职工代表等听取校长工作报告和重大事项情况通报，保证对决策实施的监督、执行党务校务信息公开制度等。确保教师对学校重要工作和事项的知情权；保证教师参与学校发展的民主权利，参与民主重大问题审议。2020年学校党总支被朝阳区委评为朝阳区先进党组织。

（三）制定发展规划，引领学校发展新未来

立足新时代坐标，润丰学校以《北京市"十四五"发展规划》及《朝阳区"十四五"发展规划》为引领，制定了《北京市润丰学校"十四五"发展规划及二〇三五远景目标》，总体构建"三步四段"十五年发展规划路线图。其中"三步"是指2025年、2030年、2035年三个"五年一大步"。"四段"是指：第一阶段（2020—2021年），规划内涵新校；第二阶段（2021—2025年），打造质量强校；第三阶段（2026—2030年），构建品牌名校；第四阶段（2031—2035年），创生理想学校。特别是学校将"双减"目标及争创区教育文化示范校、区学校发展素质教育综合督导评估融入学校"十四五"规划及2035远景发展目标中，将"双减"任务和教育文化示范校建设等重要目标的长远性作了较为充分的规划。

二、赋能理念谱系，丰富"自主创新式"治理新结构

（一）传承"和谐教育"特色新谱系，赋予办学理念新内涵

"和谐教育"强调人与人、人与知识、人与自身、人与社会、人与自然的五维和谐。面向新时代新未来，学校传承创新，完善了学校办学理念新谱系，进一步明晰办学特色是"和谐教育"，办学宗旨是"一切为了孩子，一切为了明天"，办学愿景是"把润丰办成让家长放心地把孩子和孩子未来托付给我们的学校"，育人使命是"培育有竞争力的现代中国人"，教育理想是"让学校成为学生一生中到

过的最美好的地方"，教育境界是"让学校成为师生的精神港湾"。

（二）构建"Ａ型飛体"治理新结构，运行教育管理新机制

新时代新发展需要教育新转型，"新基建"之于教育，之于"润丰人"的新启示就是"新——新视域——转型升级新阶段，基——基本功——教育教学高质量，建——建功业——优质大考必答题"，为此，我们着力"新基建"的信息基础设施、融合基础设施、创新基础设施的三大重点，构建"一体双翼两擎双部"新型管理机制，积极探索、主动尝试党组织领导的校长负责制，以更好完成"为党育人，为国育才"神圣教育使命。其中："一体"是指现有学段行政分类为主体的行政中心化；"双翼"是指"大学科研究部及项目研究院"；"两擎"是指引擎和舵擎，分别是"两高"（高学术、高学历）教师队伍的引进计划和"369 行动"的培育计划；"双部"是指党总支部和督导部。目前，学校已经完成八大学部和 16 个项目研究院的创建工作，并顺利运行。至今已获得一批教育部发布的《面向中小学生的全国性竞赛活动名单》（以下简称"白名单"）奖项，新治理结构的尝试初见成效。

（三）严格执行管理制度，依法执教

和谐教育的要义就是教师充分尊重学生的人格，促进学生德智体美劳全面发展。学校办学宗旨明确，认真贯彻执行党的教育方针。办学章程规范、系统，执行机制合理，明确部门岗位职责，有规范的议事规则及程序，严格要求教师遵纪守法，遵守学校规章制度。学校坚决维护学生的合法权益不受侵犯，严格落实《中华人民共和国教育法》的相关规定，保护未成年人健康成长。

（四）协同共治，构建平安新校园

一是争创北京市平安校园示范校。学校已将创建高水平平安校园纳入到"十四五"规划中，为师生创设平安校园。二是家校协同促发展。我们制定了家校沟通实施方案，按照计划进行家访、班主任与家长沟通等工作，切实关注并解决家长关心的课程、餐饮、安全问题。并通过校长信箱、学校公示栏、校长热线等方式寻求与家长的进一步直接的沟通。

具有特色的是，学校与青年路社区、光明读书会进行了深层次的文化互动。"润枫少年读书会"是家长、学校、社区联动的最好见证。在学校及青年路社区

党委的共同努力下，"润枫少年读书会"的同学们自主策划了"师恩似海·光明少年·我和我的老师"专题读书分享活动，众多学生和家长共同参与。社区搭建平台，学校输出教育资源，家长保证学生积极参与，与家、校、社联动，形成协同育人的亮丽文化风景线。

三、赋能行动体系，丰植"自能内生式"师能新进阶

（一）规划教师"双名工程"目标发展

依据《北京市朝阳区教育系统第五轮"双名工程"实施意见》及《北京市润丰学校"十四五"规划及二〇三五远景发展目标》，学校制定了《北京市润丰学校"双名工程"实施方案》，成立了学校的名师名长工作室共计 8 个，制定了学校人才培养目标及策略，引导所有老师签订了润丰学校"双名工程"教师专业发展"369 行动计划"规划目标意向书及"双名工程"教师专业发展年度规划目标计划书，为教师的专业发展指明了方向、搭建了平台。

（二）促进教师"369 行动计划"高阶发展

为了更好地完成"为党育人、为国育才"教育目标，打造一支师德高尚、作风过硬、业务扎实、甘于奉献的教师队伍，学校特制订"369"人才培养计划，完成"三年早知道，六年早准备，九年成名师"的教师个人发展规划。近三年，引进高学历人才，博士后 1 人；培养正高级教师 1 人，紫金杯班主任 2 人；"京教"杯一等奖获得者年轻教师 1 人。

（三）创新"一核六维"双减教研新机制

学校建构了"一核六维"校本融合教研体系，"一核"是指学校开展以"备课组"为核心的校本教研（同年级单学科的成立跨学科教备组）。"六维"的具体内容为"3+3"：第一个"3"指与备课组紧密相连的学科教研组"聚焦素养的学段教研"、大学科研究部"融合贯通的主题教研"和项目研究院的"攻坚克难的精深教研"三个维度；第二个"3"指为备课组提供支撑的"年级组统筹、专家组指导和监控组治理"的三个维度。六个维度，共同指向教师专业发展的科学高效、高阶发展。

（四）构建"4+4"集中式备课操作模型

"双减"实施伊始，学校出台了《北京市润丰学校关于进一步加强"双减"

背景下校本教研与管理监控工作的实施方案》，在完善校本教研机制中，形成了以备课组为核心、以教研组为指导、以大学部为支撑、以项目院为突破、以年级组为统筹的校本教研系统。作为校本教研的最小组织——备课组是学校教学质量的根源，为此，我们将备课的形式分为集中式集体备课、办公式集体备课、即时式微型备课和廊道式微型备课。结合朝阳区教学工作会精神和朝阳区教科院下校视导发现的问题以及新的课堂评价标准，我们将备课组的活动聚焦到新一周的教学目标制定是否具体、可观测、可操作上，基于新方案新课标"评价前置"的重难点确定是否精准上、评价工具研制上是否量表化上。在确保"六定"的基础上，创新了备课组教研实施方式，构建了"四环节四必说"的"4+4"集中式备课操作模型，即"发布—说课—研课—接力"的四个环节以及第二个"说课"环节里的"四必说"——必说"可测目标"、必说"重点难点"、必说"作业设计"和必说"下周满课时"，经过创新机制，监控实施，有效促进教师常态教学行动专业成长的精准化、优质化。

（五）"四八"环节行督课激励学科教研

为了使大学科研究部教研机制规范化、流程化、模式化，学校建立了《北京市润丰学校行政督导实施方案》，以"四个阶段、八个环节"为基本流程，形成闭环管理，体现学校对课堂教学的管理，促教师领导力、组织力的提升。

（六）创新作业设计与管理新样态

学校积极落实"双减"精神，引导全体教师积极探索建构以"备课组"为主体的"教师试做作业制度"和以"年级组"为主体的"班主任统筹作业制度"。强化作业管理、作业校内公示制度，备课组设计作业兼顾层次性、适应性和可选择性，把作业划分为必做、选做和实践三个层次。

四、赋能问学品系，丰润"合作对话式"课程新文化

（一）锚定核心素养导向，建构"融合课程"实践文化

1. "五五"课程贵融通。学校从"课后服务课程化，双减方向自主化，校本推进机制化，教育生态创生化"四个维度深耕"和谐育人"模式，在原有"七彩阳光"课程体系基础上，拓展创生"五五"特色课程，立足"五育并举"、实践以"AI、美健、戏剧、国学、双语"五类课程为核心的新型特色校

本课程体系，为学生提供个性化菜单式课程选择。开学初向家长呈现课程菜单，包括艺术类、体育类、科技类、实践类、文化类等60多门选修课程供学生选择。

2．"双百"课程贵共享。学校特意创设"双百"课程，在"十四五"期间，学校会吸引100名家长和100名专家，走进讲堂，为学生提供心贴心的高端社会教育资源。

（二）锚定创新人才培养，建构"问学课堂"理想文化

1．学校积极践行"合作对话"新范式。通过积极参与朝阳区"理想文化教育"的实践探索，我们不断吸收"合作对话式"理念模型和教学经验，着力建构与理想教育文化相适应的"问学"课堂。课堂是学生学习的主阵地，为了在课堂营造一种理想的学习环境，理想教育文化从学校教育的角度提出了合作对话式教学的要求，最终目标是培养尊重、民主、责任、科学的最佳公民。着力理想文化新课堂新范式，基于教学方法论指向"扰启、内省、质疑、实践"四个要素，赋能校本"问学课堂"实践载体。

2．以培养拔尖创新人才为导向，以学生"做学习的主人、做管理的主人、做创新的主人"为目标，建构了问学课堂基本结构：启问导标—自学调控—内化反馈—自主检测—总结反思—问题解决。立足"问学"课堂，学生践行"三个小主人"，立志"为中华之富强而读书"，在"问学"课堂中"润品立德"，在合作交流中"丰知强体"。在具体实施"问学"课堂时，聚焦五个方面：做"有问题"的教师；创"有问题"的设计；建"有问题"的课堂；育"有问题"的学生；探"有问题"的评价。

五、赋能成长根系，丰盈"拔尖创新式"实践新人才

（一）构建九年一贯制一体化德育体系，促进学生全面发展

1．德育设计贯通化，养成教育递进式实现

一是德育素养培育一体化。在"和谐教育"理念的引领下，学校德育目标（学生发展目标）提出"立志、自律、友善；诚信、合作、创新"的十二字学生发展核心素养关键词，确立了"为中华之富强而读书"的育人主题，积极培育学生的正确价值观、必备品格和关键能力。二是德育活动设计贯通化。以学生为

本、遵循学生成长规律，注重"小学＋初中"的德育一体化设计，呈现出德育目标设置系统性、教育内容阶梯性、教育评价层次性的特点。

2. 德育实施课程化，德育课程特色化彰显

一是构建七彩阳光育人体系。经过多年实践探索，学校构建了以崇德修身、文化知识、身心健康、艺术修养、劳动技能、科学素养、社会公益七个领域组成的基础型课程、拓展性课程、研究型课程七彩阳光德育课程体系。在此基础上，进一步拓展创生"五五"特色课程，丰富学校课程育人体系，丰富学生全面发展供给。二是充分发挥课堂教学育人主渠道作用。课堂是立德树人的主阵地，我们将国学、心理健康教育等融入课程体系中，同时也将德育要素融入课堂评价指标中，引导学生学习优秀中华传统文化，传承红色基因，提升实践创新能力，形成积极自信的心理品质，培养学生的公民意识和国家认同感。

（二）落实学科 10% 实践课程和跨学科课后服务课程

学校积极开展基于国家课程的单学科 10% 实践课程和课后服务课程，如"戏剧课程""国学诵读""AI""游泳课程""无人机"等。

其中，AI 课程指向"为党育人，为国育才"科技创新人才培养。在人工智能技术正在迅速普及的今天，计算思维及编程能力正在成为信息素养内涵的重要组成。我们着力构建一至九年级的 AI 校本课程，重在培养学生的编程能力、机器人操控能力等人工智能技术或技能，并通过选修课、社团的方式引领更多的学生了解新领域、新技术，以此提升学生的创新精神和实践能力。

美健课程指向学生身心健康、审美情趣的培养和提升。以开设体育、艺术等课后美健选修课的方式，将规则教育、爱国主义教育、传统文化教育融入美健课程中，为学生特长发展搭设平台。

戏剧课程指向中外经典名篇的赏析、表演和感悟。每个年级固定的一中、一英两个经典剧目的排演，传承经典，汲取传统力量，润育审美情趣，形成正确的人生观、价值观。

国学课程指向优秀传统文化的传承与发展。学校在一至九年级将国学课程纳入语文学科的校本化实施中，通过读经典、诵经典的方式将优秀的传统典籍中文化精髓浸润到学生的心灵。

双语课程指向文化自信。通过在 AI、科学等学科的双语教学探索，提升学生的国际化素养，培养学生讲好中国发展、讲好中国价值的能力和意识。

（三）整体设计实践活动，达成知行合一

1. 我校教育文化活动以"横向推进、纵向深入"的方式进行开展。以时间顺序为"横向"推进轴，将升旗仪式、开学典礼、毕业典礼等活动以及理想信念教育、时政教育等内容融入各月，形成 12 个主题教育月。同时，学校在统一教育主题的基础上，各学段自主制定教育内容，并尝试由年级组结合学校教育主题，自主设计，将主题活动"纵向"深入推进。

2. 推行经典文化节项目。结合学校"五五"特色课程，以"人人都是拔尖者，个个都是创新人"为主题，我们传承创新，精心打造基于"双减双新"背景下的阅读写作节、AI 科创节、经典戏剧节、双语口语节、文化艺术节、美健体育节等六大文化节活动，每两月一个重大节日，既满足学生全面发展的需求，又充分供给学生个性化发展，促进学生在实践中提升，在学习中发展。

六、赋能保障联系，丰致"绿色生态式"育人新时空

（一）创生"七彩阳光"校园文化资源

学校强调"绿色、环保、科技、和谐"生态校园文化的构建，在"和谐校园、七彩阳光校园、全面发展校园"的基础上构建"绿色生态梦想园"，涵养"班级绿色空间、校园生态空间、社区生态空间""三绿生态"课程体系联通，创建包括将楼顶改建为"绿色种植园"、将润青湖公园建成实践基地等纳入学校未来规划，构建"梦想生态园"，打造文化最美校园。学校已经完成楼顶改建为"空中·绿色种植园"，班级"地面·种植自留地"，与区绿化局和润枫水尚社区联动的"校外·润青湖"公园改造工程正在进行中，与学校比邻的平房乡"郊野·大公园"的共建，学生未来夜观露营、体验野趣的实践基地"梦想园"也在规划中。

（二）创生"五育并举"特色育人空间

学校开发了 AI 教室、铣床教室、厨艺教室、茶艺教室、无人机教室、金工木工教室、音乐教室等 40 个专业教室，融"知识性、趣味性、互动性、实践性"于一体，和谐教育的育人空间得到创新拓展。特色劳动课程、艺术课程助力学生于实践中成长。

（三）创生"廿四共体"馆藏文化课程

"和谐教育"文化渗透于全面发展校园。在学校原有的"和谐教育"12个校园课程博物馆基础上，依托主体建筑，学校积极挖掘北京市冰雪运动实验特色学校资源，研发了"冰雪·双奥"新12个体育文化博物馆"创意主题空间，年内完成，这样的德智体美劳"廿四共体"博物馆使之成为学生的大课程、大课堂，让学生在方寸校园之间"行遍天下"的大空间。

（四）创意"6+1共生"元宇宙教育实验基地

学校向来有科技创新的基因，创校之初，科技立校，构建设施完善的教育教学硬件系统，满足学生全面而有个性发展的基本需求。紧扣学校办学理念，精心设计建造篮球馆、游泳馆、NOC教室、AI专用教室等附属设施。课堂内多功能触摸电视系统是集实物投影、电脑、触摸电视信息互动于一身的现代化教学设施，能够满足不同学生的个性化发展需求。新十年，率先开启学校教育"新基建"，打造教育高质量发展的"数字底座"。从2020年9月开始，学校先后引入的教育部"白名单"的6个AI项目，学校已经成为中国教育发展战略学会人工智能与机器人教育委员会第一届常务理事单位和中央电教馆首批人工智能实验学校，在此基础上，升级学校"AI梦想空间"2.0版，并积极运作，与国内顶尖元宇宙教育企业合作，学校将创意建国内首个元宇宙教育实验基地学校，培育创新精神，提高创造能力，积极培养未来拥有原创核心能力解决"卡脖子"问题的拔尖创新人才，为培养能够为未来中国在国际竞争中掌握主动贡献力量的时代新人，再创育人新时空。

润丰师生坚持"和谐教育"理念，十年磨一剑，取得了丰硕的成果。新十年开启三年来，时不我待，只争朝夕，跨域发展，成果非常。

1.学校方面

获批为第十三届"希望中国"青少年教育戏剧全国年度展评示范学校、人工智能获得中国教育发展战略学会人工智能与机器人教育专业委员会理事单位、北京市联合国教科文俱乐部成员、首都文明校园、建团100周年北京市五四红旗团支部、北京市奥林匹克教育示范学校、北京市冰雪运动特色学校、北京市科技教育示范校、北京市中小学智力运动推广教育优先学校、北京市中小学生植物栽培实践活动示范学校等 75 项市区级以上荣誉称号。

2019—2021 年连续两年获得朝阳区中学教育教学工作优秀校，中考成绩每年上一个台阶。其中，2020 年中考成绩大幅跃升，高分段人数比 2019 年翻了 4 番。2021 年中考成绩进入全区 88 校第一梯队行列，2022 年中考综合优秀率达到 100%，645 上线率 2022 年 9.38%，相比 2021 年增长近 10 个百分点。2022 年优秀率首次达到 100%，参加中考的学生全部考入示范高中。其中拔尖创新人才培养人数量增质进，2022 年七、八、九年级参加区统测及中考，共有 20 多人先后进入全区前 2%—10%，实现了历史性突破，大家信心倍增，矢志高标新胜利。小学部连续 3 年三、六年级成绩优异，获得两次朝阳区小学教育教学优秀校，2021 年 12 月在区"双研会"上作大会发言，介绍经验。

2. 教师方面

三年以来，学校教师获得了巨大发展。在教学上，1 名教师获得京教杯一等奖，1 人获得京教杯二等奖，18 人次获得朝阳杯一等奖。在科研评比上，三年总共有 900 人次获得区级二等奖以上各级奖励，人均获奖励 8 次以上。在科研课题上，2019 年、2020 年共结题 15 个区级规划以上课题。2021 年至今，已经有 11 个课题获得立项，其中，首次有 1 个市级规划课题获得立项。

3. 学生方面

学校通过一系列的课程开发，目前已经有一些项目有能力参加教育部白名单的竞赛，与全国青少年一起和谐竞争。如 2021 年我校学生获得少年硅谷——全国青少年人工智能教育成果展示大赛无人机飞控创意挑战赛一等奖；2022 年又获得全国中小学信息技术创新与实践大赛赛项机器人越野初中组一等奖、第六届全国青少年无人机大赛一等奖、2022 年第十三届"希望中国"青少年教育戏剧年度终评特等奖。近两年以来，学生集体和个人所获得国家级、市级奖项初步统计有600 余项。

面向未来，学校将全力构建更具魅力的"和谐教育"文化，立足"五育融合"，聚集五项"新基建"——新机制、新科研、新教研、新课堂、新作业，深耕"五大课程"——AI 课程、国学课程、双语课程、美健课程、戏剧课程，坚持"人人都是拔尖者，个个都是创新人"的新儿童观、新发展观，奋力培养拔尖创新人才，着力打造具有竞合力和谐教育，为学生的终身成长奠定坚实基础，让学校真正成长为孩子一生当中到过的最美好地方，成为师生的最安全、最自由、最信任的精神港湾。

安全卫生"人人有责"资产财产"个个当家"

——在 2022—2023 学年度第二学期综合安全会上的讲话

（2023 年 5 月）

大家要清楚当前安全卫生工作"是什么""为什么""怎么办"三个问题。

一、关于"是什么"的问题

结合当前市区启动安全生产"大排查、大整治"专项工作，结合学校实际，要明晰学校安全生产工作的内涵和外延是什么。我将其梳理为以下四方面：

一是"1+6"。即学校要建立"1+6"的校本安全体系，"1"就是一个方案，也就是刚刚尤主任为大家解读的初步方案，大家一定要反复认真学习，确保落地。"6"就是六个附件，即安全责任书、处室卫生责任表（全员参加，人人参与）、清洁区划分说明示意图、德育总务检查记录表、财产保管责任书、"两大"专项检查十二条排查责任表等。

二是"三合一"。即以安全为契机，统筹解决的是安全、卫生和财产保管"三合一"的问题。

三是"5+4"。"5"就是学校严格落实区教委校园安全"五项制度"（日巡视、周汇总、月抽查、季总结、年研究），"4"就是开展校园日常安全工作"四个巡查"（教学秩序巡查、隐蔽场所巡查、学生情况巡查、校园周边巡查），有序推进学校安全隐患排查整治。其中最基本的就是要做好"日检查"，包括教学秩序、隐秘场所、学生情况、校园周边巡查等等，责任到人，细节落实，落实到位。

四是"两重点"。即要关注两大重点问题。第一，卫生打扫要督查。要做到"一扫二保洁，三督四不丢"和"两杜绝"（杜绝脏乱差、杜绝大撒把）。"一扫"要形成每天晨午晚三小扫，每周一大扫；"二保"要形成每天至少两次保洁；"三督"是班级要设置清洁区学生督查员、总务要设定片区后勤督查员，加强德育处和班主任的反馈整改督查；"四不丢"就是通过整治，形成不乱丢、不乱抛新常态。第二，防火防盗防家电。教职工的教室、办公室和专用教室等要做到清洁到位，卫生无死角，断电、关门、上锁成自然，总务安保人员要长期维护，维修到位，监督到位，常态检查，确保安全卫生财产资产管理无漏洞。

二、关于"为什么？"的问题

大家要认清形势提高认知，搞清楚为什么当前要强力推进"安全生产大排查、大整治"专项工作。主要是三方面：

一是区域现实。近期市区发生的4·18、5·15等几起重大安全事故，影响巨大，急需整改。市区教委都高度重视，开展为期六个月到年底的长周期持续性的大排查、大整顿专项工作，学校要积极响应，狠抓落实。

二是学校需要。学校自身情况有所变化，原来由物业保安承担的责任工作，现在因为人员减少、变更等问题，更多的要由学校自己承担，为保证校园整洁美观、师生安全健康，必须更加重视安全卫生财产问题，做到人人有责，个个当家。

三是教师职责。身为学校的教职员工，也是国家公职人员，全体教师要做到自觉维护学校的安全卫生、资产财产，从自己做起，从身边做起，牢固树立"校园安全人人有责，校园卫生人人有责"的理念认知。现在，党和国家积极倡导劳动教育，这是"为谁培养人"和"培养什么人"的问题，我们要培养的是社会主义接班人和建设者，这样的立德树人一定是"劳动最关荣、劳动最伟大"的劳动者，不是培养所谓的精英贵族，因为我们要用中国式而不是西方式的现代化来实现强国建设和民族复兴。

三、关于"怎么办"的问题

如何尽快落实市区安全生产两大专项工作要求，如何实现学校新情况下的安全卫生和财产资产整改任务，要重点做好以下三个方面：

一是要提高认识。做到"大宣传、大动员"，广而告之，人人有责。

二是要迅速行动。做到"大排查、大检查"，层层检查，落实细节。修改细化责任表和检查表等各类量表，并督促到岗到位。

三是建章立制。做到"大整治、大考核"，专项整治、集中整治，与考评挂钩、与津贴挂钩。集中三周时间，做好"日检查""周简报""月考核"等机制全面客观反馈，形成新的检查常态反馈和考核考评机制体系。

希望大家切实做到安全、卫生、财产问题，人人有责、人人负责、个个有岗，个个履职。

智慧拼搏　务求全胜

—— 在 2022—2023 学年度第二学期三年级校本教研管理工作研讨会上的

讲话

（2023 年 6 月）

此次的主题词是两个词 8 个字：智慧拼搏，务求全胜。主要体现在"四个明确、四个导向"。

一、明确形势任务——"三新"导向

今年的三年级参加区级统测，对于这一届来说是第一次，且又有一个新的评估维度，将在新教育集团内纳入质量分析，就如上一次五、六年级进行的期中检测就进行了集团内评估，所以过去在一定范围内不太明晰的小学部的具体情况，现在到了集团内或者在一定的范围内变得清晰明了了。目前的考核将面临三方面的数据分析，第一是在全区考核的数据分析，第二是全区同类校考核的数据分析，第三是集团内考核的数据分析。这些分析评估，特别是集团分析评估，对于现在的三年级，尤其是区域建立拔尖创新人才的贯通式培养以及这一次集团化变革，都具有重要的指标意义，或者可以说如果能够在这次的检测当中获得优异成绩，对于学校、老师，包括相关每一个学生，都很重要，将会是未来的成长进步的新机遇，是一个能够向大家展示自己独特的机会。有了这样的机会展示，就会有更大层级的发展，这是一个新的机遇。

"三新"导向表现在这一届是去年刚颁布的《义务教育课程方案和课程标准（2022 年版）》实施下真正意义的线下三年级区域检测，去年六年级的检测是线上居家考核，学校自主阅卷，所以它的评估依据性不太充分，不够精准，因此今年三年级的区级统测情况，肯定对学校获得 2023 学年度质量优秀奖具有重要的指标意义。在这样一种"三新"背景之下新的命题一定会将新方案、新课标和新评价体现在试卷上，一定是有变化的，是要突出"三新"导向的，尤其是"学科学业质量评价标准"，就是要"以标定考"，这个是很重要的导向。刚才各备课组、教研组老师在分析发言当中也有所涉猎，都提到要更加关注"学业质量评价标准"的方案及解读稿是怎么表述的，大家一定要对标新方案、新标准、新评价进行今年的期末复习，而不是只拿着过往的试卷做复习、做模拟。所以我特别强调，在集团内和全区内这个新的形势当中，就是这种拔尖创新人才的分析也是纳入到集团内的，集团内提供的新数据非常详尽，是很重要的形势任务和目标导向。

二、明确责任担当——目标导向

今天我特别高兴，年级组长、班主任学科老师、教学处，还有小学部主管领导都能够对于三年级迎检测这个任务，作自己角色内的职责分析、要求、思路和方案，这样就形成了层层有责，个个担当。在这样一种背景之下，大家一定要理清责任清单和具体目标。总体的定位可以参照上次五六年级在集团内和相关区域内，以及以前历届三年级在区域内的定位来确定目标，其中有一个基本目标是这一届要在全区保持"优秀"这个层级的蝉联，并且在原有基础上能够进一步升档升级。刚才孙校长也分析了这一届三年级教师团队的工作作风和大家近期的实践努力，可以看出来这一届的三年级团队是一个团结的团队，是一个战斗的团队，也是一个智慧的团队、拼搏的团队，这都为高标准目标的达成提供了可能性和可行性。而具体目标视域主要是在区内，在集团内的层级，因为集团内有7所小学，会后也请主管校长和教学主任一起看看相关的具体情况，然后把这一届三年级在集团内的目标理出一个小清单，给大家把握好。一句话，有目标比没目标强，要制定"保争创"的目标，比如总平均超集团平均就可以设定为"保争"的目标。在拔尖创新人才的具体数量上，尤其是前十、前三十、前五十、前一百，要有具体的数字体现。这个具体数字会后由孙校长还有付主任提供相关的背景数据，当然只能提供大概，还在拟定中，会与年级组长再商定，最后以适当的方式给大家下发。没有目标，大家动力就不强，有了目标之后大家责任就清晰了，目标就是用来作为一个标尺的。目标只有三种可能，一个是超过了，没有目标你超过了都不知道，有了目标你知道超过了很高兴，达到了很开心，没达到大家就形成这个遗憾，就会自我寻找原因。

所以我说明确职责担当的时候，就是要进行目标的拟定，因为现在有一些数据可以参考，但是我相信大家自己也有一些定位，所以这个目标导向其实也就是结果导向，刚才孙校长也提到这个事。总体定位上是要超集团、超区，同时区里面优秀、拔尖人才的数量上要充分，这是特别关键的，比如前十、前三十这些在集团内要有特别的彰显，要尤其关注，也就是说把满分率，把三科的满分率和三科都满分的学生形成一个拔尖的矩阵。比如说这个学生现在语文跟英语都满分没问题，就数学差一点怎么办？比如有的学生语文就是作文不能得满分怎么办？刚才也提到有的学生就写字，也有是因为机器评分或者人工评分也很重要的。从语文满分这个角度来看，三年级的作文不多的，所以语文得满分不是不可能。所以从目标定位上，孙校长和付主任在拟定具体目标的时候，要关注这些三科满分的学生，要细节到有多少个学生三科都能满分上，以及各个学科有多少满分人数。去年质量分析，学校的数学有 28 个满分，占了不少百分比，跟过去确实有很大进步，但是放在全区比的时候，还有进步空间。所以要对三个学科满分率达到多少有目标。这里这个满分是指三个学科，各科的满分则是努力达到 30%，我记得去年六年级英语学科超过了 30%，接近 40%。所以这个目标怎么定，是一门大学问！先拟定，不一定很准确，但是大家可以内部把握，内部建构，这个目标今年不准没关系，但是今年，在三年级就定了这个目标方案，这样大家就可以朝着这个目标努力，在考核的时候有标准，达到的、没达到的、超过的，都能够有说法、有依据。也有可能目标低了，那就看超过怎么样，超的多、超的少，这也是可以作为评定内容的。定高了也没关系，高了也能评，就看低得最少的那就是优秀，但是我相信在制定目标导向过程中，也是需要小学团队管理层在这方面作为新的研究点和治理优化的新策略的，这样给大家也好操作，建议这件事在这一周内拟出方案，最后上会集体研究审议通过。

三、明确育人价值——拔尖导向

这次考试是基于"双减""三新"背景下小学三年级第一次参加区级检测，所以对这件事一定不要片面看，当然也不要把这次迎检当成一个吓唬家长和学生的"口头禅"。三年级的学生，从人成长的角度，他的思维进入了一种过渡阶段、转折阶段，学生具有一定的形象思维、抽象思维，具有了更多的高阶思维，这是拔尖创新人才识别、甄选的适合时机。从评价的诊断、激励和改进这三大功能角度，这次检测包括全面模拟考试就是诊断报告，是一种自我诊断，是一次自我激励，更是自我改进的一次很好的机会。在这个过程当中，要落实"家校社一体化"，引导教师在学习、践行新课标的时候，坚持素养导向的正确价值观，是关键能力、必备品格达成度的一次检阅机遇。

通过这次复习迎考迎测，让学生改变一些坏习惯，让学生锻炼集中注意力的意志，锻炼他们单位时间内完成任务的效果情况，锻炼他们"失之毫厘，谬以千里"的这样一种科学的、圆满的、一点都不能错的意识品质。同时也是改进学生学习方法，优化家长教育方法和老师教学方法的一个重要契机。所以我建议，这个阶段老师要加强正面的引导，对所有的学生，都要根据他们的学习程度，利用好这个机会进行查漏补缺，薄弱生力争向上，优秀生力争满分，做到一分不能丢，一科不能低。比如某个学生已经有两个学科都很优秀了，就差一个学科，那么在这个弱势学科上就要形成合力，促进这个学生将这一科精进成满分，这是我特别要强调的。为什么第一个要强调"三新"呢？究竟考什么？三年级备课组的杨老师、吕老师、武老师作为备课组长一定要注意"以标定考"，要常态化、习惯性地把学科新方案及解读稿放在书桌案头，随时研究、随时感悟、随时比对，并以教研员、命题人的视角研究备课怎么编创题目。这个"拔尖导向"也将是现在中学部迎接新中考，小学部迎接六年级检测，质量分析当中一个绕不过去的话题，更是今年教委开学以后下发的拔尖创新人才贯通培养的要求，这些一定会在三年级有体现，那这个体现怎么办？就是体现在这种"拔尖导向"上，也会在三年级这次区级检测上有探索、有导向、有体现，那怎么办？要深度研究新课标，研究学科学业质量标准及考核内容和考核方式，"以标定考"是为新中考、高考制定的新原则、新导向，教研员们、中高考命题人也在研究它，所以我建议大家在这个阶段能够注意这个策略的学以致用、大胆尝试，积极建构，就会走在前列，赢得变局。

四、明确课堂变革——效益导向

通过什么办法来实现这一目标的达成，这个拔尖的导向，这种"三新"的方向？最终都要通过这阶段的课堂教学，尤其是专题性综合性复习课、练习课，包括试卷的讲评课等的这种课堂的变革。

这个星期天，我参加了全国 AI 赋能评价的一个会议，其中有学校和区域介绍通过 AI 赋能课堂教学评价的经验，他们的老师实行了自分析、自评价、自改进、自提升的"四自"校本教研，其中有一条就是通过 AI 给诊断单，形成了自我评价。他们把这个工具用得特别好，机器给出评价级别后，然后老师根据分析报告、对比量表，找原因，提出改进的策略，取得了一个农村学校区域高质量成绩的大幅度提升。学校也是 AI 赋能课堂评价的实验学校，之前放在四五年级，属于实验试点阶段，也承办了全国研讨展示会。现在我建议全员推进，特别是语、数、英三科，上次会议我也提出来，小学在放假之前，每人至少完成一次 AI 赋能课堂教学课的录制，学校相关的前期准备都在做，第一要调整 AI 教室，现在调了 6 套机器设备，准备在中学放两套，小学放两套，阶梯教室放一套，高清教室放一套。同时专门配置一个服务器，这个服务器一旦配置到位之后，就能够自我形成生成分析报告。所以这个阶段请付老师牵头，几个备课组长配合，我建议三年级每个人每个学科至少进行两次课堂实录，有意识地用这个分析报告以及相关的量规量表做比对方案，这也是刚才我提到的学校通过 AI 赋能实现让这个区域和学校的教育质量一跃而起，形成巨大的变化，它的课堂教学自我改进功能、校本备课教研效能很好，所以我还建议在期末的学校复习的课堂教学中要积极实施，一定要亲自探索尝试。上次我自己也上了一堂课，开始之前也是心里忐忑的，但结果出来之后，成绩不错，心情立刻就好了。大家也一样，获得好成绩，你自己会很高兴，就会更加坚定了。如果说总体上我是最高级的综合 4 级，但是还有个别项目上面有 3 级，那我就能精准去找原因，为整改自动找到方向，而且因为这个标准量规是全国最顶级的、最先进的评价量表，王老师在早期培训的时候也提到，这套评价理论都是很前沿的，它的量规是目前全国最成体系的。通过 AI 技术提供更加精准、精细、无漏泄的分析，能够达成更好的结果，我觉得实现高效益主要是要通过课堂变革的方式才是最根本、最智慧、最捷径的，尤其是因为大家后面要进行复习课，专题复习，综合复习，个性化辅导，拔尖创优，诸如此类，一定要通过改革的办法，不然就不是我说的智慧拼搏，只叫拼搏。下死功夫，打这个汗水战，汗水跟泪水，只能是叫拼搏，但是智慧呢？就是要善于用器，精准制导，在高效率中实现高效益，这也就是用微量能量赢得超量威力的"核聚变"效应。你用了之后你就会有这种体验，你不用永远是在外面，不知其妙，其实用了之后反而觉得很简单。

最后再提醒一下，小学部教学处要组织好至少两次的学校层级的模拟测试、质量分析会及学生总结表彰会，这个参照前面几次三年级、六年级和中学部的操作办法推进落实，尤其要加强第一次限时作业的命题创编、质量分析会和整体工作的统筹安排。相信三年级全体教师一定会更加齐心协力，智慧拼搏，务求全胜！

让办学和教育赋能成为"一件创造美好的事"

——申报正高级教师个人教育工作自我分析自我评价

（2023 年 6 月）

让办学和教育赋能成为"一件创造美好的事"，是我作为教育工作 30 多年心路历程凝结出的一句心里话，更是自我分析与自我评价的"自画像"。

一、"我是谁"？管理轨迹有"三大特点"

因为这是自然的港湾，我的常态有特点：

一是进步快。28 岁从中层直接提拔校长兼书记，为当时最年轻校长。二是时间长。担任正职 26 年。三是两地情。聚焦"二三四"，"二"即人生南北两京穿越，最早两次国外培训，两次北师大教育部校长班学习培训，是为"梅开二度"。"三"即三度校长和教研岗位"二人转"，是为"三湾改编"。"四"即 4 次做校长，虽有"被动"感觉，却是人生际遇，是为"四渡赤水"。

二、为了谁？理念创生有"三大谱系"

因为这是此岸、渡船、彼岸的关系，初心不忘，方可使命抵达。办学均有"生命""和谐"相融，传承与创新相生，迭代升级，自然而成理念谱系。从初任校长的"飞扬个性，发掘潜能"素质本质到坚持"一切为了孩子的生命成长"课程视域；从秉承润丰首任校长卓立"和谐教育"办学特色到坚持"一切为了孩子，一切为了明天"的时空主人，四校皆有缘，均有"生命观照"的理念赓续。

任职润丰新学校，恰逢新十年新发展，自觉秉承创新，自成理念谱系，不断追问并践行"和谐教育的本质是竞合"的新发展理念，具体有三：

一是教育理想——积极倡导"让学校成长为孩子一生中到过的最好地方"的教育理想，这是教育的最高追求与自我赋能。

二是教育使命——深度明晰"培养有竞争力的现代中国人"的育人使命，这是人工智能新时代百年变局的育人使命。

三是教育境界——努力追寻"后疫情时代，学校更应该成为师生精神港湾"的美好境界，这是生命至上，健康第一，"五育"融合的价值追寻。

三、怎么去? 实践创新有"三大加速"

因为这是文明的港湾，需要渡船，需要外力的叠加，实施路径怎么行? 改革工具多不多? 好不好?

一是"党建 +"。"党建 + 理念引领""党建 + 育人实践""党建 + 队伍建设"，建构立身为旗，党政和谐，同体共行的"党建 +"新范式。

二是"规划 +"。初任伊始，首作就是制定学校新 10 年"三步四段十五年"发展路线图: 规划内涵新校，打造质量强校，构建品牌名校，创生理想学校; 确定"共筑百年好梦想，同创十年新未来"的规划主题词; 设计"十大赋能追问和能量建构"的年度工作目标。

三是"治理 +"。体现在"四新"。

新基建: 新十年—基本功—建功业，开启润丰新十年教育"新基建"的新征程，确定润丰教育"新基建"三大支柱: AI 项目的融合基础，学部贯通的融合基础，1222 的机制基础。

新治理: 积极构建了"一体双翼、两擎双部"的"A 型飞体"现代治理体系，完善优化"九年四段新学制"贯通培养，相继成立了八大学科研究部和 9+n项目研究院。

新课程: 积极建构"AI 课程、双语课程、戏剧课程、国学课程、美健课程"等五大新课程供给体系，丰富融通"双减"校内课后服务课程资源库。

新建构: 启动"大家讲堂"首届科研年会学习型组织，践行区域新课堂评价标准 X/16 聚焦，催生"行督课"的四八流程健全，强化教师基本功"和谐杯"8+1 自觉，积极建构和谐共振、竞合成长的"问学课堂"; 创生双减"四化"理念体系 4+4，双减作业赋能 123，校本教研"一核六维"，集体备课 4+4，作业统筹公示 1+1 两公开等。

四、怎么样? 目标达成有"三大现象"

这是心灵的港湾，彼岸那里美好吗? 天命之年，感悟大道。由此纵观，现象是一种本质的反射。

办学功效的"逆袭现象"。办学影响、作用发挥，百姓口碑最根本。三流变一流；有的"最差变最好"，有的两个国字号的发现：南大附小奥运三问举办地，央视新闻专题报道。润丰区级首年视导 A 课率，全区一流。

办学绩效的"二附现象"。老二超老大，一附小。教海探航全省十年冠，省教育厅年度十佳感动人物；拔尖创新人才培养中考首年翻番（560 分翻了四番，550 分增了 19 倍），次年连升三档进入一流方阵，提前三年目标达成。

办学成效的"卓越现象"。创生众多第一，最早创生教育共同体（集团化前身），最先设置国学、双语、AI 课程等。AI 全国第一所基础教育常务理事单位，央馆第一批第一个；区域任职教研党政，京教杯基本功、正高特级总数全市第一，国测数学体育、全国市区开创性，市国一流，"双减"前卫务实，中国教育报、学习强国有报道。个人勤勉智慧，学术致高有效，全国级多喜又临门，京城特级校长，AI 常务理事，学术委员（三大学会教育学会战略学会人生科学学会）。

纵横上下，正如《校长》杂志万字报道我的口头禅——"一切皆有可能"，因为我们的学校在中央，因为我们的儿童在中央。

更正如 2021 年 7 月 1 日我作为建党百年庆祝大会嘉宾亲眼看到的广场最中央的是："请党放心，强国有我。"青少年儿童的茁壮成长，这是组织和师生对我的特别厚爱，至高荣誉——三次天安门广场等现场嘉宾（新中国成立 70 年，建党 100 年，冬奥开幕式），这是作为校长的一生荣耀！

我将无我，不负人民，为党育人；

我将无我，不负学子，为国育才！

一生践诺：让校长办学和教育赋能成为"一件创造美好的事"！

大道不孤　众行致远

——在 2022 学年度第二学期教师期末全体会上的告别讲话

（2023 年 7 月）

今天是本学年度最后一次全体教师会，这是我到龄退休，最后离任离别的日子，想来想去，也许千言万语。昨天的任免会议，已作表态发言，今天的见面，只作简短表达。

首先是感谢。感谢王书记，感谢学校领导班子，感谢润丰所有的教职员工！接着我想说两个字"大道"——"大道之行也，天下为公"。

三年前来到润丰学校，2015 年来到北京，一切都是源自于组织的需要，完全服从组织的安排。现在是学校战略发展的重要阶段，今天更是我来到学校的第1112 天，今天是本年度学校期末教师结业式，这样的收官特别漂亮，也特别珍惜。

我时常在想，我们需要的，最终要收获的到底是什么？一个字"爱"，既是道德之爱，也是未来的人工智能缩写 AI 与汉字"爱"拼音字母巧合一体。ChatGPT 时代的"人才"特征应是始于这样一种大爱道德伦理与高阶创新思维的两个价值高地的"占领"，这是基于人机共生共赢的未来之道。我想，此时此刻，分享三句话，也是"三道三不"。

一、道路不断

首任卓立校长高扬十年"和谐教育"光辉的旗帜，作为第二任校长，这三年做到了传承发展，道路不断，并对和谐教育的思想进行深刻的本质追问与"竞合"内涵的新定位，由此开启了学校的新理念、新规划、新路线、新课程、新课堂、新体系、新机制，也带来了很多的新成绩。刚才王书记也再次重温了我们过去的学期乃至一年甚至过去几年的成就，这是"道路不断"的真实写照，是三年期间，大家"双线"作战，"双硬"高标，"双赢"共进的结果，我和大家一起同舟共济、共创共建这段道路，这也是我不断奉献之爱。前天教委任免大会上对我及学校三年工作成绩的高度评价，也是对我们全体同人的智慧拼搏的褒奖。

二、"道谢不尽"

三年来，在王书记，在校级领导、各位中层干部、全体老师的共同努力下，全力支持我的校长履职，工作上给予了大力的支持，不仅是理念思想层次的同频共振，更体现在了行为实践的团结和谐，同舟共济。感谢全校教师在变革时代给予了我支持，产生了很多的宝贵经验，获得了跨域的优异成绩。正如三年来，大家看到的一道道"美丽风景线"，包括最近一段时间学生家长不断送给大家及我本人的一面面真诚致谢的锦旗，当然这也是一个"家校社一体化"的共振，再次向各位同人表示衷心的感谢，感谢大家对我工作的理解支持、行胜于言。

三、道别不离

这次学校主要领导的组织调整安排，是在我的临退休之际，昨天组织上也对三年来我本人及学校的工作做了充分的肯定和赞誉，我很感动，也将永远怀激！这是大家共同奋斗的结果。每个人总是要离开，这是一种规律，校长的退休离任也是一种方式，离开更是一种行为的自我辩证。我定位它是"道别不离"，不仅是因为我的"工作关系"将永远地留在润丰学校，可以做一个在职和退休的老校长跟大家在一起，更多的还是表达未来的岁月，作为我"钟爱研究"的这样一种兴趣是不会停止的，我也将在学校或者区域需要的地方提供我的支持，提供我能给大家带来的一些新合作。同时也期待学校，尤其是加入了北京中学教育集团之后，同志们能够更上一层楼，学校更美好。加入北京教育集团是战略规划设计，希望大家热情拥抱，在新的氛围当中再造辉煌，把润丰学校，把"北中"新理念、新精神积极融通、大力弘扬、不断创生，回归到最后，还是那两个字"大道"常在！大道不孤，众行致远！

谢谢亲爱的全体同人，谢谢大家！就此别过，再见！

研无遗力，功夫始成

课题实验：促进"教师自我革命"

——在朝阳区课题"诊断式督导教师教育教学评价实践研究"专题会上的评价讲话

（2022年1月）

结合刚才老师的课堂，我有一些对于理想文化课题实验研究的新思考、新感悟与大家进行分享。

总体来说，这节课充分展示了教师是自我革命者。物理团队的所有老师都在自我革命，学校非常倡导这种课题研究的革命精神，想要获得更大的创新发展就要敢于革自己的命。合作对话带来的最大体制改变是什么？就是把权力还给学生，不走"老路"，也不走"邪路"，要"新路"，关键是教育理念的变革及教学方式的变革。今天，听了李老师的课我感到十分的高兴，因为感受到了显著的变化！这种变化不仅仅是她一个人的，而且是整个物理组的，他们结合对自己的个人特点和学科教学实际进行了真实的探究，这种真实的探究给了他们重大的启发，这是带有重要的革命意义的。所以我要向物理团队表示祝贺，更要感谢一年来王书记、马教授带领的团队给予指导。

一、正在进行时的"十着"

1. 合作"工具"着

从这节课，可以感受到"工具是对话的载体，对话是合作的表征"，因此，"合作对话"应该是一个词，它是不可分开的，合作需要工具。

2. 工具"技术"着

问题是选择什么工具？这个课题就是个工具，那么就今天这堂课有没有用"工具"这种理念意识呢？有，它让合作进入了一个"技术"的层面，变成了一个鲜活的好工具。这里的工具不再只是简单的实验器材，更是在对话过程中组间评价量表的使用，互评方式的变革。

3. 对话"觉醒"着

这节课无论是师生对话，特别是生生对话，真正地鲜活了起来，真正融为了一体。调整了整堂课学生思维的节奏、学习内容和方式的变化，鲜明体现了学科素养。通过对话唤醒，使学生进入了觉醒的范围。

4. 内省"发生"着

对话唤醒是实现文化自觉和自我自觉的过程，同时也促使学生在无我状态下真实发生内省，为课题的顺利完成提供了重要的保障。

5. 质疑"自然"着

合作对话要特别强调质疑推理的创新能力，质疑能力是指向创新的起点。整个课堂过程中，师生之间的交流，生生之间的交流不是简单的提问，而是深度思维的过程。整个过程中，对实验方案的质疑，对实验过程的质疑，对实验数据的质疑自然发生，形成学生主动质疑、思辨的良好学习氛围。

6. 实践"进行"着

创新的种子要成长，需要实践。实践就要保持时刻进行的状态。学生在本次课题研究的过程中，将生活经验带入到了课题研究中，整个研究过程，从课外到课内，再从课内到课外，研究一直没有停止，证实了"实践出真知"的道理。所以实践永远都是正在进行时，没有停止的。

7. 反思"德行"着

大家总认为立德树人难，在学科中立德树人更难，特别对物理学科这种理科来说，怎么在课堂上立德树人呢？其实完全可以放在评价的环节，教师将给分扣分的理由都说清晰，让孩子清晰地了解自己获得这样评价的原因，之后再借鉴这样的评价方法进行生生互评。在生生互评时引导学生像老师一样客观评价其他同学，形成和谐的竞争氛围，也就是竞合的氛围。立德树人的学科育德就要找到关键元素，竞合的氛围就是一个很好的启发。这节课中，小组评分时，鲜同学主动为竞争对手小组成员加分诉求举动，就是这样优性竞合的德行成长的自然生成的一个范例，十分难能可贵。

8. 创新"孕育"着

我认为理想文化这个课题在关键词上是把创新作为某种意义上的一个终端目标的。当今国内外形势的变革都特别提出了创新这个要求，所以课堂教学，这个占据了孩子一天在校90%以上学习空间的地方就有了一个更重要的初心使命——成为创新的生发地。我认为今天李老师这堂课的创新一直在"孕育"，因为直到课堂结束的时候，孩子们还有问题，这个问题的种子，不再是初期教师教学的目标要求，而是在课堂上自然而然产生的学生自己的质疑和问题了，这就是一种创新的体现。未来当我们整理这些基于科学研究的方法，包括评价指标时，就可以关注设计合理性、方法科学性、合作团队性、团队合作性等等维度，并且赋予它自身特色，这个特色本身也是创新点。

9. 思维"导图"着

今年学校在推行各学科的思维导图，作为教师就要将学生思维的"珍珠"一个个摆到合适的位置上，然后再引领学生自己去穿针引线，最终形成一幅美景、一个图腾，那才是真正意义上的思维导图，这样学生才能建立自己的知识结构"生命树"，才有意义。

10. 成长"标志"着

名师的成长需要成长的大事件。希望李老师能够以此次研讨课的成功展示，作为自己成长过程中"标志性"的"大事件"！作为新的起点，继续努力，在变化的思维和精进的常态基础上，实现理想教育文化理念在常态物理课堂教学中的真正落地。

此次，我想代表学校再次感谢所有领导、专家对学校的深入指导和大力支持。润丰学校将继续在全校推广理想教育文化理念，提倡教师全心投入，用心感悟，将理想教育文化理念在常态教研、学科建设过程中加强常态课的落实，通过课程研发、课后服务等教学活动，加强学科教师的发展。校本研究聚焦集体备课，聚焦学科发展的高标冲尖，践行理想教育文化理念。

作为校长，我在这里表个态，润丰人一定会珍惜这个平台，继续推进后续的发展。

二、课题推进："四全一体"再升格

一是全科参与，编外实验。这句话的意思是通过物理这个项目实验，学校将依据整体高质量发展情况，把理想文化这个课题实验推进到所有学科，特别是八大学部部长的培训中。只要区内项目团队的实验兄弟学校，学校将会派遣至少某学科的老师去进行学习，特别是派遣青年骨干教师参与。

二是全新实验，提档升级。这句话是对物理大学部说的，要求物理大学部要充满信心，坚定信念。对这个课题，如果说还有一些疑惑，只能说明学习还不够，认识还不到位，只要深耕细作，真的相信，用心感悟，就一定可以提档升级。现在整个物理大学部已经在学校的核心年段的特色创建上了，实验品牌创建、教师的个人的专业发展，都获得了进步，尤其是今年还是为学校质量跨越式发展做出了最大贡献的学科，我希望物理大学部能够基于数字化背景之下去提档升级，将今天这节课作为鼓舞物理大学部全心前进的战场，将理想文化课题真正作为物理大学部的阶段性标志意义的事业去做。

三是全程监控，常态践行。这节课我看到了一个好的开端，那就是要加强常态课实施，比如今天这堂课的展现效果，并不是用一节课能准备出来的，证明了李老师平时就是有这方面训练的，到今天只是一个阶段性的展示。希望所有老师在今后的课堂教学课程、研发课后服务，包括物理学科自身提升方面，都能够将其放入常态界内，真正落地。

四是全身深耕，高标冲尖。要精细，深耕就是精细实，要聚焦学校发展的高标必须矢志不渝，努力促进我校拔尖创新人才培育量的突破、质的飞跃。

全体润丰人会继续践行理想教育，找到教育新的生长点！

意识形态：教育人一刻也不能放松的工作

——"基于'双减'：质量强校与教师专业发展" 第二届科研年会上的学习分享（1）

（2022年1月）

对于中国社会科学院研究员朱继东博士的报告，我要用4个"成语"来为大家进行学习体会小结分享。

第一个成语是"振聋发聩"

朱博士的报告彰显着"党性的光辉"，事例是"鲜亮亮"的，着力回答了"培养什么人"的问题！朱博士不愧是我们党意识形态方面的研究专家。通过今天的讲座，我们充分感受到意识形态问题的重要性，作为学校的教育工作者，我们更加深刻地理解了"培养什么人、为谁培养人"必须是我们需要研究和践行的问题。深入贯彻"四个意识"的"政治意识、大局意识、看齐意识、核心意识"不是政治口号，而是实实在在的、具体精微的行为召唤。我们要居安思危、居危思进，时刻清醒认识教育人的意识形态问题是政治性、方向性问题，更是教育目标，是责任感、使命感问题。

第二个成语是"来龙去脉"

朱博士的报告彰显着"学术的逻辑"，事例是"清爽爽"的，着力回答了"谁来培养人"的问题！今天的专家报告让我们进一步理清了意识形态工作的来龙去脉，更明晰了意识形态工作一刻也不能放松表现在政治、经济、社会和教育的所有地方。其"极端重要性"是理直气壮、毅然决然的。

第三个成语是"旗帜鲜明"

朱博士的报告彰显着"智库的立场"，事例是"红通通"的，着力回答了"为谁培养人"的问题！朱博士的讲座展现出鲜明的立场，我认为这是一个红通通的绝对忠诚的政治立场。通过这次意识形态专题讲座，我们能够感受到百年党史红色基因代代相传是多么的重要。作为新时代的教育者，我们必须旗帜鲜明。结合学习领会十九届六中全会精神，更加感受到"两个确立"的政治认知和践行落实是当前意识形态工作的重要体现。

第四个成语是"真刀真枪"

朱博士的报告彰显着"行动的指南"，事例是"明白白"的，着力回答了"怎么培养人"的问题！朱博士强调在日常教育教学实践中，要真研究、真落实，要结合真实生活的实例，要用符合孩子的教育方式，真抓真干，真刀真枪，教师自己将理念正确组织把握之后，再针对学生的现实问题来解决。当我们真正在培养社会主义接班人的时候，我们就能够把"为党育人、为国育才"做到真正的统一，落实到位。这样我们学校教育"立德树人"的主体地位就不会"缺位"，也不能缺位。从这个意义上来讲，我们学校的全面发展、跨越发展、优质发展，还有很多的工作要去深度研究、去行动实践。

作为润丰党员干部和教师，一定要有对党绝对忠诚的态度，做到个人干净，敢于担当！今天朱博士的讲座不仅展示了意识形态研究领域的"大家"风范、"大咖"水平，也带来了最新视角、最新思维，对于润丰党员干部及润丰全体教师是一场"及时雨"！

全景化与专业化共融 操作化与幸福化同体

——"基于'双减'：质量强校与教师专业发展" 第二届科研年会上的学习分享（2） （2022年1月）

听完中国教育发展战略学会人工智能与机器人专业委员会常务副理事兼秘书长韩力群教授深入浅出、干货满满的讲座，我首先要表达深切的感谢，然后我想从"四化"视角分享对韩教授专题讲座的学习体会。

一、全景化

人工智能之于今天的我们，新十年的润丰学校，已经迅猛而来，真是八面来风、耳熟能详。从一年前的感觉陌生，到一年来的学习探索的课程建构、课堂教学，已成为润丰新十年的战略项目。但是，今天韩教授的专家报告，真正成了一个全景式的精彩演绎展示，让全校教师第一次从人工智能的发展历史的宏观视域、人工智能教育的时代创新的中观热点，到中小学人工教育课程指南的微观研制，真是一道满汉全席的饕餮盛宴。

二、专业化

大家一直在说人工智能，其实很多时候我们对人工智能并不太了解，韩教授今天的讲座，从起源开始，细细梳理了人工智能方方面面的概念，在极具专业力的同时又深入浅出，通俗易通，让每一个人都第一次能够这样清清楚楚地了解人工智能为何物。

三、操作化

韩教授带领他的团队研发了一个重要的中小学人工智能的课程指南，目前在国内是最新的，也是最成体系的。韩教授强调人工智能不仅仅是一门技术课程，更应该是一种素养，是成为我们未来"为国育才"的"才"的一个重要特征。未来教育的发展目标是要培养拔尖创新型的人才，这样的人才一定是跨学科融通的，是具有未来竞争力的，在这样的时刻，适合中小学 AI 教育课程指南的出现，将对学校下一步推进人工智能教育课程具有重要的操作性和指导意义。

四、幸福化

韩老师一路不断地在对润丰进行指导，厚爱有加。学校成为全国人工智能的战略学会的组织单位，是目前唯一的，也是第一个中小学的代表，这让我们更有一种责任感，特别感谢韩教授以及他的团队对学校的支持，这让我们感到特别幸运又幸福。

期待韩教授在以后的日子里多来润丰指导，将润丰当作一个 AI 教育教学实验基地，同时也为润丰更多老师的专业成长，特别是人工智能校本化的物化成果体现，给予更多的机会和平台。

最美赋能：读书的"思维"与人生的"导图"

——"基于'双减'：质量强校与教师专业发展"
第二届科研年会上的学习分享（3）
（2022年1月）

首先，我要感谢谢主编在百忙之中来参加学校的读书分享会，并为大家进行了专家点评，真是受益匪浅。本次读书分享是学校首届科研年会设置的读书分享的继续，将作为必备环节传承下去，本次读书分享的定位是"爱读书，会读书，用读书，创读书"的异彩纷呈和有机融合，体现了"四个结合"，即：学校推荐与自主需求相结合、理论学习与实践生成相结合、全员读书与激励成长相结合、读书风尚与读书人生相结合。

8位老师的分享各有特点。中学部德育处陈副主任的分享从PPT到内容都体现了"美学宇宙与美学人生的完美融合、情绪原来是深邃的美学"的哲学思考与课程建构；年级组长付老师"不愧为2021班主任论文一等奖的获得者，运用思维导图实现班级的自主潜能挖掘与班级价值观创建时空"；化学刘老师"不愧为博士，她的思、维、导、图结构解读深入浅出、自成体系"；英语赵老师"思维导图教学法的工作笔记，思路与观察力都让我很受用"；小学部高副主任"用思维导图教学法指导了双减课后服务课程的研发，真有想法"；数学宗老师"复习课的六年级板书设计真是太妙了"；班主任王老师让我感受到"班主任管理思维导图的力量"；班主任芮老师"因为阅读成为了一个老练的新班主任"。8位老师，八道亮丽的风景，为学校2021年教师节当天的赠书活动画上了一个完美的句号。

刚才《中小学管理》杂志社谢凡主编在整体读书分享会点评后的主题聚焦"书香致远，让阅读成就更好的自己"，就是一个精彩的读书讲座。她的讲座让我们感受到了何谓理想的读书。理想的读书是要在阅读之后反思，反思之后实践，实践之后写作的，这样才能真正地学以致用，进而提升到用以自创，而这恰恰是学校鼓励老师们阅读以及举行读书分享会的理想价值追求。

前两天我看到了这样一句话：教育最可怕的是什么？那就是"一群不读书的教师拼命在教书"。但是从去年到今年第二届科研年会的读书分享，让我觉得并见证了学校有一道教育最美的风景，那就是"一群会读书、爱读书、创造性读书的教师在拼命教书"，这是在智慧教书，在创新教书，教出了知识，教出了人生。

希望润丰的所有老师在新十年的发展当中，让"学以致用、为用而学、为创而学"的读书习惯成就每个教育人生，因为你的读书，你的教育价值就保持这样在幸福的每一天中。相信大家一定会共同成就润丰新十年的跨越发展，质量强校，实现最美理想时刻的巅峰到来。

课堂竞技场："牛鼻子"与"硬骨头"

——"基于'双减'：质量强校与教师专业发展"

第二届科研年会上的学习分享（4）

（2022年1月）

非常感谢孟院长用"三真两化"给予我们热情的鼓励，为我们未来的方向做了很好的梳理。对于老师们的分享和孟院长的点评，我也分享一下自己的感受。

第一个叫"京味道"。所谓京味道，北京最核心的区域，党中央所在的地方就是西城，孟院长在西城区做教育做研究，今天孟院长对分享的10位老师一一进行了细致的点评，令我感动。

第二个叫"京高地"。西城作为北京的教育高地，孟院长作为学术的大家，在多次会议上的发言给我留下了深刻的印象。我特别希望能够通过孟院长的指导让我们润丰的老师们了解这个教育的高地，因为这里是我们润丰未来需要去进一步学习领略的地方。今天孟院长对老师们的评点真实恳切、直击要害，学术水平之高，令我惊叹。

第三个叫"京经典"。今天孟院长聚焦一个"真"字，聚焦我们未来的群组化研究的试点的真问题、真实践和真研究的方向性引领，都是具有研究范式的。特别是孟院长提出在"双减"政策背景下，一定要聚焦课堂，抓住类似作业这样的难点来进行攻克，这也是我们未来行为的一个重要准则。再次感谢孟院长的指导。

本学期的"和谐杯"就是展现学校教师高素质的竞技场，体现了我们和谐竞合的思想。那么竞合的重点是什么？就是"牛鼻子"和"硬骨头"，"牛鼻子"要牵住，"硬骨头"要啃下，这是必须完成的两大使命。我用五句话来概括：

一、精用新标准，就能牵住"牛鼻子"

精是精准的"精"，从孙老师的"大小多少"聚焦课堂评价新标准A3、C1、F2的课堂演绎，从燕老师把评价权还给学生，生生互评的常态化中，都能够感受到这一点。

二、敢用新方式，就能牵住"牛鼻子"

曹老师基于"问学课堂"创生了"一板两用"，并积极运用于课堂，对比她所执教的班级和学生，可以说几乎实现了从常态班到项目实验班的变化，更取得了跨越式的学科教学好成绩；朱老师"课堂学生三问"的处理，特别是分享最后还有两个自己的"新问"——范式和方法的问题，不仅能够解决问题，还能提出具体问题，这真的是牵住了"牛鼻子"的习惯体现了。教师研究中，也是倡导"问学"精神，这样的师生作为学习者的问学思想活用互用，举一反三，值得点赞。

三、善用新项目，就能啃下"硬骨头"

张老师基于"语文主题学习"项目实验的学生阅读 4~5 倍的翻番增量，实现了语文的高分高能；刘老师带领的初中体育组把目标满分置于新中考背景下 40~70 分建构的实践项目。相信他们一定能啃下这个增值"硬骨头"。

四、真用新工具，就能啃下"硬骨头"

孟院长刚才特别提到了梁老师的思维导图的五年实践时长、冯老师的大单元"双减"之下的减负增效，这些从"工具"意义上带动理念和方式变革的研究。更重要的是两位老师的学科或者说是教的班级上，教学生态都发生了变化。

五、实用高效率，就能啃下"硬骨头"

什么叫"实实在在"的使用？从才略老师的分层个性化设计，学生的街舞、星光小舞台、快闪，以及国字号的各种比赛；从宗老师的五个分层作业设计，问学课堂、思维导图、学生创编都能看出来。所以，同样的时间却获得更高的质量，秘密就是注意分层和限时，效率特别高，学生充满热情，这就是高标准的领先了。

所有的这些一点一滴，都是课堂的变革，学校想要质量强校，必须要有牵住"牛鼻子"、啃下"硬骨头"的志气和方法，今天 10 位老师率先做出了榜样。"和谐杯"将永远是校园里的一道亮丽的风景线，期待更多优秀教师走上"红地毯"，摘得"奥斯卡"。

化蛹为蝶：这是一片生机盎然的生态园

——"基于'双减'：质量强校与教师专业发展"第二届科研年会闭幕式致辞

（2022年2月）

蛹，平平凡凡，毫不起眼，甚至还有点"丑"，但在经历了脱胎换骨的磨砺之后，化身成为了"蝴蝶"这个美丽的姿样。之前我曾谈到过"矢志不渝"，去年九年级的团队精神，那是脱胎于20世纪80年代的"女排精神"，也是今年春节期间辉煌夺冠的"女足精神"的体现，这是勇冲"高精尖"的精神，唯有经历了这样磨砺，甚至痛苦，方能收获美丽、成功。这次"科研年会"的全流程演绎展示，让我有这样一种感觉：现在就好像进入一个"生态园"，这个"生态园"是生机盎然的，百花齐放的，所有的一切在此共生和谐，这就是本次科研年会想要达到的样态。

这次科研年会用了整整一年的时间来设计，它经历"双减"的检验，是学校质量强校与教师专业发展的高端架构和有效策略，是学校为全体教师提供的一个从控制向自主生成的赋能点。我想从三个视角做具体回溯与展望。

一、回归初性：我们的自然生长有天能

上天赋予了地球生命，尽管我们在宇宙长河之中只是一粒微尘，但却生机盎然。每一个教师之于学校来说就是一粒生命的种子，上天赋予了在座每一个教育人的天能——强化能力导向。这次的科研年会，邀请了朱继东博士——很高层次的意识形态研究专家，邀请了韩力群教授——人工智能界资深专家，他们带领着我们从意识形态到未来社会形态走了一遭，带给我们对自然成长的自然追问和本质追问，全都体现出一种未来向上的力量，我们的天能成长势不可当，因为这种天能永远是向上的、向善的、向美的。

今年校级科研年会上所有的读书分享、"和谐杯"课例分享、"双减"的实践

分享，都是全员参与，层层选拔的。共有 40 多位教师代表脱颖而出，在科研年会上展示分享，这超过了学校三分之一近四成的教师人数，而且他们不仅代表自己的个性化实践，更代表他们的团队整体的工作，正如市教科院王主任在点评中肯定的"有力量、有温度、有高度"一样。作为教育人最大的善心和爱心是能够真正发挥儿童的天赋，为他们的自然成长赋能，这是为师者的自然生长的"生态园"般的"天能"喷涌。

二、回味初心：我们的自主成长有潜能

第二届科研年会上，回味了我们读过的每一本书的"思维导图"，回味了"和谐杯"的课堂竞合，回味了"双减"的心路历程。在这里，记忆了这一年的工作，我们你追我改，竞合成长；我们团队研磨，个人创新；我们优质提升，高位均衡。

我们在基于"工具意义"的高效课堂的读书分享中，体验到了"书中自有黄金屋"，深深地挖掘自己的潜能，恰如开掘深埋于地下的金矿一样，开拓出了身体内的黄金般的力量，优质的读书分享让我们对"双减"有了更正确的理解，对服务于国家、民族未来有了更深刻的认识，对自身个性化成长、无私奉献有了更清晰的定位，真正读出了书籍精髓，我说这是真正的"挖金子"。

"和谐杯"的教师基本功的课堂大赛课例分享，基于区域"课堂评价标准 3.0 版的 16 条"，基于"五五课程"，基于"问学课堂"，基于学校"五个侧重"；等等。大家深入研究，集体协作，个性发挥，成就了科研年会上分享的"口吐莲皆芬芳"，更成就了教师自身专业素养的赋能成长，我说这是真正的"吐象牙"。

如果说通过读书分享，找准了"学校第一生产力"的重点问题强化的精准切入点，"和谐杯"的课例分享就是对课堂主阵地的难点问题的攻坚爆破点，"双减"的管理实践分享就是对重构教育新生态的热点问题的有为创生点。尤其是今天下午的"双减"工作分享，更字字句句浸润着老师们的心血。比如后勤总务尤主任本是体育老师，但是因为学校需要做起了"文职文戏"工作，虚心学习，从无到有，从有到优，项目经费使用管理规定、细则流程、合同流转等相关文案修改到了 11 稿，不仅做了而且做得非常优秀，创生了一种在新阶段基于"三重一

大"更加规范、监察纪检落实更加严格背景下的智慧光芒与勤勉超越，而且还在精益求精。比如臧主任助理在身体特殊时期的情况下，与她所在的初中管理团队一起进行了深入的教育教学管理实践改革，取得了优秀的成绩。再比如项目研究院院长王老师所在语文团队，短短的时间内，就将原来校内"5倍阅读量"学习硬要求的"语文主题学习"项目研究做得有声有色，大家的认识从勉强到自愿，实践从生疏到熟练，今天她列举的期末考试T11的正确率达到历史神奇高的"96%"，多么地具有数据意义的说服力。

凡此种种，科研年会的一个个实践分享，都是一个过程，一个教师自主成长的过程，更是一个创造生命奇迹的过程，一个人的潜能挖掘的过程，一个精气神积极昂扬的过程，一个享受教师自我成长收获快乐的过程，这是为师者自主成长的"生机盎然"般的"潜能"发掘。

三、回响初夏：我们的化蛹成蝶有热能

蝉的一生经过受精卵、幼虫、成虫三个阶段。通常幼虫会在土中待上几年甚至十几年，6月末的夏季时候，幼虫成熟，爬到地面，蜕去自己金灿灿的外骨骼，羽化为我们常见的长有双翼的成虫，这是夜色里瞬间的化蛹成蝶。成年的蝉仅能存活一两个月，但实现了生命的轮回和献礼，短短的日子却让人看到了生命的放歌，热情，充满了力量和能量。今年，有15位同志获得了2021年度科研先进个人，上一届表彰了21位，却是过去5年加起来算才21位，这次在标准没有变，条件没有换，要求没有降的情况下，一年就有15位，这说明了什么呢？说明有更多的老师焕发了科研进取进步的力量，开始感受科研的魅力，开始加入科研的行列。科研先进个人不是那么好拿的，那一篇篇的文章，一个个的课题，一点点的课程资源整合，一次次的获奖，是要多少个日日夜夜的坚持和努力呀！这些老师坚持了下来，行走在教学实践思考与纸笔羽化之间，收获成果熠熠生辉，赢得了生命的响亮，实现了人生的五彩缤纷。正所谓不鸣则已，一鸣惊人，由羽翼初生之时就开始积蓄力量，直到羽翼丰满，根根羽翼从脆弱稚嫩到强韧坚硬，获得了搏击长空的能力，挥洒出让人惊诧的力量，这就是沉寂后的化蛹成蝶！

这次科研年会主题确立是精准和远瞻的。只有具备这种"共苦共生，共鸣共

荣"的"蝶变、羽化"，我们才能实现拔尖人才、顶尖人才和创尖行为的完美对接，实现"一个不能少，一个不能丢，一个不能逃"的优质均衡、整体均衡、高位优质的迭代升级。学校的科研年会就是学校科研的最高荣誉表彰会，走上科研年会的舞台，就像是走上了充满荣誉的"大会堂"！学校科研年会还像是学校专业研究的"博鳌论坛"，因为博鳌论坛是我国专门用于国际经济未来前瞻的最高经济和国家战略论坛，希望大家能够更加重视，以参加科研年会为荣为傲！正如我曾经讲过"立德树人"，也说到过大德，什么才是大德？我对你好，无须你知道，也不求你回报，这就是大德。今年的教师节，我希望全体教师可以以师德为主题再设一个类似科研年会一样的场域，让大家讲述那么多感人至深的师德故事，在这样的"故事场"里，让所有人看到大家日常教育教学中奉献的炽热之心，闪烁的人性光芒，以及追求卓越辉煌的心路历程，更期待大家以前瞻的国际视野、首善的北京标准来展示学校，要有在朝阳区、北京市成为一流，走向国际的雄心。看看丝绸之路，前后10多年，张骞矢志不渝，终于成就不可磨灭的开创历史，而今学校的十五年发展规划需要定位和抵达的方向更加遥远，全体老师必须以此为立身之本，才能拥有真正的战斗力，这也就是刚才王主任提到的"更有力度"，有了这样一种视野，就需要登高望远的高度。因为有了这样一种师德的氛围，使我们"更有温度"，更能深入人最柔软的心灵深处，也就会换得我们自身与家长、社会的共同的心理愉悦，更升华为无我状态，我想这样就可以接近习总书记所说的"不负人民我将无我"的人生价值信念了，这是为师者化蛹成蝶般"热能"羽化。

我们一定会在这个"生态园"里更加生机盎然，更加璀璨光芒，以此带动我们更大的场域辐射，成就一方气候浸润，创造富有真才实学、真经实典的润丰范例和经典故事。

"大家"就是"大家"

——"基于'双名工程'：质量强校与教师职业规划"
第三届科研年会上的学习分享（Ⅰ）

（2022 年 7 月）

　　我今天学习分享的题目是《"大家"就是"大家"》。这里的两个"大家"指的是什么？到底是为什么说呢？

　　听了曹教授的报告后，我认为：第一个"大家"指的是学校今天邀请的大专家正高级教师特级教师曹洪彪老师，第二个"大家"指的是全校师生，特别是在座的教师员工。曹老师这样的"大家"是怎么形成的？刚才从曹老师的自我介绍中知道，他是从农村走出来的"大专家"，是一个地地道道的"草根专家"，他的成长历程不正映衬了我经常跟老师、同学强调"王侯将相宁有种乎"的理念吗？所以在此我有三句话想与大家分享。

第一句话是拔尖——"专家"的"国字号"

　　曹老师是享受国务院特殊津贴的专家，两项国家成果奖的获得者，正高和特级同时在身的人，是引进北京后再评的特级教师，某种意义上讲，曹老师就是"国字号"顶级水平，而这个顶级的起点是如大家一样普通朴素的人，但他却又是"拔尖"的，是草根中长出来的"拔尖者"，他的经历也正契合朝阳区倡导的区域拔尖型、卓越人才的成长过程。

第二句话是实操——"大家"的"成功率"

　　曹老师很年轻，曹老师的成长基础点是在农村学校，然后才走进京城，来到朝阳区，并且短短几年时间，将自己各方面的工作进行得风生水起，收获各级各类荣誉，这些是怎么来的？是实干出来的！是一点一滴、踏踏实实干出来的！今天他围绕课题规划书的申报为全体教师做了十个方面的梳理，从问题的诊断到给出的建议，都让大家如获甘霖，过瘾解渴。为什么他能够做到这样的程度？还是因为实干了！因为他的指导更具实操性、草根性、接地气，是"真功夫"，所以才收获成功了！想获跨越式发展，唯有务实精细的实践操练！

第三句话是研究——"全家"的"快进键"

这个"全家"指的是在座的润丰学校的每一个人。一个人走得快了，一群人就能走得远了，每一个人都提升了，自然就能完成学校的高质量发展了。日常的教育教学工作就是每一个教师的研究起点，研究的肥沃土壤，刚才三位老师的现场提问以及曹老师互动策略建议，都指向了"研究"，"研究"课题就在身边，之于本职工作、学科问题、教育价值的现实发生和提炼提升，"研究"意识和"研究"行为就会相得益彰。只要你真心去做"研究"的有心人和坚持者，就找准了"研究"这一专业成长和专业发展的"快进键"，像曹老师倡导的那样"十年实干，实干十年"，积极融入学校"369 行动计划"和区级"双名工程"建设的进程中，耐得住寂寞，乐在"研究"中，就能够找到自己的"终南捷径"，终将赢得"十年磨一剑"的成功与荣光。

希望并相信大家能够实干研究，抓住今天启动的学校"双名工程"大会的有利机遇，认真规划，务实研究，积极达成专业成长和创新发展，必将迎来我校教师队伍建设"大家"的次第花开、硕果累累，实现每个人教育人生价值上真正意义的"大家"诞生与梦想成真。

经典人生：书香校园我能行

——"基于'双名工程'：质量强校与教师职业规划"
第三届科研年会上的学习分享（2）

（2023年1月）

结合8位老师的分享，结合特邀嘉宾《现代教育报》首席记者郑祖伟主任的点评，我有三句话与大家分享。

一、"经典·人生"与"书香校园"

阅读，读什么？读经典！那么读了经典之后，跟人生之间有什么关系呢？那就是"人生经典"和"经典人生"。"人生经典"是什么？人生的经典就是我们要读古今中外的经典之作，要读未来之书。所谓经典是能够经受得住时间考验，经受得住各种文明考验，同时也能够经受得住未来验证的。今天我看到很多老师都在读经典：王老师读《战争与和平》，我在细细地听他怎么跟"拔尖创新人才"的培养能结合在一起；汪老师读稻盛和夫的《活着》这本书，跟着这位从科学家到企业家跨越的人，学习工作状态，热情和能力，这种"人生方程式"很有意义；刘老师作为体育老师读出了师德，读出了不抱怨，对于体育不够优秀的孩子，他用这本书的激励思想积极去鼓励表扬，正面引导，真是一位充满爱心的"人类灵魂工程师"。作为一个体育老师，有这样的师德认知，是一种正确教育观、儿童观和教师价值观的高效实践体现。所以我认为"人生经典"就是"读什么书"的问题。那么"经典人生"是什么？关键词落在了"人生"身上，书香校园成就学生未来的书香人生，成就教师未来的书香人生。今天芮老师分享的时候说到了一个观点：难以想象老师天天要求学生读书，自己却不读书，这是不匹配的，也是德不服众的。因此要想成就自己的"经典人生"，要把自己的人生活出一个"经典"的样子，那一定是要让读书伴随你，让写作伴随你的。就像刚才点评嘉宾郑祖伟主任讲的，要把自己对生活的感悟，对阅读的体味，都书写出来，写出一本书，写出自己教育的经典人生。

二、"最美风景是读书"

阅读，一直都是润丰学校的光荣传统。老校长在过去十年中每年的教师节都有一个赠书的习惯，我作为新校长是传承了这个教育项目，而且不仅是保留，还把读书落到了实处，以每年科研年会的第一分论坛——读书分享的方式展现了出来，并且是在人人分享、层层复选基础上的全校展评，评出读书活动特等奖、一等奖、二等奖、三等奖各奖项。

甘老师在阅读全国著名数学特级教师吴正宪撰写的书籍《跟吴正宪学教数学》之后，将她作为了自己名师成长的一个光辉典范。无独有偶，我在2022年12月举办的区"双名工程"名师学科教学特色展示主报告分享中，也专门谈到了吴正宪老师对我数学教学思想、教学生涯和教育人生的宝贵影响。每位名师的成长一定要有自己人生成长的"经典人之师"，除了他的著作，这位"经典人师"本身也是一本书，值得我们细细拜读，读懂读透。

杨老师阅读了《共同富裕的中国方案》一书，这是在强调立德树人，强调我们到底培养什么人。我们是要为未来国家培养，适应中国式的现代化需要的"拔尖创新人才"。中国特色现代化有五大特点，其中一个就是要达成共同富裕，这是人类历史上没有的。现有的发展相对较高的西方现代化，解决的是精英和少数人，但是我们要在稍弱于他们的情况下，解决所有的人，达成共同富裕！这有多难，可想而知。

在当前的背景下，我们的价值观、人生观要在读书的过程当中积累、形成，直到凝练。在这个意义上讲，我今天特别喜欢闫老师对《大话机器智能》这本书的分享，他原来的学科专业是劳动技术，现在已经成长为了信息技术、人工智能的教学专家，他今天分享的是人工智能的发生发展，其实是在感悟时代的脉搏，读人工智能的书籍，就是在读未来之书哇！

寒假即将来临，下学期以及2023—2024学年度，学校工作重点中有一个就是教师队伍的发展。上次学校校务会专门就下一阶段的教师培养谈到了要加大力度、加大强度，成就高师名师。如何培养呢？首先就是要如饥似渴地读书，读专业的书，读最新的书，读各类的书，丰富知识容量，提升内涵修养。新一年学校会专门进行教师报刊订阅的再选择，要把学生和教师的阅览室更好地利用起来，要让我们的学校处处都有读书的身影。在这信息浩瀚的时代，校园最美的风景就是读书，我们要让这道最美的读书姿态成为润丰每个教师的人生习惯，因为好习惯成就好人生。

三、"最美的名胜是写书"

如果说最美的风景是读书，那么最美的名胜是什么呢？名胜就是风景中的风景。我认为校园的最美的名胜就是写书，这也是刚才郑主任特别强调的。刚才郑主任提到了自己成长的一个细节，他的阅读习惯并不是小学就形成的，而是在中学遇到了一位好老师，在老师的引导下才形成的，而且这位老师还把郑主任内心存在的写作中的潜能一下子给激发出来了。后来，郑主任还一直坚持写日记，一直写到工作前后。无独有偶，我也是这样，曾经一直坚持写日记到结婚前后，甚至曾经有一段时间专门用写诗的方式来记日记，即诗体日记，每当人生度过十年，我都会写几百行的长篇诗歌或者是长文，来对自己的人生进行反思。我们这些成人要写日记，学生更要写日记，要帮助学生形成写日记的习惯，这样才能让他们也成为最美的名胜——风景中的"打卡地"，风景中的"留影点"。写书将成为学校下一阶段教师读书倡导的新样态，而且写书要落实在两个方面：一是老师要引领学生来写书，把单纯的"读书节"发展为"阅读写作节"；二是老师自己要写书，写课题、写论文、写文章。我很赞赏今天分享的刘老师将理论与实践高度融合，我深刻感受到她是真读实悟《通过探讨可视化思维工具提升学生英语深层理解能力》这本学科专业工具书，她不仅读"思维导图"进行思考，还去实践思维导图的教学，最后还将思考和实践写了出来，联系到她这学期的班主任和英语学科教学，成效特别大，班级面貌和拔尖创新人才培养，进步特大，未来可期，产生这样结果和现象的过程值得记录下来，整理加工就是一本教育大书的宝贵素材。这样的读书才是真读书，我认为她的读书状态堪称今年读书分享活动的一个具有指标意义的标杆。

读人生经典成就经典人生，共创共建书香校园，润丰师生我能行！让最美的风景体现在读书上，让最美的名胜体现在写书上。师生共同努力，干部共同努力，在第二个十年当中写出一本有字的教育教学管理专著，更是写出了一本无字的人生经典之作！让我们坚持质量强校与教师的职业规划专业发展的有机统一，通过知识赋能成长，通过智能引领创新，我们就一定能够实现夺取质量强校新胜利的厚积薄发与攻坚克难！

学术大餐："大家""高师"的快速成长与做则必成

——"基于'双名工程'：质量强校与教师职业规划"
第三届科研年会上的学习分享（3）
（2023 年 1 月）

我今天特别激动，有三句话要与大家分享。

一、三大精彩，交相辉映

一是主持精彩。孙副校长的准备非常充分，点评极具个性化且系统完善，跟本届"和谐杯"的主题，分论坛的专题精准聚焦，体现了大气、有内涵的主持风范。

二是点评精彩。朝阳区教科院初中教研部翟磊副主任的点评精准，学术引领聚焦，虽然时间不长，但却让我们享受了一顿学术大餐，非常过瘾，点评中既有对活动本身和 9 位老师的鼓舞激励，更有从学术层面的发言特色提炼。特别是翟主任最后还用微学术报告的方式，从课堂评价标准，区域课堂评价标准普遍存在的五个"薄弱点"上，给我们作了精准的分析，同时提出了解决的路径，还以案为例，把"元认知知识"与"高阶思维"跟评估衡量评价的薄弱点，或者说培养"拔尖创新人才"要解决的问题相联系，有的放矢，对大家来说有很好的借鉴和学习价值。

三是分享精彩。9 位老师的发言都太精彩了，我作为评委去打分，属实是拉不开差距，虽然我有些为难，但是内心依然感到能够形成这样的局势真是太好了。我就知道。再次验证我一直以来的理念："可贵在引领，高手在民间"，"相信学生是没错的！相信老师是没错的"！

主持的用心，点评的出色，分享的创新，体现了大家的学术风范、高师品格以及学校教师基本功高端水平的展示，共同成就了这次"学术大餐"。

二、9 位发言，点石成金

我刚才之所以作为评委打分很为难，拉不开档次，因为这次分享的 9 位老师都在各自的领域中研究深刻、高位，有理论支持，更重要的是有实践紧密结合。

朱老师的"问学课堂结构化"这个点抓得准，跟思维导图，跟线下"双新"背景下的体系，系统化的教学单元整体教学是多么落地呀；张老师的"变化中的不变——倍的认识教学体悟"的分享直指"问学课堂的四大辩证法"，新与旧，异与同，变与恒，恒就是不变。如果说朱老师解决了"问学课堂相对论"的"联"和"系"的关系，那么张老师就解决了"问学课堂辩证法"的"变"与"恒"问题；王老师的《论语十二章》"一课多上"，同一节课在双减前、双减中、双新时的"同课异构"，特别是至于"双减""双新"背景下的语文学科"文化自信"及"立德树人"问题，这个要点把握得很精准，相当精彩。王老师和卢老师更是把学校本学期"和谐杯"主题的"四个落实"体现得淋漓尽致，总结得条理清晰，堪称中小学部的"两个模板""两个标准"的实践杰作。王老师有一个数据，在一个重点题上这次期末她执教的班级成绩优秀率达到了95.7%。同志们，老师们，这是初中八年级道法学科一个人带四个班的课，但是因为她能在课堂上抓得准，高效到位，就获得了这样匹配的成绩，这是一定要重点表扬的，这个数据很能说明问题，这就是课堂"四个落实"真正落实后获得成果的鲜活案例。刚才翟主任点名评卢老师，作为小学低段的英语老师，却以很高端的教育思维来引领自己，而我更多观察到卢老师作为一名英语老师，却主动把数学引入课堂，进行"双语数学"教学的宝贵探索建构。她的双语数学问学课堂上为了引导竞争而准备的各类表格，不是为公开课准备的，而是日常就积极使用这样的积分机制性和水平的，所以你看卢老师不管带什么班，管什么班，孩子都喜欢他，孩子的成绩都很好，进步都很快。曹老师结合新课标数学的"拔尖创新人才"培养进行分享，学校一直都在提，没有数学学科、物理学科和语文学科的满分突破，就不可能实现学校"拔尖创新人才"培养的突破。据我了解到的情况，现在大家对"满分意识"的传递非常到位，因为我从孩子们的交谈中频频听到了他们提起"满分"的目标，而且也因为这样，我们今年期末各年级，尤其是高年级都出现了不少获得满分和接近满分的学生，这些说明了什么问题？学科的真正落实对培养"拔尖创新人才"来说是多么的重要，而且做了和没做是绝对不一样的，而且差距很大的。谈到这里，我就想再次为杨老师点赞，我多次听他的课，完全没想到一个书法课的老师能把问学课堂的三段问，包括评价前置、目标前置，即评价先于教学设计的教学评一体化的新课标、新评价要求做得这么好！这说明什么？说明每个学科都是有"拔尖创新"时空的。

三、"四个落实"，经验可贵

今年的"和谐杯"困难重重，首先是学校"三大检查督导创建"一个没少，然后是线上线下变化不断，在这样的背景下，大家还能在这学期的"和谐杯"上将问学课堂的课堂校本评价重点的"25314"中的"4"即"四个落实"做得这么好，为大家提供了伟大的、宝贵的、可操作的经验，这是何其珍贵的呀！值得分享，值得点赞，值得推广！

刚刚闻老师最后那个案例就是线上的课，但是她一样很好地落实了课堂的"落实分层设计"，这是很不简单的；吴老师的"落实当堂检测"能够在中学课堂落地，这个经验是很好的，一定要细致总结，她将"落实课堂限时作业"做成了常规，而且不是在一堂课落实，是堂堂落实3分钟，这可太了不起了！

对于"拔尖创新人才"课堂的关注，翟老师今天讲到的内容特别精彩，一下子把"高阶思维"跟"元认知能力"的关系，通过案例讲得清清楚楚，比如其中一个例子最后总结的是"没画草图"，这是方法论，也是习惯养成，习惯养成就是必备品格，方法论就能解决问题，这就是"会学"而不是"学会"了，而"会学"是最高境界。翟老师的点评就是画龙点睛，清晰地告诉大家，你们好在哪里，精在哪里，而大家在不断修改当中，必会"凤凰涅槃，浴火重生"。希望以后全体老师都能争取这样的机会，磨炼自己，提升自己。

今天，我真是特别高兴！特别听到大家今天都是聚焦课堂上案例经验分享实在难得，这说明什么？说明它的必要性和重要性！还能说明什么？说明培养"拔尖创新人才"呼唤"高端教师""大家名师"的快速成长和加倍壮大。一方面是"高师大家"队伍的壮大一定会"诚者自成"！另一方面是要坚定地相信拔尖创新行教师队伍建设一定会"做者必成"！

"双名"时代：科研年会的价值与机遇

——"基于'双名工程'：质量强校与教师职业规划"
第三届科研年会闭幕式上的讲话
（2023 年 1 月）

第三届科研年会，跟往年比有同有异：同的是学校为教师专业发展，为教师成果分享，为学术大提升搭建平台、表彰激励以及思想分享、促进进步；异的是科研年会的时段延长了，内容丰满了，细节更准确了。俗话说事不过三，但达三必思之，成三必定之。既然是第三届科研年会的闭幕式，我们一定要做一些思考，反思其带来的启示。如果说第一年是"摸着石头过河"，第二次就是"在原有河流的基础之上踏进了不一样的河水"，那么第三次呢？《道德经》说："一生二，二生三，三生万物"，三生无限，这就是"三"的意义。第三届及新十年伊始的这三届科研年会到底给我们带来了什么样的价值体验和机遇行动呢？我想跟大家说三句话。

一、"双名"时代"拔尖创新人才"培养的高师呼唤

这句话是学校第三届科研年会聚焦的关键，此次科研年会的主题就叫"基于'双名工程'：质量强校与教师职业规划"，这个就是在解决"为什么"的问题，为什么学校要做科研年会？为什么每年都要做科研年会？为什么今年的科研年会又做了"加减乘除法"？这就是拔尖创新人才培养的时代命题，既是学校的，也是区域的，更是国家的，或者说正是因为是国家的，所以更是区域的，当然应该是校本的。好在我们有战略前瞻，好在我们先走一步，因此在这个意义上讲，无论是"大家讲堂"还是分论坛分享，无论是年度表彰还是年度报告，还有校本新政策的出台和名师的展示引领，都呼唤着高端教师，高阶基本功的教师，要成群结队，要迅速成长，要形成集群效应，要形成一个"时不我待，只争朝夕"的你追我赶的态势，因为时间不等人，因为时代不等人，特别是朝阳区第五轮"双名工程"启动以来，学校上学期校级的首届"双名工程"大会启动以来，这也是我们

为什么把第三届科研年会提前到两个学期一个学年的上下两个学期来举行的原因。之所以这样做，就是因为双名时代需要名师，需要名长，需要他们为我们的发展，为我们的进步"雪中送炭""添砖加瓦"和"锦上添花"。因此这届科研年会主题是鲜明的，操作设计是精准的，从整个流程到现在，我相信大家是收获满满的。

我认为这次的科研年会的价值就在于吻合了上中下，吻合了国家、区域、校本的同一个"拔尖创新人才"培养的主题，也就是呼唤高端教师的成长。学校有两大重点工作，一个是教育教学质量提升，另一个就是教师队伍建设，别的工作都是为这两个重点工作服务的。教育教学质量提升看似都在学生，其实最重要的还是在教师，学生、教师必须教学相长。因此如果教师不成长，教师不发展，教师不优秀，就没有办法完成"拔尖创新人才"的时代命题。

二、科研年会校本建构的"4321"

这句话是解决"科研年会是什么"的问题。经过三年不断的建构，今年学校基本上形成了校本建构的模式，或者说叫科研年会的"4321"，我也叫它"1234"，那么这个"1234"是什么呢？

（一）"1"是一大主题

每届科研年会都有主题，今年的主题是"基于'双名'工程：质量强校与教师专业规划发展"。在这样一个大主题下，学校设计科研年会就有了灵魂，就有了红线，就有了主张，就有了聚焦，也就有了爆发。事实证明，这个科研主题定得相当精准，从分论坛老师们实践学习的精彩分享也能看得出来。前两届科研年会也有分论坛主题，明年的新一届科研年会还会有新的主题，主题的确立必定是应时之需、发展之需、时代之需、教育之需，也是名师成长之需。

（二）"2"是两个"大家讲堂"

每届科研年会都会分别设计在开幕式和闭幕式上。一个侧重于教育内部的高端引领，一个侧重于教育外部的视野前瞻。今年我们在开幕式上邀请了正高级教师、特级教师、国务院特殊津贴享受者曹洪彪老师，作"高质量课题申报的诊断建议"报告，大家感到很有操作性、学习性、借鉴性，受益匪浅。曹老师的"大家讲堂"为我们"四课合一"的举措提供了第三个重点"课题"破解的教育内核的很好引领，前两届我们邀请的全国著名特级教师吴正宪教授、钱守旺等"大家"的讲座都是基于教育内部的专业引领。刚才第三届闭幕式的第一项就是又一个"大家讲堂"，邀请了著名国防战略研究专家进行了国防安全教育和国家安全形势的专业分析，使我们站在教育外围来审视教育，审视教育到底是为了什么？教育最终的价值和意义，除了服务学生的成长，还要有家国情怀、民族情怀，还要有宽广的国际视野，这些"大家讲堂"都让我们的压力更大，动力更足，双力赋能，由内而外，由外而内，互动生成，形成了所谓的"赋能"意义。2021年第二届邀请了全国人工智能专家韩力群教授作人工智能课程教学指南的专题分享，第一届的2020年邀请北京大学尚俊杰教授讲解基于人工智能视野下的未来教育生态重构，这都让我们更具有前瞻性。不管是之前还是现在，一次次的"大家讲堂"都让我们感到内外的操作性、内外的高端性和内外的统一性。

（三）"3"是三个分论坛

1. 解决输入问题的读书分享

昨天8位老师的分享做得很好，阅读了囊括古今中外、教育内外的书籍，是一次学术引领的大餐。以他们为代表的全体教师的读书成为了润丰的最美风景。书不再束之高阁，也不在封闭没打开的状态。我也高兴地看到老师们，包括作讲座的这些正高级教师，这些特级教师，这些名家，他们每年寒暑假，每年节假日也都会特别安排静心读书的时间，所以读书分享将坚持下去。

2. 聚焦课堂展示的学校"和谐杯"和行督课的课例分享

展示一学期以来或一段时间以来，大家深耕课堂，不断探索建构的成果和反思。这个分享可以说是一年更比一年强，昨天最终点评打分的时候分差很小，甚至出现了并列，校务会及领导小组再三研究之后，我们最终决定只要大家表现得好，不在乎多一两个名额。所以有的是仅相差0.01分就成了特等奖和一等奖。但是看到大家把课堂这个主阵地抓准了，抓活了，抓住越来越好的效益了，依旧让我感到非常高兴。

3. 攻坚克难的项目研究院的专题分享

今天特邀钱守旺老师从项目式学习、项目式管理、项目式研讨的角度作学术点评，同时又对学校这 10 位聚焦"拔尖创新人才"的跨学科、跨年段的项目研究院的研究行为给予了高度的肯定。我特别记住他最后主动说要邀请老师到区里甚至更高的讲堂去作分享，因为他看出了大家分享的高水平。无独有偶，昨天郑主任也是这样，主动邀请大家投稿。发表文章、出书是多难的事情啊，现在主动邀请，这说明了什么？说明只要是有水平、有思想、有质量的文章、发言，就不愁没地方发表，不愁没地方分享。大家都要有这样的自信。

（四）"4"是指四个总结表彰策略新机制

1. 科研年会的校级先进表彰颁奖

包括三大分论坛现场分享特等奖一等奖的表彰、年度教师"和谐杯"教学基本功大赛或行督课特等奖一等奖的表彰、科研年会的教师"年度教科研先进个人"表彰，三年来评奖的"六个标准"没变，只要核心硬指标达标即可得奖，不受数量限制，即保底不封顶。今天，校委会再三研讨，考虑到了线下线上这种特殊情况，有的老师已经出了成果了，于是就以事实为基础来评选，大家达成了共识，这就是一种激励。我还记得第一届科研年会达到"六个标准"的有 15 位老师，是过往至少 5 年时间的，第二届也是 15 位获奖教师，但仅是 2021 一个年度，此次却已经有 23 位老师获奖了，也是 2022 一个年度的。大家都知道我是数学老师，就喜欢用数据，刚才我算了一下，今年与去年相比增长率达到了 53%，这个增长是飞速的，说明老师们是真的优秀。因为同样的六条标准没有降低，没有提高，含金量一样高，但数量却跨越增长了，明年或者以后可能会修订评价规则，可能要增加条件，因为大家的水平都在节节提升着。

2. 出台促进教师发展的校本政策

今年在 7 月份的科研年会开幕式上出台了校级首届"双名工程"的"1+2+2"的行动方案和考核指标，包括"名师名长"的方案。

3. 举行校级骨干名师展示

这是第三届科研年会增加的第一个重点项目，2022 年 7 月份开幕式上，获市级"京教杯"一等奖的陈慧平老师和践行"369"人才培育计划的付蓝冰老师作专题分享，这是在为大家成为"名师名长"搭台子。

4.发布校级科研年报

这是今年刚增加的第二个重点项目，就是刚才石亮副校长在颁奖典礼之前做的科研年报。这个科研年报将成为学校新机制，以后还要形成学校科研年报大数据，成为学校的历史档案，就跟大事记一样。这样的四块内容集合在一起成为了支撑开幕式、闭幕式以及大家全员共同参与的一种分享。

三、"四课合一"名师行动的机遇抢抓

为什么学校出现数据的这种增长率？为什么老师们产生了内驱力？据我不完全的统计，第三届科研年会中"大家讲堂"专家分享、点评专家分享合计达到了29人次。而且本届科研年会上，石亮副校长、孙凤颖副校长、刘曦校长助理、毛小军校长助理的主持都相当精彩。上学期，王书记的开幕式致辞也很好地体现了学术含量，包括我在内的校长各个重点环节项目点评和闭幕式校长致辞。校级领导，用点评、主持、总结等方式为大家进行服务，实际上也是自身的一种提升，再加上各分论坛的一线教师分享，那就达到了42人次之多。如果按照学校110位老师来算，仅发言的教学一线老师就已经超过了1/3。而且三大分论坛分享，都是经过三层选拔才最终确定的，也就是说现在展示出的分享背后，实际上还应该包括所有年级、大学部、项目研究院全体成员的分享，然后初选、复选，最终以50%的比率进行展示。16个项目研究院选取了10个，16个项目大学部选取了8个，"和谐杯"特等奖和一等奖近20个选取了9个。也就是说事实上，本届科研年会的整体参与率，仅从教学一线来看，是接近100%的，就全校来讲，也是一种大干快上，大家要把失去的补回来、夺回来。我想再次强调"四课合一"是什么，也是"怎么办"的捷径。所谓"四课"就是指课程、课堂、课题、课果。

大家可以感觉出来，学校的五大课程和双百课程，在原有"三七课程"的基础上，再次进行了课程整合。因为课程始终是学校的核心竞争力，课程要优于课堂设计，这是学校在新十年开始就在紧抓的问题。学校原有"四五课程"，后来提到了"五五课程"，增加了一个"戏剧课程"，这就是学校在发展当中进行的。这个课程就产生了很多东西，今天项目研究院获奖、获得成绩的，基本都是五大课程当中、双百课程当中的，之所以能有收获就是因为老师们做了"从无到

有""人无我有""人有我优""人优我创"。在课程的实验中，老师们能被赋予使命，成为负责人，就是"抢抓到了机遇"。"机遇"是要"抢"的，机遇是要"争"的，机遇是要"抓"的，但是永远没有一个机遇是"等"的，那是等不到的，就算等到了，等的也不是你。希望看到更多的老师能够积极参与，我也相信现在一定已经有老师开始谋划明年的科研年会的专题分享和机遇争创了，请大家一定记得"功夫不负有心人"的。

今年学校要对科研年会中所有获奖、参与的人员奖励，特别是取得优异成绩的还要加大奖励力度。区教委董书记在今年的全区领导党员干部学习贯彻落实党的二十大精神的专题党课上明确提出，随着经济的发展，从10%的绩效工资考核要拓展到30%的结构工资改革范畴，也就是说要通过"蛋糕的再分配、细分配"形成学校的新的更大幅度和力度的绩效考核激励机制。既然作为学校的两大重点工作，赋予质量提升的奖励是应该的，也是必须的。这几年，我们不断探索，同样为了教师队伍的成长进行绩效的优化奖励，也就是要让行动的人、要让先抓住的人、要让取得成果的人受益，既有物质奖励，也有精神鼓励，这就是高师名师"抢抓式"的"机遇"行动。

有课程了就要进行课堂实践，课堂的探索初步有结果了，就要赶紧申报课题。今年学校教师课题申报工作，有了大大的进步拓展，有了市级规划课题的突破、有了区级规划重点课题，优先关注课题立项的突破，有了区级规划一般课题立项和市级教育学会课题及国家子课题的参与的增量翻番。为什么一年会有这么多被立项？首先是选题选得好，那选题怎么来的？就是从在课堂变革和创新项目实践当中来的。今天下午，我在开会间隙就去作了一个区级重点课题的开题汇报。四个研究方法中我最强调的就是行动研究，今天开题会上的点评专家给出的评价也很有意思，他们说：张校长，你这个不像是开题报告，已经像是中期汇报了。我想这也是对学校课题的另外一种鼓励方式吧。这个课题的价值就是从实践当中产生的，我相信在此基础上，再加上课题专家们的引领和实践的继续生成，一定会取得更加丰硕的成果。明年学校还要对市级课题、重点课题加大投入力度，比如今天三个分论坛的所有分享都是可以转化为课题的，或者说这可能已经是某些老师立项课题中的一部分阶段性成果、结题材料了，希望老师们将它继续做下去，做深做实做透！每个老师都是可以跨越成长的。比如孙晓兵老师，她就是先行一步，抢抓了区级教育成果奖的申报，率先成就了10个区级教学成果奖之一，随后又紧紧抓住一次次的机遇，不断拔升，所以成为了正高级教师，成为了市级优秀教师的典范，而且不仅是课程课题，她的教学实践也是扎实优秀的。去年刚刚毕业的九年级的物理成绩是贡献学科，是超越领先在区域成长中排位靠前的，她就是学校"四课合一"成就成长的典范人选，很好地诠释了抢抓名师行动机遇，促进飞跃成长的问题。

通过今年第三届科研年会和三届以来的科研年会的回顾总结反思，学校更加坚定自己正走在未来的行进路上。现在，大家必须将眼光放在未来，未来将是什么？将是聚焦"两手抓，两手都要硬"！为了学校质量的提升，改革举措还要不断推进，激励考核机制还要不断优化，特别是学校紧接着就要给老师们搭建区级、市级乃至全国级的课堂教学展示，老师们的成功的经验、课题成果达到一定水准，学校一定会寻求教育主管部门和业务部门等官方业务机构的帮助，助力大家飞向更高的舞台。通过这三年三届科研年会的分享，我相信老师完全有这个自信，也完全有这个能力。学校储备了这么多好的人选，必将大放异彩！春暖花开，冬去春来，一定会山花烂漫，一定会春意盎然，一定会万紫千红，一定会收获满满！

祝贺学校第三届科研年会取得圆满成功！感谢石亮副校长、吴老师、苏老师、刘老师等的科研工作小组的台前幕后工作，感谢校级各位领导、校务会成员、行政干部的全力支持，感谢八大部长，16个项目研究院院长，9个年级组长，包括备课组长的早期组织分享、才能推荐、辛勤加工。获得这样的成绩，大家的劳动辛苦卓有成效，向你们表示敬意和感谢！

"双名"时代，三届科研年会的价值追寻和机遇行为，让我们充满信心，坚定目标。面向未来，乘势而上，创新建模，追求卓越，润丰人必迸发出更加耀眼的师能风采。相约2023年第四届科研年会的如约而至，共同见证"大家"伟大的"成名"奇迹！

师能拔创：让我们荡起"双奖"

——在"党建引领高质量发展课堂改革造就拔尖创新"第四届科研年会暨暑期干部教师全员实训会上的讲话

（2023 年 7 月）

今天，北京市润丰学校举行 2023 年第四届科研年会开幕式，"大家讲堂"专家报告会暨暑期干部教师全员实训。刚才有幸听到中国教科院王素所长的精彩报告，这个报告的主要内容跟区"朝阳杯"和学校的"和谐杯"体现了相当吻合的一致性。一个是数字化的转型，一个是教育高质量的发展。在这样一种"两杯"新背景下，作为"大家讲堂"的重要内容引领分享，真是受益匪浅。

《让我们荡起双桨》是一首著名的儿童歌曲，朗朗上口，歌曲里面的"桨"是"木桨"，而我今天说的则是"双奖"，获奖的"奖"，大奖的"奖"，那么这"双奖"指的是什么呢？一是学校下半年新学期会举行的"和谐杯"比赛，这是润丰建校以来教师基本功大赛的传统项目；二是朝阳区"十四五"期间"双名工程"有一个重要的展评舞台、竞赛平台——"朝阳杯"。此次"朝阳杯"跟过去的是不一样的，今年朝阳区召开了隆重的"朝阳杯"总结表彰和启动部署大会，对第二届作了一个总结，这带来了一个最新的启示就是全员培训，通过高端引领强化区域教师队伍高水平建设问题，也就是说"教育强区"呼唤要有一支量质齐升的高师德水平、高专业基本功的教师队伍。因此，如何获得"双奖"，已经成为学校之间、教师之间"竞合"的重要标志。因为它，既作为新的内容纳入对学校的整体考核，也作为"十四五"名师名长快速成长的必备舞台。借此次科研年会的机会，我再分享三点。

一、"师能"基本功的"价值导向"是什么

"师能"基本功的价值导向是什么？也就是拔尖创新人才的培养，这一点是基本功大赛受到高度重视的重要原因，这里主要有三个层级的意思。

（一）"拔尖创新人才培养"要有"国之大者"的一个新认知

去年召开的党的二十大，第一次提出"造就拔尖创新人才，聚天下英才而用之"，并要加强"全面自主培养"。今年5月份教育部等十八部门联合印发《关于加强新时代中小学科学教育工作的意见》。意见提出："通过3至5年努力，在教育'双减'中做好科学教育加法的各项措施全面落地，中小学科学教育体系更加完善，社会各方资源有机整合，实践活动丰富多彩，科学教育教师规模持续扩大、素质和能力明显增强，大中小学及家校社协同育人机制明显健全，科学教育质量明显提高，中小学生科学素质明显提升。"2021年开启的"双减"、2022年颁布的《义务教育课程方案和课程标准（2022年版）》都是更加彰显"素养导向"和"创新创造"，这些都是聚焦培养具有原创精神的解决"卡脖子"问题的重大举措和实践的价值导向，这是实现第二个百年奋斗目标"国之大者"学校教育的必需的职责担当。

（二）"AI赋能课堂"将是"绕不过去"的一个新话题

刚才在王所长的报告当中，在最后解析AI赋能的课堂评价的时候，特别强调了游戏化的学习，让学生的学习进入一种欲罢不能的状态。特别指出，目前体现"教学评一致性"的AI赋能课堂评价体系项目研发已从5.0进入到5.3这样一个新的层级。这些都是从"评价量表"的制定到评价技术的AI赋能，都是指向学生自主创新性的学习，是在教师主导式和师生互动式的过渡过程中，最终走向自主创新式，而自主创新式是拔尖创新人才的必经之路。我们学校从去年9月份开始，在王所长等中国教科院领导专家的指导帮助下，作为基地实验学校，率先在全国进行了AI赋能课堂教学评价的实践研究，包括一直以来的线上线下切换穿梭，克服困难，一直进行了AI赋能课堂教学评价的尝试实践。实际上是抓住了"师能基本功"的重要价值导向的一个科技赋能。刚才在王所长的报告当中，尤其在介绍国际经验的时候，有一个重要理论是探索的实践路径在于价值观和道德的重塑与再造，这一点是为大家带来了一个清晰的思维，就是AI赋能时代，它的两个价值高地的占领，一个是道德伦理的儿童教育的重构越来越重要。如果这个问题不解决，人类或者说科技发展的价值导向就会出现重大偏颇，会带来灾难，这就需要教育人对这方面非常清醒。因此这样一种 AI 赋能，它的一个拔尖创新人才不仅仅是创新能力，更重要的是什么？是一种道德伦理的建构。另一个还表现在随着 ChatGPT 的到来，对于高阶思维的培养显得尤为重要。刚才王所长重点介绍的脑科学，最终走向的是对于脑科学的研究，而脑科学的学习是怎么发生的？是怎样进行研究学习的？在王所长介绍的哈佛大学提出"元学习"概念，这种"元学习"思想是拔尖创新人才的典型性特征。

（三）"师能基本功"已是"课堂赋能"的一个新常态

第三届"朝阳杯"基本功的培训导向是全员培训。刚才孙副校长解读了学校的校本方案，各个项目都是区级 ABCD 各个层级的全员参与，在学校的备训过程当中是可以全员参与的，无非是参加区级比赛是分类的。在教委这次的启动大会上，教委两位主要领导高度重视，因为临时有其他重要任务没有到场，但是都特别做了书面委托发言。这次全区教师基本功的定性是全员培训，高端培训，考核培训。这也就是为什么这一次科研年会的"大家讲堂"要特别邀请王所长来作"大家"讲堂的原因。王所长是教育部"智库"的中国教科院的国际比较教育研究专家，中国教科院和教育部的关系就相当于北京市教委跟北京市教科院的关系，相当于朝阳区教委跟朝阳区教科院的关系，一个是行政决策，是一个高端智库，而且王所长还是研究未来教育的，更是前瞻和先进的。今年的"朝阳杯"不仅是全员培训，而且是聚焦重点。这次在项目设置上对原有的进行了重构，尤其增加了三个特色的展示：第一个表现在骨干教师课堂的展示，用课堂实录的方式；第二个表现在大思政课的教学设计；第三个表现在学科融合性的教学设计，最为重要的就是信息技术与学科融合、课堂融合。学校已经走在前面的"AI 赋能课堂评价"项目试验，也就是刚才王所长介绍的国际实践路径的经验，从基础设施建设到资源开发，再到课堂展示，还有治理体系的建构等六个方面的全流程研究。在中国教科院和北京市教委与朝阳区教委、朝阳区教科院的大力支持下，特别是今年 4 月 8 日承办的全国 AI 赋能课堂评价的高峰学术论坛活动，影响深远，很多教师也成为实践者、受益者、进步者和成长者。这一次第三届"朝阳杯"教师基本功展评活动，北京市、朝阳区以及学校都高度重视，请大家也务必高度重视，刚才孙副校长的解读中也指出会纳入"重奖"范围，未来这一项也将成为更好的考核指标。今天在科研年会上专门进行校本政策方案的解读，专门指向的是教师基本功大赛，请大家注意一个细节，学校已经进行十二届"和谐杯"了，这一次跟过去十一届肯定是不一样的，无论是润丰学校加入了北京中学集团校的这样一种变化，还是未来在其他各个方面的新变化，但对基本功的不懈要求、更高要求是不变的，也是肯定的。

二、"双奖"基本功的"赋能成长"怎么做

"双奖"就是指"朝阳杯"的奖，尤其指的是一等奖，以及学校"和谐杯"的一等奖、特等奖。这两个奖作为学校、学区，未来的集团，包括朝阳区，乃至更高层次的北京市，这样一个基本功的赋能导向，就体现在更多的方面。我想也有这样几个方面：

第一个就是"双奖"的含义。主要是指校本的"和谐杯"和"朝阳杯"的获奖，或者加上市级"京教杯"，那就是"三奖"。其实，我们区过去的"朝阳杯"也不是没有的，为什么到现在却命名为第三届呢？说明越来越被重视，这是朝阳区的"奥斯卡"，那我们学校的"奥斯卡"是什么？就是"和谐杯"，北京市的"奥斯卡"就是"京教杯"。今天以"双奖"为题就是用大家耳熟能详的词容易记住它。其关键是赋能成长，也是双向成长。

第二个就是"重奖"的方向。未来这个项目一定会成为学校教师队伍建设考核，各级评优的重中之重，既是重点的"重奖"，也是加大奖励幅度的"重奖"。我相信学校未来的发展过程当中，学校领导班子一定会在这方面更加关注细节。

第三个就是"大奖"的获得。今年的"朝阳杯"不再仅仅是贵在参与了，这次强调提前谋划，全员培训，不仅是人人自愿参与，更是人人必须参与，人人获奖，务求大奖。所以在刚才孙副校长的解读方案当中提醒大家，这是必须的，这是要纳入学校常态工作的，因此要求是人人参与，年年获奖，年年争一等奖，个人和集体都要获奖的任务目标导向的。要进军到朝阳区、北京市的"奥斯卡"。大家知道现在教育系统使用的是展评的方式，核心要义是什么？不仅仅奖励个人，个人获奖数量和层级是决定学校团队获奖，区域获奖层级的必备要素。各学

校、各区域都将之纳入到校级之间、区域之间的综合绩效考核之中，这也是教育强区、质量强校的关键的重要指标之一。

三、"年会"基本功的"大家讲堂"为了谁

"科研年会"进行到今年是第四届了，从2021年新十年开启的一年一度的"科研年会"及"大家讲堂"实践逻辑是什么？究竟为什么？究竟为了谁？我想也有几个层次。

（一）"年会"的"1234"进行曲

在去年第三届科研年会的闭幕式上，我浓缩了近三年的学校变革，就科研年会的实践体系形成了学校的"1234"模块。

"1"就是聚焦一个主题，大家看今年的主题是"党建引领高质量发展课堂改革造就拔尖创新"，因为从今年开始，学校全面正式启动了党组织领导的校长负责制，通过高质量的党建引领学校高质量的发展，这是上级文件要求，也是学校改革的本质要求。加强党的领导，促进学校教育高质量的发展，或者说高质量学校教育的发展，必须要有党建的引领。刚才在王所长的报告当中有一个特别重要的细节，就是现在说不管怎么样的国家，他们对于本国培养的学生都会有爱国教育，那种道德伦理是被高度重视的，是为他们国家培养自己的接班人的。在这基础之上的"拔尖创新"，才是真正意义上的担当强国建设、民族复兴的需要的"英才"，而不是误国"歪才"、无能"庸才"。

"2"是指两个"大家讲堂"。每届科研年会开幕式和闭幕式上邀请的国内知名的教育大咖、顶级名家来作的专题讲座，旨在高端和前沿引领。一个侧重于教育内部的高端引领，一个侧重于教育外部的视野前瞻。此次邀请了王所长，我觉得王所长刚才的报告既有宏观架构，未来引领，更有实操层面，聚焦到课堂的相关具体指标，细节落实，这些都是评价界的研究"最高峰"，这就抓住了"牛鼻子"，这就在AI赋能"治理体系"上也体现了"评价前置、目标前置"，这就是名副其实的"大家讲堂"，也是大家参训下半年"朝阳杯"和"和谐杯"的超前引领和高端指导。

"3"是指三个分论坛。包括解决输入问题的读书分享、聚焦课堂展示的学校

"和谐杯"和行督课的课例分享、攻坚克难的项目研究院的专题分享。

"4"是指四个总结表彰策略新机制。包括科研年会的校级先进表彰颁奖、出台促进教师发展的校本政策、举行校级骨干名师的成长展示、汇总发布的校级科研年报。

（二）"年会"的"三级获奖"大舞台

主要是校级、学区（集团）层级、区级三个层级的展评获奖。聚焦每年三个类型的教育教学展评，包括学校上半年的"行督课"、下半年的"和谐杯"基本功赛课以及"和谐杯"班会展评、项目研究部的项目成果展评等。刚才孙副校长在方案当中说了学校"和谐杯"的三个重点主题聚焦，其中前两个就是今年上半年的"行督课"的研究重点，第一个是拔尖创新人才的课堂落地，那是学校靠着集体智慧正在探索建模的，通过一个学期两轮的行督课，效果是相当显著的。很多老师，很多学部集中智慧，探索了很多，方向正确，可操作强，尤其是刚才王所长提到的评价前置、量规使用，这个前面两轮的很多学科的课上，是层出不穷的，在这个问题上体现出了老师们很好的智慧，是极为宝贵的；第二个是拔尖创新人才的学科特色研究点，这一点表现在上半年每一次"行督课"学科大学部的一级指标的第五方面 E 级的最后一项学科特色指标制定上，各个学部拟定的都很具有学科特色，也有跟学校整体主题聚焦相关联，把新课标的核心要义、关键点通过"行督课"来展示研究成果，下半年的"和谐杯"的个人大赛中，要彰显"行督课"研究成果的推广应用和丰富建模。下半年的学校"和谐杯"的第三个主题聚焦就是更加倡导 AI 赋能课堂教学评价的课堂应用。王所长刚才对学校给予了高度的评价，作为先行的成就者，在这里也报告大家一个好消息：王所长他们克服了很多的困难，给学校盖了中国教科院相关的学术部门的章，给有关的上课老师以及有关的方方面面都给予了认定。朝阳区教科院也给了有关证书，这都是特别难得的。这些体现着什么？体现着在这方面的研究上是重点，必须抓住。所以刚才王所长希望老师们有更多的推广，关于 AI 赋能课堂教学评价，相关的研究院和合作团队给学校免费保留了 6 套设备，并加赠了一个服务器，以推进后期的深度研究。最近 AI 体育评价监测业余学校达成合作项目，也是免费提供 5

套设备设施及软件系统，这些都是在上级没有经费支持情况下学校"勇于改革、敢于创新、善于经营"换来的共建共赢，这是一个全国级的大舞台，希望全体润丰的干部、教师都要珍惜这样的宝贵机会。区校提供的"两杯三级"大赛也是大家的展示大舞台，在这个过程中，伴随的是各类评奖也将越来越规范，请大家高度重视。从现在开始，区教委为什么抢在前面就启动"朝阳杯"？就是考虑到这个暑假是三年疫情之后的第一个线下暑假，大家一定要会"放飞"自我，这是必需的。但是"行万里路"的"放飞"之余，还是要有静静的"读万卷书"的安排，还是要静静地回思展望。学校治理也将高标赋能，评价前置、高标前置。既全员参训，又重点聚焦某一个项目，能够在学校、集团内、学区内乃至全区、全市去展示，并在"三杯"大赛当中荣膺大奖。

（三）"年会"的"双名工程"打卡地

"双名工程"是朝阳区"十四五"乃至未来教师队伍建设的一个品牌项目，过去近20年已经让朝阳的名师队伍的成长、高端教师的成长在全市名列前茅或者拔得头筹，未来还会加大力度，希望学校有更多的老师在校级骨干的基础之上，争当区级骨干、市级骨干乃至全国骨干的荣誉。这样一种"双名工程"，一定是会让大家见到的像王所长这样拥有几十部专著的"大家"，期待学校内部的人人都成为"大家"。过去的三年，每次科研年会已经成为润丰校园的学术饕餮盛宴、一道亮丽的风景线，成为校级"双名工程"的"网红"打卡胜地。每次都有几十人次的教师走上了科研年会的"大家"展示讲堂、分享讲堂。希望有更多的教师走上这个"大家"的讲堂，我相信未来的"大家"一定是在座的大家，"双名"的大家！

期待全体润丰的干部、教师有更加长足的进步、更加进阶的提升，让我们荡起"双桨"，让我们荡起"双奖"，我们一定会成就我们美好的教育事业，一定会赢得学校的拔尖创新人才喷薄而出、万紫千红！

基于核心素养的义务教育阶段课程整合的实践研究

——主持北京教育科学规划课题结题成果公报

（2021 年 1 月）

课题名称	基于核心素养的义务教育阶段课程整合的实践研究
课题批准号	CDDB18216
课题类别	一般课题
研究领域	课程、教学、评价改革研究
课题负责人	张义宝　北京市润丰学校校长
主要成员	杨碧君　王玲玲　王迪　曾庆玉　钱守旺　陈磊　孟青　石亮　刘静静

一、内容与方法

（一）研究内容

在理论上，阐明课程整合的现实、理论和政策基础以及课程整合的意义、内涵和具体方式，明确课程整合的价值和定位；在课程整合的流程上，研究课程整合要遵循的原则和具体策略，结合朝阳区中小学的课程开发经验，对学校整合课程的开发技术进行了阐释；在课程整合方式上，总结出学科内课程整合、学科间课程整合、跨学科课程整合、跨学段课程整合、课内外课程整合等五种具体方式。

在实践上，形成各学段各学科完整的课程整合案例，每个案例都进行了全流程的描述，包括课程缘起、课程开发、课程框架、课程实施、课堂写真、课程评价、自我反思和专家点评等。

最后对课程整合进行了辩证的思考，对广大教师比较容易产生困惑和出现理解偏差的问题进行了启发式的回答和澄清，将课程整合引入了更深层次的探讨。

具体研究内容包括以下三点：

1. 课程内容的优化与整合研究

基于核心素养体系对已有课程进行优化和整合，分门别类地进行课程整合的设计、研究与实践，具体包括了学科内课程整合、学科间课程整合、跨学科课程整合、跨学段课程整合、课内外课程整合、北京特色课程等六大种类，形成优化的教学内容。

优化和整合的思路包括以下方面：

（1）对于国家课程内容的优化整合，主要表现为基于课程标准，以学科为单位，结合学校和学生实际，在学科内部进行改造，对于各个学科不适宜学生的课程内容进行删减，对学生需要及感兴趣的内容进行拓展。

（2）对于国家课程各学科间重复的内容进行内容整合，形成基于国家课程的整合课程。

（3）针对国家课程与学校实际情况对接时的空白点，补充相关拓展开发学科拓展课程。

2. 课程资源开发与建设研究

基于课程整合的设计和实施，构建与教学内容、教学重难点以及教与学的方式相匹配的文本、视频、媒介等课程资源，为教师的教学提供资源支撑，为学生的学习和能力发展提供资源支撑。

3. 课程建设评价研究

研究能够促进学生能力发展以及评估优化后的课程内容及其教与学的方式的有效性的评价标准、评价方式以及评价的实施方案。

（二）研究方法

围绕课程整合这一主题，北京市朝阳区教育研究中心立足区域课程建设需要，精心设计课程整合项目方案，整体推进课程整合项目工作，组建了项目领导小组、项目核心组、项目实验学校三级团队，建立区域研究共同体，带领区域内学校开展了深入的理论与实践研究，采用行动研究的范式，形成了一系列中小学课程整合的优秀成果，为广大的中小学开展教学实践提供可操作的策略、途径和范例。

在推进过程中，项目组坚持以学生为中心，以发展学生核心素养为导向，明确了整合课程各要素的具体内涵，围绕基于核心素养培养的整合课程目标、基于整合目标需要的课程内容、适于整合课程学习的课程实施方式、利于评估核心素养的课程评价标准和工具等四个课程要素建构了整合课程模型，按照学科内课程整合、学科间课程整合、跨学科课程整合、跨学段课程整合、课内外课程整合五种方式推进项目研究和实践工作。

在项目推进的过程中，区内学校结合自身需求和条件，开发了一系列有育人价值和影响力的整合课程，提升了自身的课程质量，很多优质整合课程荣获北京市、朝阳区课程建设类优秀成果奖。

1. 研究的整体思路

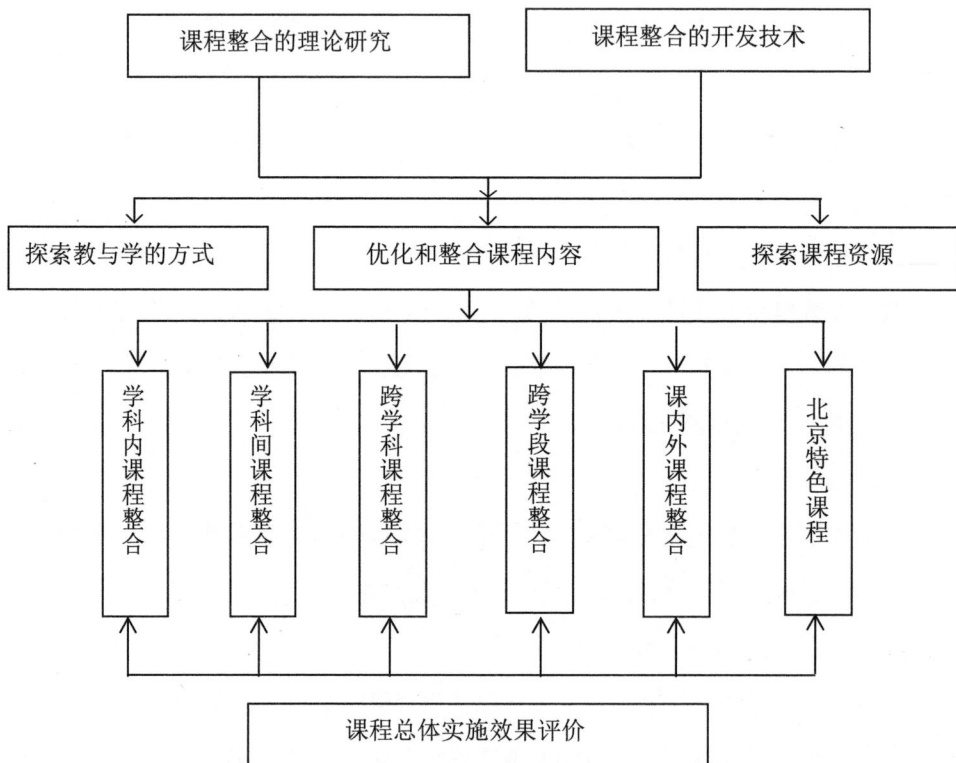

图 1　整合课程研究框架

2. 具体研究方法

（1）文献分析法

通过国内外整合课程开发和建设的研究，梳理出整合课程开发和建设研究的研究现状、研究途径以及研究经验。

（2）调查法

通过问卷调查和访谈来了解当前语文、数学、文综和理综等相关学科在九年一贯制教学衔接等方面存在的问题以及可整合的内容。

（3）基于设计的研究

基于设计的研究（Design-Based Research，DBR）（Anderiessen，2007）是近年来教育教学领域新兴的一种研究方法，是指在真实的学习情境中，把干预、定量研究、质性研究结合在一起的新的研究范式。这种研究范式的兴起是考虑教育现象的复杂性，若要把理论运用到实践中，研究者、实践者等就必须结合实际的教学环境进行"设计"，形成一定的干预方案，并根据效果不断地修正、完善，直至产生理想的结果为止（Bannan-Ritland，2003）。本研究旨在通过基于设计的研究探讨、发现优化的整合课程的学习方式。

3.成立研究基地校，推进项目研究

（1）学科内课程整合：清华附小朝阳学校、八十中学。

（2）学科间课程整合：甘露园小学、朝师附小。

（3）跨学科课程整合：芳草地小学、南磨房中心小学、花家地实验学校。

（4）跨学段课程整合：劲松四小、陈经纶中学嘉铭分校、樱花园实验学校、白家庄小学。

（5）课内外课程整合：北京中学、教研中心附属学校、陈经纶中学帝景分校。

（6）北京特色课程：芳草地国际学校双花园校区、北京工业大学附属中学、陈经纶中学分校、十八里店学区。

二、结论与对策

（一）基于核心素养开展课程整合的现实意义

整合课程有利于学生整体核心素养的提升，同时可以满足学生个性化发展的需要。

目前，如何进行基于核心素养培养需要的学校课程整体建设，发挥课程整体育人的价值功能，成了学校课程改革的重要议题。在这样的背景下，课程整合不仅成为学校课程发展的突破口，也逐渐成为学校课程建设的必要途径。

具体来说，可归纳为以下三点：

1. 课程整合应成为落实课改理念，促进学校课程发展的突破口

当前，课程改革和建设是我国基础教育阶段课改的核心内容，全国各地都投入了大量的人力、精力和物力研发国家课程、地方课程和校本课程。虽然缤纷多彩的课程在学校多样化、特色化发展以及学生个性化培养方面发挥了重要作用，也给学生带来过重负担，其根本问题有二：一是各级各类课程间缺少一条核心主线，也就是各级各类的课程缺乏一条明确、清晰的培养目标的主线；二是单科课程内部在课程内容，或者是所蕴含的知识、技能和方法的前后设置上缺乏有效的整合、衔接。

学校课程改革不应单纯以增加校本课程的数量取胜，而更追求课程结构的优化和课程育人功能的发挥，努力地做"减法"，对已有课程体系进行结构化调整，依据学生身心发展的整体性、生活世界的多样性，对部分课程进行整合，以减少知识内容重复、减轻学生学业负担、改善传统教与学的方式、提升学生核心素养，以减负增效，更好地发挥课程整体育人的价值。

2001 年 6 月，教育部颁布的《基础教育课程改革纲要（试行）》提出"小学加强综合课程，初中分科课程和综合课程相结合，高中以分科课程为主"，将综合化作为课程改革中的一个主要任务。

2014 年 4 月，教育部颁发的《关于全面深化课程改革落实立德树人的根本意见》，要加快学生核心素养体系的研究，改变过去在知识选择、学科内容构建过程中过分依赖学科自身的逻辑性、结构性、完整性的要求，更好地从学生发展的角度研究学科核心素养。

2014 年 10 月，北京市教委发布《北京市基础教育部分学科教学改进意见》，强调了要在初一、初二年级开设系列科学活动，充分关注了在培养学生科学素养上，借助课程整合的模式来实现教师多样化的教学方式和学生开放性学习方式的转变。

2018 年 9 月 10 日，全国教育大会也充分关注学生课程的综合性、实践性，关注学生的综合问题解决能力，提高学生的核心素养。

基于上述背景，国内外研究者和实践者开展了大量课程整合方面的研究和尝试。但除少数名校外，实施不尽如人意，众多的一般学校和薄弱学校依然在课程整合和课程建设中摸黑前行，尚未寻得一条明路。他们迫切地需要了解和掌握具体的、多样的、不同层次的、活生生的课程整合案例、开发策略和实施路径。

2. 课程整合应成为学校课程建设的基本理念

随着课程改革的日益深入，如何进行学校课程整体建设，发挥课程整体育人的价值功能，成为学校课程的重要议题。在这样的背景下，课程整合不仅成为促进学校课程发展的突破口，还逐渐成为学校课程建设的必要途径。

在学校课程建设的过程中，课程整合不仅是一种组织课程内容的方法，还是一种学校教育与管理的理念。越来越多的学校已将整合的理念运用到学校课程整体设计中，不仅体现为课程的内容的整合，资源的整合、经验的整合、社会的整合、功能价值的整合等多角度多方面的整合已经逐渐成为学校课程建设的基本理念。

课程整合最重要的一个成果，就是营造出一种协作文化，建立一种协作的机制。"整合"的思维可以体现在学校工作的方方面面。课程整合不仅是一种组织课程内容的方法，还是一种学校教育与管理的理念。

3. 课程整合可促进学校和教师课程能力的发展

（1）学校和教师课程整合意识日益加强

（2）课程整合促进了学校课程领导力的发展

课程整合的探索为学校课程领导力的发展提供了良好的契机。在实践中，校长和教师以课程案例为载体，不断计划、探索、反思，从而真正地提升了规划、执行、建设和评价课程的能力。

（3）课程整合带动了学校的课程创新

不少学校形成了具有自身品牌特色的综合课程或主题课程，极大地丰富了课程资源的建设，促进了学校课程整体建设。

（二）基于核心素养开展课程整合的原则与策略

基于核心素养开展课程整合，具体可以从以下两个方面入手：

1. 明晰育人目标，开展学校课程顶层设计

（1）学校课程目标要凸显"以人为本"的价值取向，以学生的最大化发展作为育人的目标。结合学校的办学特色，提出具体的课程目标。

（2）依据课程目标，通过课程整合的方式，统整学习领域，建构学校课程结构。同时，注重课程结构的层次性，在达到课程标准要求的基础上，满足不同学生的最大化发展需求。

（3）按照学生素养的发展需求和学习领域，完善学校课程设置。加强课程实施的自主性和灵活性，强调学习方式的体验性、探究性和实践性。

（4）明晰不同学段学生形成的某个核心素养的具体表现，构建与课程目标相对应的可测评的课程评价标准。

2. 加强学段的衔接和整合，构建一体化育人体系

应在高中学生核心素养深入研究的基础上，使核心能力的培养落实到小学和中学各段的学习中。具体内容包括：

（1）学生能力体系：基于高中学段各学科国家课程标准和21世纪人才素养要求，构建整体的小学和中学段的学生培养能力体系。另外，基于学科特点，开发各不同学段学科的能力目标体系。

（2）基于核心素养开展教材内容衔接与整合：①梳理同一学科的知识结构网络，对于学科内的国家课程内容进行优化整合。②对于国家课程各学科间重复的内容进行内容整合，形成基于国家课程的整合课程。③开发不同学段的衔接课程。

（3）学习方式：根据学生认知特征，探究与学习内容相配套、最有效的以素养为目标的学习方式。例如，探索学生在不同学段自主学习和探究学习的差异。

（4）评价体系：中小学教育评价中普遍缺少"扶上马，送一程"的衔接评价体系。探索中小学培养总目标的"一贯性"，建立学生核心素养等级标准，明确各段学生在态度、知识、技能上的具体表现。

（5）课程资源建设：开发《学生能力素养手册及培养目标》《教学指导手册》，针对学科的教学要求，建设精品课程资源。

课程整合除了整合学习内容外，还要实现学习目标、学习方式、学习资源等系列化的整合，从整体上构建学校课程整合体系。

课程整合是一项复杂且系统的课程变革活动，需要多方力量共同参与才能取得成功。

有效推进课程整合，单纯依靠校长的决策及其协作团队是无法完成的，还必须依靠专家、教师和家长等方面的力量。教师在实施课程的过程中要予以必要的调整、创生和发展，不断完善课程。

三、成果与影响

（一）理论分析

1.国内外课程整合的发展趋势与理论基础

早期课程的基础是综合，近代课程的特征是分科，现代课程的趋势是综合。

综合课程的研究和尝试在二战之后达到高潮，根本原因是人们认识到了分科课程的局限性，尤其是分科课程发展和相对成熟后显示出来的弊端——过分强调分科，或分科过细过繁所导致的学科之间相互膈膜、相互封闭的状况，以及由此而来的学科之间的重复。

发展心理学的研究表明，当知识相互联结时，个体的学习效果最好。严格的分科课程过于强调系统知识的掌握，课程的呈现方式、教学方式、评价方式不利于具有差异性的学生个体的学习，不利于发挥学习者的主体性和主动性。传统分科课程在面对社会的挑战时显示出了其先天的缺陷，整合课程在主动、探究、合作的学习方式和教师教学方式转变的关注上，更能适应新形势下的时代要求。跨学科知识已经成为重要的知识分支领域，整合课程提供的与社会实际相联系的、生成的、经验的、多元的、综合的知识是分科知识的有益补充。

（二）技术研究：课程整合的开发流程

我们在对这些典型课程开发模式研究基础上，通过对整合课程开发案例的梳理、总结和提升，提出了整合课程开发的基本流程，分别包括组建整合课程研究团队、了解和分析学校整合课程开发的现状和需求、制定课程整合框架、确定课程整合目标、课程内容的选择与组织、确定课程方案、课程的实施与调整等环节。

1. 组建整合课程研究团队

包括课程整合的领导者、课程整合的协作团队以及由专家、教师和家长等形成的课程整合研究团队等。

2. 了解和分析学校整合课程开发的现状和需求

采用 SWOT 分析技术，通过对被分析对象的优势（strength，S）、弱势（weakness，W）、机遇（opportunities，O）和挑战（threats，T）等加以综合评估和分析，清晰地确定被分析对象的资源优势和缺陷，了解对象所面临的机会和挑战，从而在战略和战术两个层面调整方法和资源等以保障被分析对象要实现的目标。当前，不少学校在进行课程规划之前，都会应用该种方法对学校内涵发展过程中的众多问题进行综合分析，从而形成适合学校的发展战略。

3. 制定课程整合框架

基本步骤包括：学校现有课程的梳理、学校课程的分析和诊断、学校课程整合框架的制定。

4. 确定课程整合目标

课程目标是课程设计和开发过程中课程本身要实现的具体要求，意味着一定阶段的学生在品德、智力、体质和素养等方面所达到的程度，是确定课程内容、教学目标、教学方法的基础和依据。

5. 选择并组织课程内容

此环节要经历以下步骤：

（1）确定课程整合的水平

由低到高依次是学科内整合课程、学科间整合课程、跨学科整合课程、校内外整合课程等。不同类型的整合课程体现了不同的学科性和整合水平。

（2）分析课程内容的结构，形成课程单元

课程内容的结构就是指建立一个课程内容分析框架，通过这个框架将所有的课程内容体系化和规范化。

（3）课程单元内容的精细化组织

6. 确定课程方案

课程方案一般包括学校课程整合背景分析（现状及需求）、课程目标、课程结构、课程设置、课程实施建议和课程评价等内容。

7. 整合课程的实验与调整

相关实验工作要求各实验校根据类别特点，按照课程研究方案有序推进，同时，根据实验情况，发现问题，及时调整内容及策略。

（三）课程内容的优化与整合研究

1. 优化和整合的思路

基于核心素养体系对已有课程进行优化和整合，分门别类地进行课程整合的设计、研究与实践，具体包括了学科内课程整合、学科间课程整合、跨学科课程整合、跨学段课程整合、课内外课程整合、北京特色课程等六大种类，形成优化的教学内容。

优化和整合的思路包括以下三个方面：

（1）对于国家课程内容的优化整合，主要表现为基于课程标准，以学科为单位，结合学校和学生实际，在学科内部进行改造，对于各个学科不适宜学生的课程内容进行删减，对学生需要及感兴趣的内容进行拓展。

（2）对于国家课程各学科间重复的内容进行内容整合，形成基于国家课程的整合课程。

（3）针对国家课程与学校实际情况对接时的空白点，补充相关拓展开发学科拓展课程。

2. 课程整合的具体方式

基于以上核心素养下的课程整合的分析，该课题开发形成了五种课程整合的具体方式。

（1）学科内课程整合

所谓学科内课程整合，就是指在某一学科内，为了使知识的呈现、技能和能力的培养更加科学，依据课程标准，基于或者超越现有教材，对学科内容进行重组、编排、精简或拓展。关注学科知识内部的纵横交错及与其他学科和社会生活的联系、关注教学与学习的科学性是学科内课程整合的重点和难点。

（2）学科间课程整合

其主要目的在于使学生能够从多重视角整合地处理相关信息，以便更全面、客观地理解知识和解决问题。它不要求一定得打破学科知识的疆域合成新的学科形式。它可以是各学科保持独立地位，课程内容分属于不同科目领域；可以是以组织中心如主题、问题、概念等或课程标准的要求来连接不同学科；也可以是学科融入单元或主题中。

从微观视角来看，学校课程实践中围绕一个主题，通过活动的、项目的形式，把不同学科课程知识的学习、能力的提升以类似"拼盘"的方式组合在一起，开展序列课程即是学科间课程整合。简单来说，学科间课程整合是可以看到学科界限的。

这样的课程在整合程度上并不算高，学生是通过一个主题将所学知识联系起来的。

（3）跨学科课程整合

所谓跨学科课程整合，是指基于学科知识但是打破学科边界，将其融入单元或主题之中，重视课程与真实情景和世界的联系，重视学生的经验获得，学生作为实践者和研究者参与活动，教师作为课程框架的组织者、课程实施的支持者、课程资源或资源渠道的提供者。跨学科课程的最基本特征就是它的学科交叉性，与学科间课程整合的区别是，学科边界被消去了。

（4）跨学段课程整合

跨学段课程整合，在本文里，一是指为了改善幼小衔接、小初衔接、初高衔接中课程内容脱节、课程坡度较大等问题而设计的学段衔接课程；二是指在"九年一贯制""十二年一贯制"的学校里，由于升学通道的特殊性，学校根据本校传统、育人目标、生源情况等对不同学段里的课程进行整合而形成的与学科课程互相补充或替代的校本课程。

比如，陈经纶嘉铭分校将九年义务教育划分为 4 个学段，构建了儒雅阅读课程。各种类和各层次课程贯穿于九年的 4 个学习阶段。不同阶段，课时长短不同，内容安排不同，上课的形式不同，学生的组成不同，培养目标的侧重点不同。

（5）课内外课程整合

概括来说，所谓课内外课程整合，也可以称为学科知识与生活的整合，是把人与自然、人与社会、人与文化、人与自我等作为选择和组织课程内容的主题，引导学生对自然、社会、自我进行深层次的反思，并以活动课程的方式来呈现。

目前北京实行的 10% 学科实践活动课程、综合社会实践活动课程、开放性科学实践活动课程，以及很多学校在实践的游学体验课程、阅历课程也是课内外课程整合的很好范例。

与跨学科课程整合相比，课内外整合课程更强调学科知识和社会生活、学生的课内学习和课外活动充分整合来培养学生理解、综合运用知识解决实际问题的能力；更强调课程的实践性和经验性，强调课程内容与社会和科技发展以及学生生活的适应性，强调参与的学生要走出课堂、进入社会。

（四）案例开发：课程整合案例的研发及推广

针对课程整合这一主题，北京市朝阳区教育研究中心带领区域内的学校开展了深入的理论与实践研究，采用行动研究的范式，建立区域研究共同体，形成了一系列中小学课程整合的优秀成果。

1. 学科内课程整合

如表 1 中呈现，简单来说，所谓学科内课程整合，就是指在某一学科内，为了使知识的呈现、技能和能力的培养更加科学，依据课程标准，基于或者超越现有教材，对学科内容进行重组、编排、精简或拓展。关注学科知识内部的纵横交错及与其他学科和社会生活的联系、关注教学与学习的科学性是学科内课程整合的重点和难点。

表1　学科内课程整合案例的策略框架

序号	案例主题	整合学科	整合依据	操作策略
1	"马芯兰"教学法	小学数学	依据小学数学课程论、学习论和教学论等理论，对小学数学知识体系进行全面改革与研究。	（1）优化整合的知识体系：以基本概念、基本观念和基本题型为中心重新构建小学数学知识体系，把小学阶段的540多个数学概念，根据知识的内在联系，统整到"和"这个基本概念上来，并以它为中心重构知识体系； （2）同步构建的能力培养途径：根据小学数学学科的特点，依托基础知识和基本技能，通过创设系统而灵活的思维活动，形成了与知识体系同步的学生获取信息能力、信息分析能力和发散思维能力等创新思维能力的培养途径。
2	"鲁迅"主题课程群	小学语文	基于学科素养和学生发展核心素养，形成以"主题"为核心、包括四种典型实践样态的"主题教学"课程群。	（1）提出哲学主张，完善理论体系：始终坚持学校的教育哲学——儿童站立在学校正中央，使得学习真正地发生。 （2）构建主题课程群，形成四种样态：即单篇经典教学、群文阅读教学、整本书阅读教学、语文实践活动。 （3）基于深度学习的工具设计：一类是图表类工具，将学生的思考过程显性化表现，一类是信息技术类，学生使用多种多样的信息技术方式来学习。
3	"刺客"文学专题阅读	高中语文	一要理清专题的核心：要研究什么，要达到什么目标，教师以什么问题为导向，引导学生深入挖掘教学文本——即读什么、写什么、落实什么。二要充分关照学生认知上的盲点和误区，针对学生的"学"来设计"教"。	（1）课程内容的组织：选择恰当的选题作为"聚焦点"将材料组织起来，中心点可以是主题、题材、人物、作家、作品、时代、语言、体裁等； （2）阅读材料的选择：具体可以遵循课内外结合、经典作品、有一定梯度、多种艺术形式融合、综合学生研究方向等5个原则来操作。

2.学科间课程整合

朝阳区甘露园小学将邮票与美术、语文、综合实践等学科课程整合，保留学科边界的同时兼顾了基于主题的学生认知情境，把学生学科知识学习、言语表达、动手操作等能力的培养通过"邮票"这一主题来实现，激发了学生创作美、表现美的热情，培养了学生的人文情怀、审美情趣和勇于探索等核心素养（见表2）。

表2　甘露园小学的学科间课程整合——"邮票主题课程"的内容与框架

课程名称	涉及学科	课程内容	课程目标
邮票的发展史与收藏	综合实践	初步认识邮票。体验邮票的邮递过程；走进邮票博物馆，参观学习邮票文化。	了解邮票收藏的方法和过程；激发学生对邮票的兴趣；培养学生敢于交流，及收集、处理、分析信息的能力。
一枚邮票的旅行	英语	从邮票的角度了解美国、加拿大等十个国家的历史、地理、宗教、文化习俗等内容。	了解不同的文化历史、风土人情，培养学生热爱多元的生活，多元的文化，乐于接触、感受不同的生活。
邮票中的国学经典	语文	通过邮票带领学生穿越时空，跨越古今，领略唐诗之雄奇豪迈、万千气象。	了解古诗的写作特点和写作技巧，拓宽知识面，增加阅读量，提高学生综合素养。
小邮票，大人物	数学	了解古今中外数学家的故事及成就	通过邮票吸引同学们去了解数学家的故事，从而对数学的学习产生兴趣。
我的电子邮票诞生记	信息	学习电子邮票的制作步骤及方法	通过学生操作、演示等方法学习电子邮票的制作方法，发展学生的个性思维，体验成功的快乐。
DIY邮票艺术品	美术	学生选用瓷盘绘画、版画、绘画等方式自主设计制作邮票	使学生进一步了解邮票的基本知识，提高学生的欣赏水平及创造美的能力。

3. 跨学科课程整合

南磨房中心小学基于STEAM理念开发出了一个以航模为主题的校本课程框架，彻底打破了学科边界，整合语文、数学、科学、美术、品德与社会、音乐、劳技、综合实践活动等多学科内容，以研究性学习为实施途径，教学理念先进、研究主题聚焦、课堂空间开放、主体地位突出、学习方式多样，充分关注了学生核心素养的发展（见表3）。

表3 南磨房中心小学跨学科课程整合实例——航模校本课程

课程模块	课程名称	涉及领域	课程内容	具体目标
模块一	吉祥腾飞梦	科技艺术	飞机涂装	
模块二	简易纸飞机模型的研究	科技艺术数学	飞机的展弦比对飞行时间的影响	（1）在制作的过程中建构起关于飞机飞行的科学、技术、工程、艺术和数学的知识。 （2）掌握发现问题和解决问题的方法，提高学生动手实践能力和创新能力。 （3）通过探秘简易模型飞机的实践活动，树立科学意识，培养学生不怕失败，勇于尝试，乐于探索的精神。
模块三	飞机上的灯	科技艺术数学	飞机上灯的作用 灯的安装	
模块四	孔明灯	科技艺术数学	孔明灯的历史与作用 孔明灯的制作	（1）初步了解热力环流 （2）实际问题引入，促进小组合作交流分享。 （3）引导学生在动手做的过程，体验与人合作、乐于探究的科学态度。
模块五	航空饼干制作	科技数学艺术	了解航空食品 简单航空食品的制作	（1）了解飞机饼干制作的基本过程，提高动手操作能力、想象力和创造思维能力。 （2）通过学生分组操作，培养学生对航空事业的热爱，培养学生团结协作的精神。 （3）在体验过程中让学生学会与人合作，培养学生动手能力，学会欣赏他人，分享劳动的快乐。
模块六	竹蜻蜓	科技艺术数学	了解竹蜻蜓 制作竹蜻蜓 竹蜻蜓的试飞与调整	（1）通过对竹蜻蜓的观察、分析，初步了解其升空原理，掌握制作的方法。 （2）实际问题引入，促进课堂的小组合作交流分享引导学生在动手做的过程，提高对竹蜻蜓知识的理解。
模块七	制作气垫船	科技艺术数学	气垫船的原理和结构 制作气垫船	（1）说出气垫船的主要结构和功能以及气垫船的作用。 （2）学生通过小组合作交流等形式完成气垫船的学习，用不同的形式分享每个小组的研究成果。 （3）学生能够说出气垫船的发展，说出气垫船在推动世界发展起到哪些作用。

4.跨学段课程整合

跨学段课程整合，在本文里，一是指为了改善幼小衔接、小初衔接、初高衔接中课程内容脱节、课程坡度较大等问题而设计的学段衔接课程；二是指在"九年一贯制""十二年一贯制"的学校里，由于升学通道的特殊性，学校根据本校传统、育人目标、生源情况等对不同学段里的课程进行整合而形成的与学科课程互相补充或替代的校本课程。

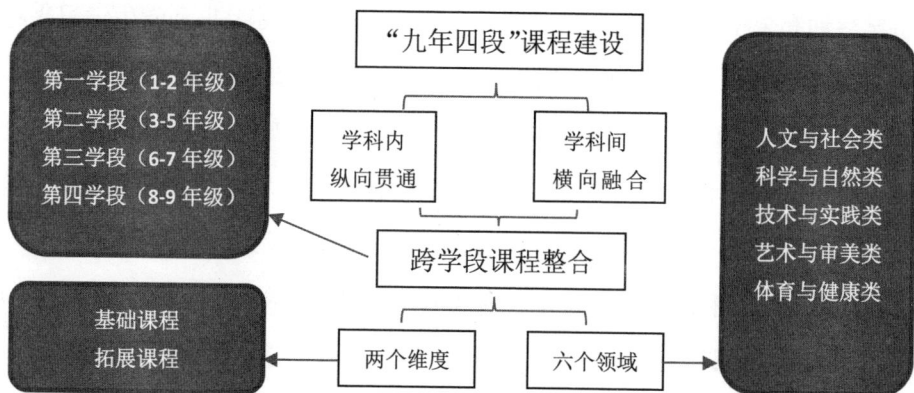

图1　陈经纶嘉铭分校"九年四段"跨学段课程整合的具体方式

陈经纶嘉铭分校在坚持义务教育九年一贯制整体育人目标基础上，结合学生身心发展规律及学校办学实际，有针对性地将九年义务教育划分为四个学段，提出了"九年四段"无痕衔接育人模式，第一学段包括1—2年级，第二学段包括3—5年级，第三学段包括6—7年级，第四学段包括8—9年级。"九年四段"育人模式对学生的发展进行整体规划，分阶段实施。在这一理念下，学校构建了儒雅阅读课程。各种类和各层次课程贯穿于九年的4个学习阶段。不同阶段，课时长短不同，内容安排不同，上课的形式不同，学生的组成不同，培养目标的侧重点不同。

5.课内外课程整合

以朝阳区的学校为例，北京中学的"中华文化寻根之旅"课程，组织学生深入中华文化具有代表性的齐鲁大地，通过实地探访和考察，开展个性化、联系性和体验性学习，引导学生感受儒家文化、泰山文化以及台儿庄战役的抗战民族精神，丰厚学生的文化底蕴，拓宽思路与视野，增强社会文化体验。半壁店小学的"魅力书法"学科实践课程，充分利用当地的地域资源，把有"最美乡村"之誉的高碑店古文化街作为课程资源，围绕"弘扬传统文化"的主题进行系列课程开发，形成了"走近文房四宝""走近书法家""走近碑刻""走近匾额""走近篆刻"和"走近楹联"六大板块。朝阳区教育研究中心附属学校的"印象江南"课程，打破学校的"围墙"，以南京、苏州、杭州、乌镇和绍兴为主要课程资源，把游学活动和全学科融合起来进行课程化建设，兼顾课标要求和学生学习兴趣，在充满人文底蕴的江南水乡中，拓展学生思维，提高综合问题解决能力。

概括来说，所谓课内外课程整合，也可以称为学科知识与生活的整合，是把人与自然、人与社会、人与文化、人与自我等作为选择和组织课程内容的主题，引导学生对自然、社会、自我进行深层次的反思，并以活动课程的方式来呈现。从北京市的地方课程来看，10%学科实践活动课程、综合社会实践活动课程、开放性科学实践活动课程都属于这一范畴。另外，现在很多学校在实践的游学体验课程、阅历课程也是课内外课程整合的很好范例。

"立德树人"的时代之问和必答之题！培养担当中华民族伟大复兴的时代新人的教育使命，呼唤我们更加精准地定位作为区域和跨域发展核心竞争力的课程视域，进一步彰显课程的运动属性，飞扬课程的奔跑风采，拓展研究领域，我们将在此课题研究的基础上，积极开展"基于人工智能时代区域拔尖创新人才全学段贯通培养的课程综合实践研究"，期待大家继续合作，热诚欢迎更多教育同人及读者朋友们同体共行，共建共享，再创佳绩。

（五）物化成果

表4 《基于核心产生的义务教育阶段课程整合的实践研究》课题研究成果一览表

编号	申报人所在单位（全称）	申报人姓名	成果名称	获奖等级	年份
1	北京市陈经纶中学分校	刘丽娟 陈艳红 王 欢 于春菲 张 琪	在初中语文教学中进行中华传统文化教育的实践研究	二等奖	2018
2	朝阳区花家地实验小学	崔 莹 安海霞 宋方报 郭 勇 王 辉	书文焕采 慧心悦行——花小书法课程实践研究	二等奖	2018

（续表）

编号	申报人所在单位（全称）	申报人姓名	成果名称	获奖等级	年份
3	陈经纶中学嘉铭分校	李升华 孙 新 张丽娜 米绍霞 娄华利	新办学体制下一体化育人模式的阅读课程实践研究	二等奖	2018
4	北京市第八十中学	何 斌 贾志勇 赵 辉 王学东 刘晓岩	以创新人才培养为目标，构建中学技术课程体系——八十中学"五化四式、重过程、突出人文"的技术课程探索	二等奖	2018
5	朝阳区	北京市朝阳区花家地实验小学	指向学科改进的小学绘本模块的开发与实施研究	一等奖	2019
6	朝阳区	北京市朝阳区芳草地国际学校	芳草"儿童哲学"课程研究与实践	二等奖	2019
7	朝阳区	北京市朝阳区芳草地国际学校	网络安全教育课程的构建与实施	二等奖	2019
8	朝阳区	北京市陈经纶中学嘉铭分校	新办学体制下一体化育人模式的综合社会实践课程研究	三等奖	2019
9	北京中学	任炜东 岳 蕾 王 芳 赵腾任 刘连立	基于 STEM 理念，系统化设计初高中科技教育课程的实践研究	一等奖	2020
10	北京中学	李俊平 梁 潇 谭 雪 王春英 于晓青	中学数学建模校本课程的开发与实践研究	二等奖	2020
11	北京中学	刘乃忠 张彦伶 王 良 任艳红 王保伟	构建立体式生涯课程 提升学生自主发展动力	一等奖	2020
12	北京市陈经纶中学嘉铭分校	米绍霞 徐纯纯 陈雪 支京 付宇婷	核心素养视域下初中历史阅读课程实践研究	三等奖	2020
13	北京中学	房树洪 向新良 刘洪涛 周 慧 全洪姝	培育时代新人，初高中进阶式辩论思维与口语表达课程体系的实践研究	二等奖	2020
14	朝阳区教研中心	张义宝	从实践到经验：朝阳区课程整合的路径与框架——基于朝阳区课程整合案例的探讨	《基础教育论坛》发表	2020
15	朝阳区教研中心	张义宝	朝阳区"十三五"规划课题"基于核心素养的课程整合实践研究"	立项、结题证书	2017 2020
16	北京市润丰学校	张义宝	《区域省思：学校课程整合的实践建构》	市级论文二等奖	2021
17	朝阳区教研中心	张义宝	课程整合：让学校奔跑起来（教育科学出版社）	专著	2020

四、改进与完善

从实践现状来看，课程整合的理念与具体的实践还存在着一定的落差，有待于进一步研究。

（一）课程整合的效度有待进一步检验

未来，我们应该更加关注课程整合是否真正促进了学生核心素养的发展。

（二）课程整合的广度有待进一步拓展

学校课程整合应先从某一领域或某一模块开始，进一步拓展到整体课程。同时应鼓励全体教师共同整合课程。

（三）课程整合的深度有待进一步加强

不要只流于形式，而应着眼于培育学生的核心素养，将学生视为一个完整的人，尊重他们的认知规律，从目标、内容、方式上加强课程整合的深度。

"培养什么人、怎么培养人、为谁培养人"的教育命题和培养担当中华民族伟大复兴的时代新人，已成为广大教育工作者"立德树人"的时代之问和必答之题。

课程作为学生天赋和潜能迸发的大跑道和竞技场，已成为学校的核心竞争力。课程整合的综合化、原创化、智能化，事关今天的孩子如何更加自信地智创未来！事关伟大中国梦实现的美好明天！

未来已来，将至已至

智慧教育融合与应用需要重构定位

——在 2020 年 8 月中关村互联网教育创新中心第六届"互联网 + 教育"创新周闭幕式暨"智慧教育的融合应用与发展方向"圆桌论坛上主题发言

（2020 年 8 月 27 日）

今天是 2020 年 8 月 25 日，是在中关村互联网教育创新中心举行的第六届"互联网 + 教育"创新周的闭幕式。作为特邀嘉宾应邀参加闭幕式，并担任圆桌论坛专家对话，共同探讨了"智慧教育的融合应用与发展方向"。

就"智慧教育的融合应用与发展方向"这一主题，我认为在学校一线教育教学过程中，智慧教育落地实践主要存在四大问题。

第一是"新和旧"的问题，主要指设备。大量落后的设备按照人工智能化标准还需要更新升级。

第二是"多与少"的问题，主要指经费。教育辉煌投入的那个时代可能已经相对过去了，宏观经济政策背景下学校项目投资越来越少，而智慧教育是需要大投入的。

第三是"出和入"的问题，涉及评价标准。多年的信息化建设投入了大量经费而难以优质产出。

第四是"师与生"的问题。什么是人工智能时代的老师呢？什么是人工智能时代的学生呢？教与学的关系怎么变革？

因此，我认为在智慧教育融合与应用中，更需要重构定位，丰富内涵。

智慧教育评价体系要确立基于核心素养视域下的"AI+ 教育"两大特殊教育目标即"人之为人"的必备品格和"学以为己"的关键能力，这也是契合智慧教育的"精准化、差异化、个性化"的特性的素养导向。作为一线教师要树立"儿童拥有学习人工智能的天赋潜能"和"让儿童成为学习人工智能的小主人"的学生观和教师观。在具体评价体系建构中，应重点关注三个维度。第一是评价体系对于儿童的容错性，第二是智慧教育一定要具备激励性，第三是智慧教育要有人文性。

我作为刚刚履新两个月的北京市润丰学校的校长，时不我待，只争朝夕，在密集调研、多轮研讨的基础上，在学校已筹建了八大学部和六大项目研究院，率先启动"AI项目研究院"，在暑期前中后期间，整体架构"十年四段五环节"的"课程化"和"学本化"的实践探索，立足普及与拔尖的"大众化"和"精英化"实施策略，将AI教育纳入了学校新十年发展新战略项目，不仅进入新学年的课程设置体系，而且还将探索建构"先学后教、边学边练，以编促学、以赛促教，线上线下、校内校外，融合融通、整合综合"的智慧教育AI教师校本培训新机制。作为九年一贯制学校，未来润丰学校学子的毕业证书将是"三证合一"，其中新增的是一张"AI学习合格证书"。

聚焦课堂：实践 AI 课程理念　探索 AI 学习方式

——在 2021 年学校人工智能课程课堂教学研讨活动上的讲话

（2021 年 7 月）

　　面对当今变幻莫测的国际形势，未来的挑战将会更加巨大，AI 是打开未来智能时代大门的金钥匙，就北京市润丰学校 AI 课程的规划及现阶段的发展成效我有一些想法与大家分享。

一、理念认知前瞻化

　　从党和国家政策层面的学习认识上，润丰人是反应敏锐，与时俱进的，力求认知前瞻。习近平总书记指出，人工智能是引领新一轮科技革命和产业变革的重要驱动力，正深刻改变着人们的生产、生活、学习方式，推动人类社会迎来人机协同、跨界融合、共创分享的智能时代。2017 年国务院颁发《新一代人工智能发展规划》，提出"实施全民智能教育项目，在中小学阶段设置人工智能相关课程"。明确指出人工智能成为国际竞争的新焦点，应逐步开展全民智能教育项目，在中小学阶段设置人工智能相关课程、逐步推广编程教育、建设人工智能学科，培养复合型人才，形成我国人工智能人才高地。2019 年 5 月 16 日，国家主席习近平致贺信国际人工智能与教育大会，明确提出"把握全球人工智能发展态势，找准突破口和主攻方向，培养大批具有创新能力和合作精神的人工智能高端人才，是教育的重要使命"。这是习近平总书记就"人工智能"与"教育使命"所作的重要指示。近年来，人工智能的发展突飞猛进，在人工智能加教育方面，也已经得到了社会各界，特别是高等院校高度的重视。润丰作为基础教育的中小学，是九年一贯制学校，应该在中小学人工智能教育方面做出前瞻性的探索尝试。学校新领导班子从 2020 年 7 月开始启动学校人工智能教育思考学习、研讨交流、探索尝试。2020 年 9 月学校一至九年级正式开设人工智能课程。今天的活动主要是聚焦课堂展示，努力体现学校在"实践 AI 课程理念　探索 AI 学习方式"两大方面的理念认知、探索建构的初步成效，请专家指导引领、解惑答疑，期待深度合作，共建共享。

二、实践整合课程化

实践出真知，行胜于言。学校对人工智能的推动贵在实践主要体现在课程化的整合方面。这一年，学校在 AI 课程化方面主要是做了三件事：把 AI 教育作为学校新十年发展的一个战略项目，以 AI 课程新理念的课堂展示，初步架构了 AI 课程体系。具体做法：一是通识培训主动。将人工智能在中小学的开设的重要性和必要性做了一些通识的培训，目前人工智能教育得到了学校老师、学生和家长的一个积极响应和实践整合。二是课程设置落实。积极响应党的号召，中小学的课程研发工作首先在战略项目中做一个大胆的尝试。从课程设置上，学校是从去年 9 月 1 日在学校将一至九年级，原有的信息课程、信息技术以及其他的相关学科进行了整合，开设了人工智能的课程，保证每两周有 1~2 课。三是研究团队组建。经过初期探索，学校架构了教师研发队伍，成立了 AI 项目研究院，主要人员组成为信息技术老师、劳动技术、科学以及在 AI 方面有兴趣爱好的老师，研究团队中既有长期课堂教学经验丰富、科技社团指导优秀的实践性教师，又有博士后、研究生等高学历优秀青年教师。四是研发教学读本。本着一种创生的精神，作为非科班出身的研究院老师在边学边教，先学后教的模式下，经过学习、探索、实践，构建出理论知识的教学、实践课程、社团集训以及学科融合四个方面的 AI 教育体系，并且在上学期已经基本完成了 AI 读本的知识体系的梳理，建立了分年级分册读本知识体系。本学期的工作重点是加强课堂教学的探索和研究。

三、建构体系模型化

AI 教育的学校实践体系，贵在模型架构。学校对于发展 AI 教育的整体架构，提出了"3125 模型"。

"3125 模型"的"3"指的是 AI 教育的"新三观意识"，即建立 AI 课程推进过程中建构校本课程的全新理念。一是"天赋潜能观"，树立和坚信"儿童或学生拥有学习人工智能的天赋和潜能"的自信意识；二是"学习主人观"，在课堂教学、社团活动等实践层面教师要确立和践行"让学生成为人工智能学习的小主人！让学生成为人工智能创新的小主人"的主人意识；三是"激趣生态观"，在中小学的基础教育阶段，AI 教育贵在营造 AI 学习的课程开发、课堂实践、学习资源、社团活动、AI 竞赛等 AI 教育生态链，并使学生在生态链的每个环节中都有动手操作的学习活动，从而保障学生对 AI 学习的浓厚兴趣，在他们心中播下 AI 的种子，并不断生根发芽。学校的课程设置、课堂教学、社团活动、竞赛体系以及师资培养也着力践行和展示这些新理念。所以本次的主题定位在"实践 AI 课程的新理念探索 AI 课堂教学学习新方式"。

"3125 模型"的"1"指的是"问学课堂"新结构。这一课堂新结构，显现在课堂实践中，通过"问学课堂"的四六环节结构理念来实现教育教学理念转换，强调"以问导学"，贵在学生自己提出问题，自己来做设计解决方案，基于目标需求来解决问题。

"3125 模型"的"2"主要是指资源建构体系的"两个结合"，即课内与课外相结合、校内与校外相结合。学校充分挖掘北京的人才资源优势，积极主动与北大清华等高校院士、教授、教育战略学会人工智能与机器人专业委员会专家、中关村互联网教育中心论坛、AI 教育产业 CEO 团队等进行资源整合，寻求战略合作、学术支持与互动共赢。

"3125 模型"的"5"指的是读本编制的"五大板块"。主要是体现在学校对未来 AI 教育读本编写的板块设计上，基于学科融合，根据各个学段现有的教材特点，从一年级到九年级学校编辑了 9 册读本教材，每册包含四个单元，每个单元 2~3 课时。每课时包含五个结构模块，分别为问学单、智慧园、创新地、实践园和区块链，今天老师们也在课堂上部分或者全部展示了这五个板块。

润丰学校不论从办学条件、区位优势、硬件设施，还是办学思想都是非常具有前瞻性的，也是"高端化"的，通过将近一年的探索，学校 AI 研究院在 AI 教育方面取得了初步的效益，难能可贵的是对于这项工作老师们是解决了"从无到有"的问题的。在此基础上，面向未来，面向迅疾发展的 AI 新时代，如何服务于培养中华民族伟大复兴的时代新人，如何对接培养具有真正创新精神和实践能力的人工智能人才的使命召唤，急需培育的是解决"卡脖子"问题的大才、奇才，作为拥有优势条件、优质基础的九年一贯制润丰学校，在新中高考的背景下，到底能为中国的基础教育做什么，做成什么，是值得深思并继续实践的重要而迫切的时代命题。

学校人工智能教育实践，虽然刚刚起步，但成效初现。面向未来，润丰人坚定相信，在各位领导专家的精心指导下，在全体同人的不懈努力下，学校将不断探索新变革，创造新成果！期望大家一起加油，在中小学的人工智能教育领域能够做出应有的智慧贡献！

闲暇自由：元宇宙教育的学校赋能与哲学问询

——在中国教育三十人论坛、中译出版社和中关村互联网教育创新中心"元宇宙教育实验室"成立仪式圆桌论坛的发言

（2021年12月14日）

教育是美的相遇。未来是儿童的元宇宙，儿童是元宇宙的主人，元宇宙教育就是真善美的一种相遇。

元宇宙世界吻合了人类对于美和自由的极大想象。儿童少年是教育元宇宙的天赐骄子，中小学校是元宇宙教育的肥沃土壤。儿童少年是互联网时代、人工智能时代和元宇宙时代当仁不让的原住民。在希腊文中，"学校"一词的意思就是闲暇。或许在希腊人的眼里，教育就是享受一种闲适，孩子有充裕的时间体验和沉思，才能自由而充分地获得心智能力的发展。肖川先生曾说："理性的顿悟，灵性的生发，需要闲适；心灵的舒展，视野的开阔，也需要闲适；创意，往往在闲适轻松时翩然而至；情趣，也每每在闲适从容中一展风采。"教育，需要一点闲适。教育的闲适，更是一种诗意。如果再从元认知、元数学、元典等视角对元宇宙教育进行哲学追问，元宇宙教育应该是虚实的美好相遇，万物的和谐共生，应追求中华优秀传统文化中"天人合一"的价值导向、教育哲学和理想境界。

以"元宇宙＋教育"的方式融合融通，必将推动教育的深刻变革，不仅是技术、应用层面，重要的是元宇宙世界的神奇美妙极大吻合了儿童的好奇心、想象力和创造力。同时，要对"元宇宙教育"的"教育"意义进行不断的本质追问，才能精准方向，无缝融通。元宇宙教育最终要回到教育初心和本意，应该用春风化雨般的生态牵引出孩子内心的真善美。元宇宙建立的是一种虚拟相融的、基于技术创造的空间，但仅有空间概念，可能未必足以支撑起教育的新世界。在元宇宙的世界里，教育不只是赋予，更要激发出人与生俱来的美好天性与潜能。除此之外，元宇宙教育需要具备古今中外的广阔视野，增加时空维度，更好地服务于

终身发展教育。

元宇宙如何赋能传统学校教育？要精准定位于"二经六纬度"的恒与变，建构"合体融通"的异与同。"二经度"即教育本质和价值追求，恒定不变。元宇宙教育，究其本质是教育，作为教育的本质属性没有变，也不能变，就是把上天赋予儿童少年的那样美好慢慢地牵引出来，就是把向真向善向美的潜能激发出来；元宇宙作为教育的价值追求不变，也不能变，要秉承立德树人的鲜明导向，要坚持上善若水的内容与方式的学校属性和教育赋能。"六纬度"是指元宇宙教育实验建构中要侧重六个视域的异同统筹，辩证统一，力求理念、研发、技术、工具、产品、应用、创新和教育的一体化，实现真正的合体融通。具体体现在：打破古今中外时空隔阂，能够"时空合体"；搭建师生共同探究、人人皆是主角、个个都是中心的无限平台，能够"主次融通"；学生尽情追求真理，坚持真理，允许犯错，乐于纠错，游戏世界，能够"真假合体"；激发好奇心和想象力，自由穿越畅游于真实与虚拟世界，能够"虚实融通"；积极研发生命智慧合体产品，优化生命生物技术潜能，创生新生态，能够"阴阳合体"；点燃孩子的内驱力和创新力，演绎整体与部分，分析与综合，逻辑与跨界的意念互动，物质共生，凝聚能量精气神，重构教育新样态，能够"分合融通"。

元宇宙教育期待和呼唤教学研企产创一体化的赋能融通、科技创新、制造智造，也将更加彰显元宇宙教育作为教育高质量发展所需要的高质量的"数字底座"强大功能和文化赋能。

让儿童少年在元宇宙中成为当下和未来真正的学习的小主人、创新的小主人，我们的未来就一定能成为教育元宇宙的美妙时空和精神港湾，也必将让"人人都是拔尖者，个个都是创新人"的伟大复兴梦的生力军培育成为可能和现实。

未来学校的诗与远方，激荡着教育的天穹苍宇。元宇宙时代的未来，一切都会美梦成真！

挑战未知：机遇就是抢抓过来的

——在"大家讲堂"系列活动之"AI赋能课堂评价"项目研讨会上的讲话

（2022年9月）

今天特别高兴能邀请到中国教育科学研究院的王所长和袁博士来校指导！在此我代表学校领导班子和AI项目研究院团队的老师对两位专家的莅临指导表示热烈欢迎和衷心感谢！

王所长在AI赋能课堂评价领域研究有前瞻性、国际性。王所长是全国未来教育和课堂评价方面的大专家，袁博士也是拥有深厚的文化底蕴和专业学术的研究者。从这个意义上来讲，对润丰学校是一个宝贵的机遇和平台。学校有"大家讲堂"，原则上润丰每月都邀请一次国内顶级的教育专家来给全校教师或项目研究团队作专题分享。2020年9月，学校首场"大家讲堂"邀请的是中国教育学会小学数学专业委员会理事长全国著名数学特级吴正宪老师。这几年"大家讲堂"也陆续邀请AI领域北大、清华的教授为我们作专题报告。

随着近几年学校"A型飞体"治理体系和运作机制的不断健全与完善，特别新学年的大学科研究部和项目研究院的调整到位和新一轮院部长的正式聘任，这学年学校将进一步丰富"大家讲堂"的形式，想更多地推进这种沙龙式论坛，把通识性的普及与专题性提升结合起来，在过程中实行类似项目制、导师制，增强互动性，力求精准化，实现高赋能，用"大家讲堂"的专业论坛、专业研讨来给项目老师进行专业提升。特别是让学校上学期启动的双名工程的"369行动计划"的落地生根，将是很好的助力。这样每个老师都有项目，每个老师都有自己学科，每个老师都有一个攻关任务，都有专业的学科专家和项目导师。在今年的教师节庆祝表彰大会上，学校设置了"拔尖创新人才先锋奖"，对在过去一两年项目研究实践中，取得历史性突破，在国家级比赛荣获特等奖及一等奖的项目团队及负责老师，学校给予隆重表彰和绩效重奖，应该说也是表明了学校的鲜明态度和行为导向。因此，学校对于专家的指导很渴望，所以也请两位专家能对润丰学校继续予以信任。

润丰创校 10 年，是教育家卓立的名校长办学，学校的办学理念和办学条件特别的前瞻和先进，成果丰硕。特别是学校的文化理念体系、学校的环境，应该说在全国和市区都还是具有示范标志意义的。目前学校是九年一贯制，对未来教育改革，特别是基于人工智能时代与"双减""双新"背景下，如何聚焦新课程方案和新课程标准，在这方面想进一步深耕我们的课程改革与课堂变革，让教育赋能新技术的场景应用，新技术赋能教育变革，润丰能够作为一个样本学校，成为中国教科院的 AI 赋能课堂评价的全国基地实验学校之一，学校将把它当成一个很好的机遇，积极实验，大胆创新，务实推进，科学论证。

今天，是学校"AI 赋能课堂评价项目研究院"团队首次活动，对于大家而言，相对来说都是一张"白纸"，我只是稍微提前一点，参与了前期筹备研讨，其实在今年暑假，王所长和我就这个话题兴奋地通了一个多小时的电话，因为我们都对这个话题特别感兴趣，虽然未知多一些，也觉得特别有挑战性。学校有这方面的一些基础，比如推进了 AI 项目，我本人在教研中心工作时也是积极推进区域评价标准的研制和推广，来到润丰学校后，也是把最新版区域课堂评价标准的深度学习与实践落地当成"新官上任"的"先手棋"之一的，目前效果显著，所以，我觉得这个方向正确，也是可行可操作的。我认为，对大家来说，这就是研究提升的机遇，而机遇是抢抓过来的。

一、项目是一种载体

所谓载体，就是输入输出。之所以说项目是一种载体，正如刚才王书记表态，她觉得这个项目很好，可以通过这个项目进一步深度学习，特约专家解读目前最前沿的三大评价理论，因为中国教科院有这样的高端研究资源。AI 赋能课堂评价这个项目研究，目前怎么定位？我们认为，在国内乃至国际，都应该是一个全新的、领先的，因为目前没有这样的研究成果，因此，在做这件事的时候，其实就标志着学校在课堂评价研究上进入了一个新的领域。

这样的研究其实有三种状态，即"跟着走、试着走、领着走"。比如，两年前，我刚到学校时，就积极推进区域课堂评价标准2.0版的X/16条标准的重点落实，就是"跟着走"的时期和状态，包括去年的进入区域3.0版时，学校专门进行了两个版本的具体比对，改变了什么地方，为什么变革这些标准，在这样的研究中，跟着学、跟着走。

而今天学校开始参与到这个新评价项目的研制中，其实就变成了"试着走"，因为这就不再是跟着别人走了，我就要超越区域课堂评价标准了，这是"试着走"了。未来意味着什么？如果在这方面用几年时间研究实验成功，学校就会"领着走"，是领着别人走了，那就成为制定规则的人。而一旦拥有规则制定权了，这就是学术话语权了，这将是非同凡响的。如果看不出这一点，或者说做这个项目的时候，都有现成的，那干什么呢？就像学校倡导的问学课堂教学的目的就是要提出新的问题，如果不是提出解决未来生活当中的新问题，那么这个学习的本质就是没有价值意义的了。

正因为这个评价研究项目，目前国外也没有人做或者很少来做，如何做，大家都是一张白纸，可能暂时无从下手，没办法，甚至还有一大堆的问题，当然，正如大家刚才向专家提出来一样，其实也是提给自己的问题，因为这些问题都是暂时没有标准答案、正确答案或唯一答案的。这些问题目前专家也解答不了，这些问题就需要我们一起去探索尝试。所以从"跟着走"到"试着走"，最终到有可能"领着走"，润丰学校的干部教师应该有这个志气。学校未来的三大步四阶段十五年发展战略当中就有这个阶段目标，比如我进入完成第二阶段"打造质量强校"和第三阶段"构建品牌名校"想要的所有目标之后，下一步干什么？就是进入"创生理想学校"阶段，这是新境界、这是高境界，因为如果要成为真正的业界高手的话，必须是制定规则、创生规则。这也就是我为什么倡导今年的"和谐杯"教师基本功展评，聚焦命题研制，学会命题是一种关键能力，如果初中教师能把明年的中考题提前模拟出来，或者说真的"巧合"了，那就是顶级的"武林高手"的标志性胜利！当我追问你的命题怎么这么精准，那一定是对于你对新课程新标准的真感实悟，一定是对于诸如顶级专家三大评价理论、北京市"五个考出来"中考高方向的精准把握，一定是对于刚刚颁布的新课程方案和学科新课程标准的深度学习，不然你是不会命题出高水平的中高考模拟卷的。而今天能在这个项目研究平台上，和众多专家一起用 AI 赋能课堂评价的探索尝试、实践建构，这个本身就是一种能量载体，这个载体就有两个功能，一个是输入，另一个就是输出，这就是赋能，不然就成为只进不出的"容器"了，就会窒息僵化，没有活力，缺乏生命力。

二、参与是一种进步

这次学校组建项目研究院的时候，还吸纳了九年级的老师，九年级是中考年级，任务重、压力大，那为什么还这么安排呢？不妨追问一下：带九年级肯定是忙，那到底是忙什么呢？如果说，忙就是忙中考的质量，那么中考这件事是干什么的？如果中考就是人生的加油站，本质就是促进人的进步，让学生青春成长更健康、更素养，而参加 AI 赋能课堂评价这件事的价值就是促进教师改变课堂，更精准地诊断课堂的师生行为，服务于新课程新课标的落地，因此，参与这个项目本身就意味着你与进步相伴、与成长共生。通过这种参与，就会把你带入一个全新的研究氛围。比如说你们认为我因为在教研部门工作时研制课堂评价标准，在"双减"实施推进等方面，应该说我是有一定研究力和发言权的。但是今年暑假有机会参加了王所长组织的国内评价专家团队的研究论坛，因为是跟国内高手在一起共同研讨交流，我觉得我本人就是学到了很多，也启发了很多，当然自己就是进步着的状态。因为就是这样的参与进去，就有机会发表自己的观点，或者自己的观点被别人吸纳，或者别人的观点又丰富自己的想法的时候，我就在不知不觉中进步了！还有一种进步表现在你率先占有了有效资源，这个资源对我的原有储备又是精准补充和完善，这当然就是大进步了。现在这个世界信息海量，比的不是资源的多少，而是对资源的精准的选择并及时应用。如何精准？如何一步到位？什么叫"一剑封喉"呢？只要你去参与，进入到这个高端的团队一起行动就在进步中。

三、质量是一种变革

质量是变革出来的，用 AI 来赋能课堂评价是干什么的？不是搞花哨的，不是走形式，是为了提高质量的。国家已经进入了高质量发展新阶段，2021 年 7

月，教育部等六部门发布文件，启动教育新基建，就是落实高质量发展的发展引擎的，指出教育高质量发展的"数字底座"就是 AI 等最新科技技术的赋能应用，或者说如果不把智慧教育数字化、智能化应用到当下的学校教育教学管理过程中，是实现不了真正的高质量发展的。

为什么去年以来，我特别强调学校高质量发展的"两高"问题，即高质量的最基本的底线就是高效率和高效益？正如刚才王所长所说，凡是机器能做或未来能做的都交给机器，就像学生自己能做的事就不要教师代替，才能有真正的内驱力和学习力一样。是不是这样的一种高质量才是我们需要的呢？这就意味着不停地变革，包括评价标准的变革。当新课程方案公布出来，16 个学科新课标出来之后，你不变革能行吗？比如，你还按照"双减"以前的模拟考试卷来命题检测，你肯定是落后者。怎么能有高质量的达成呢？我们知道，2018 年人工智能的素材就进北京高考的正式试卷了，2019 年高考的数学卷就出现了没有答案的题型了，这是开放题型，创新思维导向的，何况现在的新方案新课标"素养导向"的中高考，只有你的课堂变革了，质量才会提高的，高质量发展才有可能，而 AI 赋能课堂评价的变革就是发挥评价的导向功能，促进学校高质量发展，学生的高水平进步，所以质量是变革出来的。

四、创生是一种幸福

为什么说创生是一种幸福呢？刚才王书记和很多老师都交流了自己的深刻认知并表态，大家认为，这个 AI 与课堂评价相结合的项目研究值得期待，但确实是有挑战性的，因为这是从来没有过的或是很难更难的事情，甚至看起来有点"风马牛不相及"，是不是真有这种可能？正如大家刚才提出的很多问题和困惑，对作为校长的我来讲究竟意味着什么呢？机器能判断语文数学的各学科专业话语体系吗？如果通过项目实验的学习思考实践建构，让 AI 不光是技术，还是一种赋能，它就意味着就是一种生态的创生，它不仅仅是个技术，或者到那个时候 AI 技术应用到评价场景，已经成为不是一线教师的事，交给了研发公司，一线教师只研制评价体系与操作模型，实现教学研评产一体化、协同化，还能带动教育企业的转型升级与创新发展。

正因为有上述几点认识，加之新学年新学期的计划目标，我在这里代表学校表个态，一定是积极参与这个项目研究过程，愿意作为全国的，特别是北京地区的有代表意义的实验基地学校。因为学校的硬件条件是最好的之一，老校长的办学理念是先进的，我本人和现在的领导班子现在也是态度积极，两年来的 AI 作为战略项目的研究也是前瞻和率先的，也是学校突破评价发展高原区的技术本身或者这种生态环境本身的很好的新方向、新路径。同时也渴望王所长和袁博士等各位专家，就把学校当成你们的工作室，经常过来随时过来，通过项目研究引领培养教师的跨越发展，优化教师培训的新机制，创生共建共享共赢新时空，我们也将严格按照教科院的研究标准流程，联系实际，克服困难，坚持不懈，主动思考，大胆创新，科学推进，一定能够和全国其他地区和学校的同人共同努力，能够为这个富有极大挑战性的项目研究做出应有的贡献，同时也在这过程当中收获自己的成长进步！

"跟着"机遇：在高端专业的行动研究中成长创生

——在 2022—2023 学年度第一学期"AI 赋能课堂评价"项目推进会上的讲话

（2022 年 10 月）

"AI 赋能课堂评价"课题项目的行动研究是现代化、高阶化、创生化的，是彰显未来核心竞争力研究的一个机遇和标志。此次研究内容属于国家级课题，是由中国教育学会、中国教育科学院联合立项的，机会难得，项目内每一位教师都有可能和有机会成为未来全国此项研究的"种子教师"。对于"AI 赋能课堂评价"这一项目的第一批研究者、探索者、实践者、建构者，主持方还会举办全国性的课题项目研究的分享会，未来就有可能成为课题项目课堂实践的展示者、项目研究的成功者。

目前学校的起步研究内容主要聚焦于语、数、英学科，对于每一位教师的职业发展及学生的学习效果都会有所帮助。在日常教学活动中利用创新性的评价工具，利用大数据、人工智能等现代信息技术，探索学生学习要素全过程纵向评价、德智体美劳全要素横向评价，大力发展人工智能技术，积极探索人工智能与教育评价领域的融合发展，是我国推动智慧教育的重要举措和必由之路。课堂教学评价作为教育评价体系的重要环节，尝试开展人工智能下的课堂教学评价，有助于丰富评价内容，转变评价方式，记录成长轨迹，促进智慧评价的高效开展。

下一阶段的校本推进主题和策略主要是"'跟着'机遇：在高端专业的行动研究中成长创生"。

第一，"跟着走"。按照项目标准，紧跟项目团队专家的统一部署，按内容、按进度通过教师的现场课堂采集大量信息，进行资源建设，通过大数据进行互联建构，初步建构课堂 AI 评价的大数据资源库的架构要素体系。

第二，"跟着学"。就是让每个项目实验教师在"巨人"的肩膀上继续学习，继续研究，以此提升自己的专业素养、文化底蕴和综合能力。

第三，"跟着悟"。教师需要深度研学课程新课标，学习 SOLO、DOK 评价理论，结合自己的学科课堂实践感悟学理、体悟逻辑、融通知行，把一线教学研究过程提出的意见和建议应用到教学实践中，做到教学相长，触类旁通。

第四，"跟着评"。课堂教学评价是基于教师的教和学生的学，着眼于改进教师教育教学能力，提高课堂教学质量，从其价值意蕴层面上看，课堂教学评价是多元主体协作下进行价值判断的过程，是采集多方面信息发现价值的过程，是精准采集为教学改进提供决策的过程，是发挥其反馈功用发展价值的过程。当前传统的课堂教学评价表现为内部与外部的多元评价、过程与表现的评估判断，而在人工智能技术的驱动下，将推动课堂教学评价在评价主体、内容、方式、结果等方面的变革，实现真实课堂的精准采集，追踪师生成长轨迹。

第五，"跟着用"。在人工智能技术的辅助下，利用人脸识别、语音识别等技术对课堂教学过程中的师生表现性信息进行自动运算、分析和评价，以便教师在课上实时获得评价系统的反馈数据，掌握全体学生的听课情况，从而及时调整教学内容与方法并对走神学生加以提醒。人工智能下的课堂教学评价加快了评价开展进程，提高了课堂教学评价对于教师教学与学生学习的反馈作用，实现课堂教学评价的高效开展。

我相信并期待：在中国教育科学院王所长和袁博士等各位专家的帮助下，在和全国实验学校同行领导老师的合作共建中，润丰学校能够更好地推进"AI 赋能课堂评价"项目实验进程，为学生提供高效、高阶的学习环境，为教师的科研能力提供加油、加速的专业成长，为学校的高质量发展添砖加瓦、增光添彩！

创生：争做"四课合一"的"种子教师"

——在 2022—2023 学年度第一学期"AI 赋能课堂评价"项目研究院线上研讨会上的讲话

（2022 年 11 月）

"AI 赋能课堂评价"项目研究院是学校新学年新增的第十六个项目研究院，是一种战略抢滩，前瞻性的、开创性的研究项目。在座的各位是从别的项目研究院挑出来的。每个人都是优选的，每个人代表某一个岗位。接下来，我想就今天项目研究院首次线上教研活动，聚焦"拔尖创新人才培养"教师队伍建设这个主题。结合这个国家级的重点项目推进，包括对于这个项目研究院，应该怎么定位？目标是什么？实施策略是什么？操作流程是什么？特色是什么？主要从两大方面来说。

一、关于本次讲话的主题拟定及内涵解读

（一）为什么叫"创生"

因为这件事会写在人类评价课堂的历史上。从来没有课的评价是非人类来干的。几百年有吗？上千年有吗？几千年有吗？没有。如果说未来哪一天，优质课、一等奖、特等奖的课是机器评出来的，居然跟人的评价是吻合一致的。比如，韩国围棋九段棋手李世石、中国围棋九段棋手柯洁两个围棋世界冠军分别与人工智能围棋程序"阿尔法围棋"（AlphaGo）之间的两场比赛，决战失败后，他们流下的"人类泪水"，你不得不佩服：这个科技赋能的神奇，这是历史上没有的。

这是因为，这个项目研究的从头到尾发生，我是参与者、促进者、研究者。也就是前两天，我参加了中国教科院的未来学校项目团队的十年研究课题的中期汇报展示，作为三位特邀专家的唯一一个基层学校校长参加点评和评价，我感到特别荣幸和自豪。可以看出，作为最官方最高端的中国教育科学研究院把未来学校作为一个超前项目，在已经研究 10 多年里，是很有战略意义的。从这个意义

来讲，如何定位这个"AI赋能课堂评价"需要深度思考。其实"AI赋能课堂评价"这个名称也是学校和中国教科院专家共同拟定的，现在都被大家接受了，从无到有，这就叫"创生"。

（二）"四课合一"的内涵是什么

我说的争做"四课合一"这个词，大家不陌生，主要特指我来润丰学校后，特别倡导的一种教师名师成长的"课程、课堂、课题、课果"互动生成、四者合一的研究方式，"四课合一"这个词是用于教师专业发展的一条成功捷径。具体而言表现在以下四点：

1. 课程设置

就拿AI项目来说，我来了是不是第一件事做的就是让AI进入"课程"？包括学前班、小学都设立AI课程。大家开始还是有一点担忧的，国家课程没有，你又占有国家课程，上面检查怎么办？那今年4月21日颁布的义务教育课程方案新增的两个课程中，一个是劳动课程。劳动教育本来作为教育是存在的，但是作为课程，它是作为一个与德智体美并列的课程，而不是劳动技术。现在劳动技术就不能作为课程。另一个就是信息科技课程。最重要的是把信息技术不仅名字改了，不只是它的技术含量，更强调进行人工智能等内容的信息科技素养，它从原来的综合实践当中分出来的。今天再看，学校是不是先行探索建构了，提前两年就试验了。AI课程设置后，大家说不会上课，不知道教什么等问题一大堆，于是就从让大家买书、聘请专家指导开始，AI任课教师零基础，但坚持边学边教，先学后教，自编教材，建构课堂。因为是以用致学，所以你就学得很精准就解决问题。凡事大道至简，这就是进入课程倒逼大家"创生"的价值意义。

2. 课堂研究

接着我们进入课堂研究。在2021年6月18日，闫欢等一批AI新任教师就进行了AI课堂教学，就进入课堂的研究建构阶段。正如开学初，我曾经问过闫欢老师："我现在给你一个新的AI项目，将来组队打比赛，从一年级带到九年级，又有国赛的白名单这个机遇，那你现在如果上三年级的AI课，你怎么办呢？"他脱口而出说道："那我肯定要在我AI课堂上渗透融合这个项目了。"这就是课程与课堂的对接。

3. 课题立项

那么干着干着呢，随着课程实施、课堂教学实践、社团精英竞赛，就会有实践体悟和理论思考，大家就要进入申报课题，然后把课题申报区市级规划立项。这就是课程、课堂与课题的衔接了。

4. 课果申报

在课题的规范研究指导下，我相信坚持三年五年，就一定有各种成绩和更大收获了，并具有示范意义和推广价值，这就成为成果了，然后就申报教育教学成果，可以申报区级、市级、国家级教育教学成果奖，形成成果之后，这个课程，就有相关的读本教材了。现在正在酝酿这个"元宇宙 +AI"，这个出版社已经在策划推进。核心团队都在工作，一旦成功，一年之后，这成果的"作品"又出来了。这就是结出"课果"了，形成成熟的果实了，自然就要分享品尝，就要再扩大种植范围，形成更大的"四课合一"的新一轮量质齐升的优性生态链。

今天这个"AI 赋能课堂评价"项目跟当年 AI 课程有变化的不同点，这次的起点不是从课程起点了，也不是从课堂起点了，而是起点在"课题"。所以这个项目大家参与了，你们还没干呢，你的课题申报证书就批复下来了，而且这个是高端的项目，也是官方的专业项目，所以这件事就首先界定它是一个"课题研究"项目。然后通过课题研究再回到这个成果导向，因为这个研究是，必须要出成果的。不是你们要不要，是上级实验的团队主持做一个项目成果。所以大家就跟着走，在这里面找到学校实验团队的一席之地。回过头要进入学校的管理，成为学校的管理课程。最后，现在这个教室里的 AI 设备常态化使用的时候，是自我检索的，它自动给你生成大数据了。回过头来指导你的课堂变革精准性。所以又是一个新的"四课合一"的新轮回，这样就促进了学校课程的优化，促进了学校课堂的变革，然后又带着新的课题形成。所以，这个活动跟别的人讲是"四课合一"，不是从课程开始，像有的东西从课堂开始，有的东西从成果开始，先做成果，推广到课程，然后课堂，然后再进行课题，你看又是"四课合一"的闭环。

（三）如何做成"种子教师"

下面我再解读一下"种子教师"，在座的各位老师你们已经拥有"种子教师"的先行基础了。因为，当我看了这个项目相关的测评的东西，这并不仅仅是项目组的，也有全国其他学校教师的参与，参加这个项目研究的教师，因为有了高级专家指导和项目实践的建构，就会有率先的理论学习和经验收获，未来你们要"走出去"介绍项目、推广示范，你们就是先行者、建构者、研究者，也就是"种子教师"嘛！所以"四课合一"意味着什么？就是今天的"拔尖创新人才"培养，跟 AI 赋能这件事之间到底有什么联系、有多少关联，这个问题也得追问，而且这也是基于学校"十四五"及 2035 远景目标整体规划发展的重点推进。所以，今天我这个发言题目，就是把项目研究院聚焦到"拔尖创新人才"的培养方面上来，既符合成立之初对项目研究院"攻坚克难"的定位：就因为它是难点，因为是重点，因为是热点，也是"三点合一"的项目，才成为纳入"研究院"的体系中，成为新学年第一个，两年来的第十六个项目研究院，这是很有研究价值和未来价值的。在这个意义上面讲，这就是"种子教师"的意义，这是基于今天这个主题的一个深度追问的结论。任何一个新的东西都要定位，就跟我当年一来学校时就成立的贯通的学科大学部，大家也不知道究竟是什么组织、什么功能，但经过两轮"行督课"的研磨之后，大家明白了，还创生了聚焦中小学科学主题贯通的"四段八步"的行督课流程结构图。

二、关于本研究院的定位职责及推进策略

刚才我讲的这些，就是我今天发言主题的"开题释题"，下面我再就今天的"AI 赋能课堂评价"项目研究院的研究意义、研究定位、工作职责、目标任务和工作策略等方面，我想用十句大家听得懂的常态语言来做点"形象化、通俗版"的解读。

（一）"初生牛犊不怕虎"

什么是初生牛犊不怕虎？因为是不知道，所以他没有怕。这个项目没人干，我们干。怕什么呀？反正没人干，只要干了就是好。所以 AI 赋能课堂评价这个项目，目前全世界，全中国都没有。第一波儿干就是先行者，大家在这个项目上

是一张白纸，你们不受任何干扰。你所有的经历都是财富，所有的体验都是资源，这是第一句话。这句话说明什么？不要怕，不要畏难，要有信心！

（二）"偏向虎山行"

武松打虎，喝酒壮胆，偏向虎山行。那我们"喝什么酒"？就要"喝"专家的报告"理论酒"，就要"跟着"专家的"规划战略"行走。因为是国家的项目，所以才有教育公司的支持，项目经费的支持，才有学校的"四套"AI设备免费支持，一分钱也不要。而未来推广应用的学校，肯定是要花费的。就跟你买电脑一样，或者你学校出设备，抢得项目实验基地，少花钱或不花钱，就是非常"经济合算"的。这时候你的设备，就是你过"景阳冈的酒"。这时候请的专家给你的辅导，就是你的最大收获。只要这两个东西吃下来，然后在手里面拿个工具，那"刀剑"现在也交给你，各种支架了，给你量规表了，你不就照着办吗？因此，明知山有虎偏向虎山行，就是要有胆量。但是这个胆量在于什么？你要有工具。这个工具就来自于思想的工具，技术的工具，助力的工具。

（三）"路是走出来的"

鲁迅说："地上本没有路，走的人多了，也便成了路。"AI能课堂评价，正因为是未知，没有答案，正因为可能在早期的时候评的课不一定很精准，但是如同人类的旧石器时代。你看人类，他从原来四肢都在地上，然后到脱离成为直立人，打开两件"器官"。第一，眼睛平视了，看问题有高度了，所以他的大脑迅速发展。第二，由于站起来心脏被舒展开了，所以他的生命这种机能，变成长寿动物。哪个动物、哪个狮子能活到这么大呀？所以这种高级灵长的动物，最后通过工具，因为他的双手脱离了地面，所以腾出来的这两个手就劳动了。劳动之后，他就搬弄石头、磨刀片针片，然后进入新石器时代，花了三四千年，才有史前文明，也才有当代发达的科技智能文明。所以我们只要走，路就能走出来，不要因为现在的可笑，就是看婴儿刚出生跌跌爬爬，你能想到短短几年下来，他成为运动场上的虎将吗？那只是他生命的开始，所以不要怕开始走得蹒跚学步、跌跌跌撞，也不要怕走得不好看。只要你走，只要你扶着东西，那你就会走出一片阳光大道。

（四）"沿途皆是风景"

沿途风景，这个旅游的人有一个体验。你可能抵达西藏，布达拉宫认为到最接近天的地方去了。但是很多去西藏参观的人是步行或开车，所以满路都是风景。所以在 AI 赋能课堂评价的这个研究大道上，所有的人和事都是风景，既然都是风景，大家知道风景是人们想看的，即使是那旁边一个枯树枝，甚至在西藏沿途当中那些前行的苦行僧，甚至因为意外路边的这些失去知觉的人，都有生命的意义。尽管他已经没有生命，但我们都会向他投去致敬和崇敬的眼光和敬礼，后来者会敬仰般地给他安置好。所以这样的沿途是人生的风景，是智慧的高峰。

（五）"拔尖创新型教师是这样炼成的"

钢铁是怎样炼成的？拔尖创新人才是怎么炼成的呢？这一次的这个项目研究，就是你们不是以培养"拔尖创新型"的学生为直接目标，而是把你成为"拔尖创新型"的高基本功的教师当作直接目标。因为学校提出叫三个"拔尖创新型"队伍，培养拔尖创新型的学生，必须要有拔尖创新型的教师，培养拔尖创新型的教师，必须有拔尖创新型的干部，拔尖创新型的干部，必须有拔尖创新型的党政一把手领导。那么只有拔尖创新型的校长、书记，才能培养拔尖创新型的干部队伍。只有拔尖创新型的干部队伍才有拔尖创新型的教师，才有拔尖创新型的家长和拔尖创新型学生。是不是这个逻辑关联呢？拔尖创新人才能从天凭空而降吗？不可能。所以未来学校要成立家长指导培训学院，让家长成为拔尖创新型的家长。而你们就要成为拔尖创新型的高技术、高能量、高水平的基本功的教师。那等你这个技术赋能掌握之后，对于别人来讲，是一个技能，技能就是基本功。这个项目是你成长的支架，有了支架就可以进阶。这个支架就是有一个支点。正如古希腊物理学家阿基米德说："给我一个支点，我就能撬起地球。"支架是省力的诀窍。

（六）教学评一体化的"神来之笔"

新颁布的课程方案和课程标准新增了"学业质量评价"的目标要求，特别强调"教学评一体化"，评价前置，目标前置，怎么做？所以上次英语大学部教研活动时，我跟他们说的时候，就是要研究评价量表，就是大家说的评价量规。然后把这个评价工具研制出来的，要教会学生使用，让学生做。上次我听了杨波老师的一节书法课，这个老师真是聪明！他的书法课"问学"思想太鲜明了，最重要的在他那居然出现了课堂评价权全部回归给学生，他的所有主体评价结论都是由学生决定的，实在争论不下就表决，以少数服从多数。我们的老师不给他最好最优的评判权，把评价权还给学生。老师们，这就叫评价前置，评价工具的学生使用。学生从工具的研制到学会用工具应用，再到最后通过评价工具得出结果，这对学生才是真正的素养导向，核心素养导向的必备和关键能力都得到提升。大家刚才都提到 AI "评价量表"，太漂亮了！我们现在虽然是小学语数英，包括闫欢你不要定位只是技术服务，在你的 AI 课上也用，你不仅要成为服务者也要成为研究者。同样杨昱然老师，你们可以就不要等，就是要跟着走，"神来之笔"都是相通的、神奇的。

（七）"四课合一"从课题行动研究开始

"四课合一"是从课题的行动研究开始的。大家还不知道怎么回事的时候就进入行动上了，这是研科当中的一种方法。其他有的是从文献研究开始的，有的是从理论研究，有的从工具研究，但是这个叫行动研究。就是在实践当中体现知行合一。先行后知，然后叫实践—认识—再实践—再认识。课题下一步是课果，课果再转化为对于学校课程的优化和指导调整，然后这种调整之后又会引领我们。由于这个 AI 评价课堂，早起的效果自然生成了，尽管不太准确，不太高端，但正如它是最早启动尝试 AI 评价课堂，尽管它是 AI 评价的"旧石器时代"，但它一定会进入"新石器时代"，进入新石器时代，就会开始进入农业社会，然后工业社会，然后是信息社会、智业社会。等到进入那个时间呢，这就加速度了，那就是速度核变效应。所以这个流程图很清晰，从课题行动研究开始的。

（八）"我们将是胜利者，幸运之神永远青睐有准备的人，行动着的人"

尽管现在可能苦一点，累一点，需要超常规工作，但只有你们这样积极参与，坚守坚持，就一定会有收获，有成果，也将是幸运者！胜利者！因为天道酬勤、天道酬慧，幸运之神一定好运你们！

（九）"快静齐"是本项目院的行动原则

　　"快静齐"是本项目院的行动推进原则，"好准记"是学校项目院工作的科研作风。"快静齐"是对着上面说的。什么意思？在这里面重申一下，因为这个项目团队全国都有，越是京外积极性越高。但是学校不能只是项目发起者、响应者，却成为行动的被动者、落伍者。所以在这个原则上我们要"快静齐"。要在规定的时间主动完成，快速完成，全员完成，同时给专家团队一个好的印象。一是"快"，就是要迅速打开实验新局面的。所以唯有这个团队，我是让一个中层干部来接任的，兼任院长的。二是"静"。研究要静下心来，不要浮躁，谋定而思动。三是"齐"，就是各类材料整理要齐全，不要缺三短四的。我们现在预设的李老师，我给你一个建议，就是要全力协助，甚至主动作为来把这个项目做好服务工作。我看到你们的 10 份材料，我很高兴，很满意。应该说你们前面都做了很好的工作，继续努力！有困难找付主任，付主任有困难找孙校长或直接找我，一句话："不达目的绝不罢休"！"好准记"是什么意思？"好准记"对我们自己说的。"好"就是要么不做，要做就按好的、最好的做。"准"就是说这个技术是带有精准意义，"准"就是人家需求的，要精准。"记"我特别强调的，就是记录的记。所以请付主任，你们记，以后这个项目院所有开会，包括自己开会，都做新闻报道，都做实况录音。录音、录像、录屏、新闻报道那是必需的。为什么说今天所有做的事都要做一下记录？这就是未来的成果。也建议大家做好实验日记，甚至反思，这样每个人的发言记录下来，然后记录整理好之后，大家改改，然后整体给把控、刊发。这以后慢慢就是成果，这都是素材。所以做好这个叫书记员，因为这是科研的一个诀窍，科研的作风，因为这个项目是从科研课题开始的。

　　（十）"星星之火，可以燎原"

　　今天你们是三五七八个人，未来会成为 AI 赋能课堂评价之"星星之火"，一定可以燎原。我相信我可以看到这个事情，你们比我更年轻，也更会享受到。到那时候，在座各位都是当年创造历史的人，所以功成必定有你，功成必定有我，但是功成也不必一定在我，因为里面有这个意思。我也期待在座的各位能够坚定信心，跟着走，同时要创生出良好的精神面貌、工作作风、战斗能力。在这过程当中，提升高级别的、高层次的、高品质的专业基本功。我相信，大家都会成为拥有者和享受者，也同时将成为未来拔尖创新的教师，你们在未来培养拔尖创新人才上，都会成为"独一无二"的拔尖者、创新者，真正成为拥有"华山论剑必胜秘诀"的高手！

源在心上，活水自来

构建基于用户需求的区域网络教研新模式

（发表于《中小学管理》2016 年 10 期 2016 年 10 月）

相对于技术优势和传统的教研方式，网络教研有一些明显的技术优势，有助于实现区域教研转型，促进教师的深度学习，最终促使学生的深度学习真实发生。北京市朝阳区教育研究中心制定了包括调研初建—反馈完善—调整建模—深度应用四个步骤的十年规划，经过长达 6 年的建设历程，初步构建了基于网络视频、网络听评课亚台和网终教研活动课程化等适用于用户即教研员与教师需求的三种区域网络教研新模式。

一、改变互动交流方式，进行基于网络视频的共建共享教研

基于网络视频的共建共享教研模式，是指由教研员或教师基于上传网络视频资源开展互动交流，或通过组织即时网络视频进行互动交流的教研模式。该模式的核心是通过教师间、教师和教研员间的互动交流，共同奉献、共同分享学习资源，促进教师的深度学习。目前我们已经形成了在线和离线两种网络教研方式。一是在线网络视频教研。在此种教研模式下，教研员和教师的互动交流是即时性的。根据教研内容的不同，这种形式又可以分为讲授式和展示式。

讲授式模式适用于专家引领式的教材分析和专题报告。发言人在现场讲授，并在本地播放 PPT 文本；其他参与者通过网络在各自的电脑上同步观看视频和文本，展示集体备课，确定课堂观察量表修改原有的教学设计。网络听评课直播。教研员组织教学研究骨干团队开展课堂教学观察，并根据课堂观察量表对授课教师的课堂教学行为进行观察评价。实时评课。在网络听评课直播的过程中，听课教师和专家可以通过网络对课堂的某个环节开展实时点评。课后数据展示分析及互动交流。课后，教研员或教师（组织者）将课堂观察数据的即时结果呈现在视频桌面，通过分析数据的产生来源、表现以及各位教师实时点评中的问题，带领所有参与教研活动的教师开展针对性问题的互动交流，改进教师对有效和无效教

学行为以及组织的认识。

例如：在北京市陈经纶中学、北京市顺义区牛栏山第一中学、西藏拉萨北京实验中学通过网络进行的政治学科同课异构教研活动中，教研员和专家基于即时呈现课堂观察的数据统计分析结果与听课教师进行互动交流。不少教师反映，这种方式的网络教研有助于他们更加直观地了解课堂，而且能够帮助不同层面的教师对课堂教学行为和学生学习行为进行深度思考。

目前，智能手机已经成为教学教研的终端选择之一，基于手机 App "一起听课"的泛在教研也被应用于听评课教研实践中。此模式与基于网络听评课平台进行的实证教研模式的过程相似，同时由于使用手机更便捷，使得研究过程更加轻松自在，教师可以随时以自己喜欢的方式进行教研学习，有助于教师的深度学习和自主学习。

二、加强教研系统设计，实现基于网络的教研活动课程化

教研活动课程化是为了解决当下教研活动缺乏系统性、针对性和奖励机制等问题所设计的一种教研模式，旨在进一步提高教研质量，系统推进深度学习。基于网络的教研活动课程化是其主要实践方式，包括线上、线下以及线上线下融合等多种方式。

朝阳区教研中心制定了《朝阳区教研活动课程化实施指南》，明确了基于网络的教研活动课程的开发流程和实施步骤。其开发流程包括四个环节：需求调研—提炼教研活动主题—设计教研活动课程—申报培训课程。其实施流程包括五个环节：目标制定—内容设计—组织实施—效果评价—总结经验。依托区域网络平台，基于大数据进行的调研分析、课程培训、资源推送、课程评价等相关教研活动的效果是积极有效的，克服了学校及教师类别多元等带来的教研活动碎片化、零散性、不均衡、欠公平等传统弊端，深入推进网络教研活动自身课程化的进程和资源的系统建设

经过一年多的研究和实践，我们积累了以系列化、互动化、资源化和信息化为特点的部分学科教研活动课程资源，为提高教师基于学科核心素养的教学能力和教师开展自主深度学习提供了很好的平台。未来我们还将通过建立"区域教师

教研与学生学习效果关联数据库"，来系统记录教师参加教研活动的学习过程及其利用所学开展的教学实践行为，以及学生的学习效果数据，以加强对教师学习质量和教研员培训质量的监控，提高教研活动的实效性。

（文/张义宝　曾庆玉　王　戈）

注释：

本文系全国教育科学"十二五"规划教育部重点课题"中学生课堂互动满意度及其对深堂投入的影响研究（课题编号：DHA120233）"的研究成果。

参考文献：

[1]姚秋平.问题导向整体思考系统实施：区域教研活动课程化的实践与探索［J］.基础教育课程，2015（7）.

人工智能引领教育未来

（发表于《教育家》2019 年第 6 期 2019 年 2 月 15 日）

人工智能（英文缩写为 AI），简而言之，是让机器来模拟人类认知能力的技术。从实际应用的角度来说，人工智能最核心的能力就是根据一定的"算法"，使得机器与人类相比，在面对外部世界时"耳更聪""目更明"，在解决问题的过程中"心更灵""手更巧"。反观现实，展望未来，我们可以说，以人工智能为主的现代信息技术将会改变学校教育的形式和生态。人工智能时代的到来，必将给教育带来许许多多的新技术，这就需要我们对教育进行反思与创新。在新的历史条件下，我们的教育需要充分利用人工智能，生成适合的、科学的、有趣的教育方式、教育途径、教育手段和教育评价，让教育充满生机、活力与情趣，推动教育向着更高、更优、更美的方向发展，以更好地落实立德树人的根本任务。人工智能下的教育需要每一位教育工作者在充满激情的道路上努力向前、创新超越，主动去迎接与开创教育在人工智能时代的新前景。

今天的学生，是在数字化时代中生活的"原住民"，他们从小就接触和使用数字化产品，体验到了数字化带来的种种便捷。作为教师，如果不正视这个现实，坚守在固有的传统经验上，势必会被自己的学生和先进的技术远远地抛在后面。

人工智能的运用将教师从大量的重复性机械劳动中解放出来，教师可以更多地和学生进行个性化的交流与沟通，以自身工作的创造性推动学生学习的自主性。人工智能时代的课堂将会更有弹性，更加灵活，会更多地考虑个性化因素。同时，教学评价也将更加立体、多元、客观。在飞速变化的智能化新时代，终身学习也将成为一种生活方式。

新时代中，学生培养的关键是"核心素养"，而对教师来说则是"能力提升"。从高考命题就可以看出，现在的高考在考查基础知识的同时，更加注重考查学生的逻辑推理能力和创新性思维。基于此，近年来，我尝试进行了人工智能理念下"问学课堂"的探索实践，并形成了一些基于人工智能技术和元认知能力测评工具应用的具体教学案例。我认为，"人工智能＋教育"是学生核心素养和教师专业能力提升的新视域，我们无法回避，必须正面应对。在教学实践中，我倡导"个个敢问、人人皆学、处处善问、时时会学"的新课堂，建构启问导标、自学调控、内化反馈、总结反思、问题解决、创意设计的"问学课堂"四六环节新结构，用"课堂革命"来培养学生的创新精神和实践能力。在以"培养学习者创新"为目标的创客式教育教学中，要特别注重培养学生的"问题意识"。创新能力的培养不是将来时，必须从当下普普通通的每一节课开始。

在未来教育中，信息化将从支撑教学转为与教学深度融合。应当让人工智能发挥差异化、个性化、精准化的核心价值，靠记忆和模仿的教育方式将被淘汰。未来教育模式应是"数字化的存在，模拟化的呈现"。研究发现，人类83%的信息通过视觉来获取，视觉也是提升教学效果的有效途径，因此未来智慧教育的关键在很大程度上将是教学场景的改变与优化。两千多年前，孔子就提出"因材施教"，但一直无法很精确地实现。人工智能应用于教育，可以说使"因材施教"具备了生产力。在线教育有利于解决教育均衡问题，极大提高了教育效率。人工智能技术可以实现个性化、精准化、差异化教学，必然是未来教育的一个趋势。

新时代第一次全国教育大会给我们的鲜明昭示，就是立德树人是第一质量观。由此，我们需要追问人工智能的本质是什么。我们会发现，人工智能的英文缩写"AI"正是汉语拼音的"ai"，而汉字"爱"的拼音也是"ai"，那么，我们是否可以说，人工智能的本质就应该是"爱"呢？人工智能时代呼唤教师要具备三大素养，即"爱商""数商"和"信商"，如此才能成为依然被学生需要的人。与人类的智商、情商相呼应，"爱商"是教师最核心的情商，"数商"和"信商"是教师最重要的智商。在人工智能时代，我们有责任怀着对教育、对学生的爱心，不断提升自我，完善自我，乘势而上，顺势而为，成为教育创新的"旗手"，这是最有生命力的事业。

（文 / 张义宝）

从实践到经验：学校课程整合的路径与框架 ①

——基于北京市朝阳区课程整合案例的探讨

（发表于《基础教育论坛》2020年第10期）

摘要：在全国教育大会召开后、"教育现代化2035"发布后，在课改"深水区"的现实形势下，课程整合有国家、地方等数级层面的政策基础支撑。以北京市朝阳区优秀课程整合案例为研究对象，课程整合呈现了五种具体路径：学科内课程整合、学科间课程整合、跨学科课程整合、跨学段课程整合、课内外课程整合，其中每种整合方式都有一些较为典型的策略和框架。课程整合对于学生发展、教师发展和学校发展的意义是显著的，但是操作过程中亦有值得反思之处。

关键词：课程整合；整合路径；课程框架

在分科和综合的问题，就我国基础教育的现状来看，在这一关系上的主要问题是什么？在这个问题上，中国面临的问题与世界基本趋势是一致的，即主要的问题是分科绝对化，如果说有什么是不同于别人的，那就是我们在分科的绝对化上更为严重[1]、教师对于分科教学的惯性更为依赖、学生在分科教学的影响下负担更为沉重。相当一部分学校里，不同学科各自为战甚至画地为牢，课程的综合基本没有得到解决。这也是2001年国家出台《基础教育课程改革纲要（试行）》的现实考量之一。然而，如今课改走过近二十年，进入课改深水区，学校的综合课程实施状况有没有得到改善？一份针对综合科学课程适应性的研究表明：目前分科教师还不是很了解综合科学课程，对初中综合科学课程持否定态度；教师大多不具备符合综合科学课程要求的学科知识结构和技能[2]。另一份从课程整合视角探究学校课程发展现状的研究表明：多数学校有明确的整体课程规划，但教师知晓情况一般；学校课程整合的层次不一，整体水平有待提高[3]。

---

① 本文系北京市教育科学"十三五"规划一般课题"基于核心素养的义务教育阶段课程整合的实践研究"（课题批准号：CDDB182）的研究成果。

不可否认的是，课程改革在发达地区积淀深厚的名校取得了突出的成就和突破，譬如北京市十一学校、清华附小、北京中学等名校建设了独具特色的校本课程，形成了相对完善的课程体系，但是，众多的一般学校和薄弱学校依然在课程整合和课程建设中摸黑前行，尚未寻得一条明路。

北京市朝阳区学校数量众多、水平参差不齐、特色学校和薄弱学校均有很大比重，其课程改革有着典型性、复杂性、可推广性等特点。对朝阳区优秀案例的整合方式进行具体的探讨，对于那些迫切需要了解和掌握具体的、多样的、不同层次的、活生生的课程开发经验的学校，很有借鉴意义。

一、课程整合的内涵

谈到"课程整合"，有 3 个很相近的词会引起我们的疑问：课程整合、课程统整、课程综合。追溯一下，这 3 个词都在指代英文中的课程专业术语 curriculum integration。一般来说，我们可以把它们互换。具体区分起来，港台地区的文献更多地使用了"课程统整"，大陆地区更多地使用了课程整合或课程综合。课程学者黄甫全主张，"整合"的含义是综合、融合、集成、成为整体，而"综合"只是相对于"单一"来讲的，指的是复杂事物的多样性组合，不具备一体化的概念。因此，"课程综合"也不能准确地概括和表达我国课程改革实践中正在着力建设的"把学生在校内的学习同校外生活及其需要和兴趣紧密结合的整体化课程"的内涵和理念[4]。在本文里，我们也主张更多地使用"课程整合"这一概念，来指代当前课改中持续开展的将分科课程进行融合、设计使其成为一门新的一体化课程的实践探索，但有时为了照应上下文或引用时忠实原文也使用"课程综合"（或"综合课程"）一词。

那么，课程整合的内涵是什么呢？

课程整合是一个包含着多种含义、多种实践而且存在分歧的概念。总的来说，课程整合有广义和狭义之分。

从广义上讲，课程整合不仅是一种组织课程内容的方法，还是一种课程设计的理论以及与其相关的学校教育理念。广义的课程整合包括四个层面，即经验的整合、知识的整合、社会的整合和课程的整合，其最终目的在于学校教育与民主、社会的统整。这是整合的、进步主义教育思想的一部分[5]。

狭义的课程整合，指的是一种特定的课程设计方法，尤其在本文里，是指教育行政单位以学科课程为基础，以减少知识内容重复、减轻学生学业负担、改善传统教与学的方式、提升学生核心素养为课程价值的，通过对课程目标的重新设置、课程内容的重组和拓展、课程实施方式的多样化、课程评价的多元化、课程资源的丰富和信息化等途径，来建构的一体化或综合化的本土课程（区域课程或校本课程）。本文所选案例对课程整合内涵的认识多是出于此。

二、课程整合的具体路径

面对已有的学科课程和丰富的课程资源，课程整合要从何下手？课程整合不同路径间的区别是什么？它们的适用范围是什么？怎样才能很快理解这些方式方法，甚至掌握要领参与课程整合实践？

当教师开始参与到课程整合的实践中去时，以上的这些问题或多或少会跑出来。本文里，主要以研究者在课程整合方式划分上的不同主张为理论基础，结合朝阳区真实的课程实践，尝试理出一个较为清晰的、来源于理论和实践的课程整合方式的分类，并对每种方式分别进行介绍。

（一）整合方式的分类依据

加拿大研究者德雷克（Drake），从课程计划的层次和统整程度来界定统整的类型，他主张六分法，按照顺序呈逐渐上升的连续体。第一，传统分科课程：从单一学科的视野来教授课程内容，比如数学或英语。第二，融合课程：将某一议题插入到许多科目的教学中，例如将环境议题、社会责任、社会行动等议题，融入地理科或英语科课程中。第三，复科课程：将下位概念的学科知识，统整成上位概念的课程，例如物理科、化学科和生物科，统整成科学。第四，多元学科课程：指在特定的时段内，各科的教学以一个主题或问题为核心，但是采取分别授课的形式，例如在一段时间内以端午节为主题，分别从语文、历史、数学、美术等科目去学习端午节有关的教材。通过分科教学，使学生能够将所学内容加以联结和贯通。第五，学科互动课程：学科互动课程有许多变化形式，通过共同的主题、引导学习或思考的问题及有共通意义的概念，以跨学科形态呈现在学生面前。第六，超学科课程：课程设计超越学科边界，从生活脉络出发，将学科知识放置在学习过程中，关注学生经验的获得，强调个别成长、社会责任与德行的培养等。

美国学者福格蒂（Fogarty），从连续统整观出发，提出了十种课程整合模式，这十种模式又大致可以分为单一学科内的整合、跨学科的整合、学习者内外心智的整合三大类。第一，单一学科内的整合：分立式课程、联结式课程、巢穴式课程。第二，跨学科的整合：并列式、共享式、张网式、线串式、整合式、沉浸式。在各领域的教学和互动中，学生以自己的兴趣来筛选概念，收集并整合学习材料，形成个体学习经验。第三，网络式。这一模式体现在学习资源的不断投入，教师向学生提供新奇、广泛和精练的材料，学生来主导课程，透过自己的专长和兴趣来筛选课程内容。

美国课程论专家雅各布斯（Jacobs）根据课程综合的程度，提出了课程整合的六种方式。第一，学科本位课程：在单一的学科框架之内实现课程内容的整合。第二，平行学科课程：将两门相关学科的某些主题安排在同一时间教学，而把建立两门平行学科之间关联的责任交给学生。比如，同时在物理学科和化学学科教授"氧气"，教师的教学设计并没有发生太多变化，但是学生会同时从物理的、化学的两个不同角度认识氧气，把原来分开讲授的有关氧气的零散知识和结构统整起来，获得更为全面深刻的认识。第三，多元学科课程：围绕同一个主题将多个相关学科整合在一个正式单元或学程里，这样的教学单元是建立在用两种或更多传统学科所探讨的主题的基础之上的。在这种课程中，教师将不同学科中的探究工具或关键概念用来瞄准某一观点或问题。比如，中学生可以从政治的、经济的、地理的和历史的角度探讨世界饥饿问题的成因[6]。简单来说，在这种方式里，学科的界限是可以识别的。第四，科际整合单元：打破甚至消除学科边界，将学校课程中的一些学科整合成一个单元。学生运用艺术、科学、人文科学等课程中的概念、方法和价值取向去探讨一个观点或问题。比如，小学生可以把音乐、公民、地球科学、视觉艺术、体育等分散的学科整合起来去研究环境问题。第五，整合完成项目：以学生的兴趣、需要和生活经验为出发点来制定的课程项目。

总结以上研究者的观点，它们对课程整合方式的划分基本围绕了四个核心：一是整合的对象是一门课程还是几门课程；二是整合效果是可以识别学科边界还是消去了学科边界；三是整合内容仅限于学科课程还是超出了学科范围；四是整合目标是围绕学科知识和能力的获得和提升，还是将学科知识置于其中、关注基于经验的综合问题解决能力。

（二）整合方式的具体路径

基于以上学者在对课程整合的具体方式进行划分时的考量，再结合当前课改实践（北京市朝阳区）中的课程整合实践需求和已有成果，在此，提出本文在这一观点上的主张，即将课程整合路径的具体方式分为以下五类：学科内课程整合；学科间课程整合；跨学科课程整合；跨学段课程整合；课内外课程整合。

需要说明的是，学科间课程整合与跨学科课程整合这两种说法可能存在一定交叉，会在接下来的论述中具体展开和说明。

1. 学科内课程整合

尽管课程内容的呈现是经过课程专家反复论证、推敲和设计过的，但是一些颇有经验的教师在常年的教学实践中会发现，在某个知识点的螺旋上升、反复出现过程中，还有待优化；在某种学科能力和素养的培养上，现有的支撑其的课程内容是可以调整、丰富甚至替换的。毕竟，每个地区、每个学校、每个班级、每个孩子都有其认知的独特性，而教学的科学性和艺术性在每一位教师身上又有不同的展现。

譬如，特级教师马芯兰将小学数学教材的知识结构进行重新调整，形成自己独特的"马芯兰教学法"，提升了小学生学习数学的兴趣，减轻了他们的学业负担。清华附小朝阳学校语文组依照课程标准重新编排了语文教材，根据作者、文体性质及文章特点选用大量相关的阅读材料，采取横向拓展、纵向加深、多向"链接"的形式充实教材内容，形成主题课程群。

简单来说，所谓学科内课程整合，就是指在某一学科内，为了使知识的呈现、技能和能力的培养更加科学，依据课程标准，基于或者超越现有教材，对学科内容进行重组、编排、精简或拓展。关注学科知识内部的纵横交错及与其他学科和社会生活的联系、关注教学与学习的科学性是学科内课程整合的重点和难点。

2.学科间课程整合

学科间课程整合的提出，主要参考了前文提到的雅各布斯（Jacobs）提出的多元学科课程整合的概念。其主要目的在于使学生能够从多重视角整合地处理相关信息，以便更全面、客观地理解知识和解决问题。它不要求一定得打破学科知识的疆域合成新的学科形式。它可以是各学科保持独立地位，课程内容分属于不同科目领域；也可以是以组织中心如主题、问题、概念等或课程标准的要求来连接不同学科；也可以是学科融入单元或主题中[7]。

从宏观视角来看，物理与化学综合而成物理化学，数学与生物综合而成生物数学，政治学与经济学综合而成政治经济学等都属于这一范畴。目前国内外中小学进行的综合理科和综合文科以及自然常识、社会课的课程改革就是基于这种生成模式的结果。在进行这种综合课程内容的选择上，主要是选择学科间共同的具有迁移性的概念、原理和方法[8]。

从微观视角来看，学校课程实践中围绕一个主题，通过活动的、项目的形式，把不同学科课程知识的学习、能力的提升以类似"拼盘"的方式组合在一起，开展序列课程即是学科间课程整合。简单来说，学科间课程整合是可以看到学科界限的。譬如，问题的设置可能是这样的："请你用地理（历史、政治……）的知识来解释这种现象""请你用所学的物理（化学、生物……）知识试着解决这个问题"等，教师会提及学科名称、学生使用了单一学科知识解决问题。这样的课程在整合程度上并不算高，学生是通过一个主题将所学知识联系起来的。

3.跨学科课程整合

跨学科课程整合的提出是基于这样考量的——学校教育培养的学生不只需要具备严谨的知识结构来应付升学考试，还需要具备综合的问题解决能力为未来社会生活做准备。因此，跨学科研究从被提出后就受到人们的重视。这是因为：它融合了不同学科的范式，推动了以往被专业学科所忽视的领域的研究，打破了专业垄断现象；它增加了学科之间的交流，形成了许多新的学科；它创造了以"问题解决"研究为中心的研究模式，推动了许多重要实践问题的解决。

所谓跨学科课程整合，是指基于学科知识但是打破学科边界，将其融入单元或主题之中，重视课程与真实情景和世界的联系，重视学生的经验获得，学生作为实践者和研究者参与活动，教师作为课程框架的组织者、课程实施的支持者、课程资源或资源渠道的提供者。跨学科课程的最基本特征就是它的学科交叉性，与学科间课程整合的区别是，学科边界被消去了。举个例子，现在较为火热的 STEM 课程（科学 Science，技术 Technology，工程 Engineering，数学 Mathematics）或 STEAM 课程（科学 Science，技术 Technology，工程 Engineering，艺术 Arts，数学 Mathematics）就属于跨学科课程整合。

南磨房中心小学基于 STEAM 理念开发出了一个以航模为主题的校本课程框架，彻底打破了学科边界，整合语文、数学、科学、美术、品德与社会、音乐、劳技、综合实践活动等多学科内容，以研究性学习为实施途径，教学理念先进、研究主题聚焦、课堂空间开放、主体地位突出、学习方式多样，充分关注了学生核心素养的发展。

4. 跨学段课程整合

跨学段课程整合，在本文里，一是指为了改善幼小衔接、小初衔接、初高衔接中课程内容脱节、课程坡度较大等问题而设计的学段衔接课程；二是指在"九年一贯制""十二年一贯制"的学校里，由于升学通道的特殊性，学校根据本校传统、育人目标、生源情况等对不同学段里的课程进行整合而形成的与学科课程互相补充或替代的校本课程。

比如，陈经纶嘉铭分校在坚持义务教育九年一贯制整体育人目标基础上，结合学生身心发展规律及学校办学实际，有针对性地将九年义务教育划分为四个学段，提出了"九年四段"无痕衔接育人模式，第一学段包括1—2年级，第二学段包括3—5年级，第三学段包括6—7年级，第四学段包括8—9年级。"九年四段"育人模式对学生的发展进行整体规划，分阶段实施。在这一理念下，学校构建了儒雅阅读课程。各种类和各层次课程贯穿于九年的四个学习阶段。不同阶段，课时长短不同，内容安排不同，上课的形式不同，学生的组成不同，培养目标的侧重点不同。

5. 课内外课程整合

学科知识和社会生活、学生的课内学习和课外活动是紧密相连的，学校的课程设置要把这几方面充分整合来培养学生理解、综合运用知识解决实际问题的能力[9]。与跨学科课程相比，课内外整合课程更强调课程的实践性和经验性，强调课程内容与社会和科技发展以及学生生活的适应性，强调参与的学生要走出课堂、进入社会。

以朝阳区的学校为例，北京中学的"中华文化寻根之旅"课程，组织学生深入中华文化具有代表性的齐鲁大地，通过实地探访和考察，开展个性化、联系性和体验性学习，引导学生感受儒家文化、泰山文化，以及台儿庄抗战民族精神，丰厚学生的文化底蕴，拓宽思路与视野，增强社会文化体验。半壁店小学的"魅力书法"学科实践课程，充分利用当地的地域资源，把有"最美乡村"之誉的高碑店古文化街作为课程资源，围绕"弘扬传统文化"的主题进行系列课程开发，形成了"走近文房四宝""走近书法家""走近碑刻""走近匾额""走近篆刻"和"走近楹联"六大板块。朝阳区教育研究中心附属学校的"印象江南"课程，打破学校的"围墙"，以南京、苏州、杭州、乌镇和绍兴为主要课程资源，把游学活动和全学科融合起来进行课程化建设，兼顾课标要求和学生学习兴趣，在充满人文底蕴的江南水乡中，拓展学生思维，提高综合问题解决能力。

概括来说，所谓课内外课程整合，也可以称为学科知识与生活的整合，是把人与自然、人与社会、人与文化、人与自我等作为选择和组织课程内容的主题，引导学生对自然、社会、自我进行深层次的反思，并以活动课程的方式来呈现。从北京市的地方课程来看，10% 学科实践活动课程、综合社会实践活动课程、开放性科学实践活动课程都属于这一范畴。另外，现在很多学校在实践的游学体验课程、阅历课程也是课内外课程整合的很好范例。

三、课程整合的反思

（一）课程整合的意义

从朝阳区学校课程整合的发展来看，面对时代的诉求和社会的挑战，开展课程整合的实践探索，对于学生个人发展、教师专业发展、学校特色建设的积极意义是有目共睹的。第一，课程整合有助于关注学生终身发展，提高综合问题解决能力，满足未来人才需求。第二，课程整合有助于夯实教师专业素养，提升课程领导力，突破业务发展瓶颈。第三，课程整合有助于实现学校质量飞跃，形成学校育人特色，提高核心竞争力。

（二）课程整合的挑战

毋庸置疑，一所学校开展课程整合对于其教师的专业素养有着很高的要求，这对于学校来说本身就是挑战。同时，课程整合的课程标准、课程内容以及课程评价都应该有所依据，围绕学生身心发展的规律、围绕学科素养、围绕知识的逻辑、围绕学校育人理念来进行相关课程和形式的整合，切忌像"大杂烩"一样把学科内容堆积在一起，切忌没有准入和准出的标准和评价。

（文 / 张义宝　王玲玲　王　迪）

参考文献：

［1］丛立新.课程论问题［M］.北京：教育科学出版社，2000：198.

［2］王秀红.实施综合科学课程理科教师们准备好了吗：分科理科教师对综合科学课程适应性的调查与分析［J］.教育理论与实践，2007（27）：46.

［3］林静.学校课程发展现状调研：基于课程整合的视角——以江苏南京市为例［J］.教育科学论坛，2014（3）：70.

［4］黄甫全.整合课程与课程整合论［J］.课程·教材·教法，1996（10）：7.

［5］韩雪.课程整合的理论基础与模式述评［J］.比较教育研究，2002（4）：36.

［6］张华.关于综合课程的若干理论问题［J］.教育理论与实践，2001（6）：37.

［7］陈妙娥.课程整合的基本理念和策略［J］.北京教育（普教版）,2003:8-9.

［8］熊梅.当代综合实践活动课程开发的理论基础［J］.教育研究，2001，（3）：43.

［9］窦桂梅.从主题教学到课程整合［J］.东北师大学报（哲学社会科学版），2014（4）：165.

学校"新基建"下的治理探索

（发表于《学校品牌管理》2020年第12期）

2020年，润丰学校迎来了建校10周年，和谐教育成效斐然。未来已来，智创新时代，更开启了新十年。

——规划赋能"新基建"。战略规划是一种卓越的最大赋能，赋能是一种愿景的最好期待。我上任后，基于校情调研，结合学校10年发展历程，与团队提出了"新基建"的发展愿景。即：新（新十年）——转型升级新阶段；基（基本功）——教育教学高质量；建（建功业）——优质大考必答题，并从下至上、从上至下开展学校新10年发展规划研讨。

——构建治理"新结构"。在"新基建"的引领下，积极构建"一体双翼、两擎双部"的A型飛体管理体系，以此探索学校现代治理体系构建和治理能力提升。"一体"即现有学段行政分类为主体；"两翼"即学科大学部、项目研究院；"两擎"即以高学术、高学历的师资队伍作为学校发展的引擎、舵擎；"双部"即党总支部、督导部。

——聚焦竞合"新主题"。面向未来新10年，我们认为，和谐教育的本质是竞合，竞合的关键是"培养有竞争力的现代中国人"的目标导向。立足学生核心素养培育，以促进学生高阶思维发展为课堂遵循，将拔尖创新人才的培养目标落实在日常课堂教学。

——优化督导"新机制"。为更好地适应管理结构，完善行政督导机制，以学校教学有序运行和教学创新为重要抓手，从而落实立德树人根本任务。主要分为四个阶段和八个环节，形成闭环管理，体现学校对课堂教学的管理，促教师领导力、组织力的提升。

（文/张义宝）

"教"以潜心 "研"以致远

（发表于《现代教育报》2020年12月21日）

想要培养出拔尖创新的学生，必须先培养出拔尖创新的教师。要成为拔尖创新的教师，基本功是关键。"教"以潜心，"研"以致远，成就教师的专业成长之路。

我们应该如何在每一堂课上发掘和培养拔尖创新人才呢？

一是注重课堂问题的设计。每一堂课都要有三层问题，每一堂课都要产生本堂课的"明星"，瞬间"点爆"本堂课，形成一节课的高潮。然后在之后的每一堂课一直推动这个学生前进，专注好习惯21天，让他会与众不同，脱颖而出。

二是注重教学的"精、宽、深"。聚焦主题"通"，发挥贯通的优势，细致对学生进行"查、强、补"环节（基于前沿查漏缺，基于问题强弱项，基于需求补短板），达到从"扬长避短"向"扬长补短"的转变，聚焦学科核心素养和高阶思维品质，从贯通研究的关键处、链接点、生长点、增长点着力，才能培养出急需的拔尖创新人才，才能实现人人都有创新点、各个阶层出拔尖者的理想愿景。

对此，教师一定要进行"三新"建构。构建新主题，高质量的提升，课堂必须变革。只有变革才能产生变化。我们需要继续关注学科的研究点，关注拔尖创新人才的培养，关注学科关键能力的培养。

构建新方式，确立"以问导学，先学后教"的模式，并与创新合作的学习模式相结合。每一堂课在确定了主线和主问题之后，就要开始寻找这堂课可能会出现的疑问导学点、合作学习点，将它们进行提前预设。

构建新机制，建立更加系统有效针对性与指导性更强的督导课体系。我校建立了"四八环节"督导课体系：前研阶段——集体研讨，确定"主题"；调研学情，集体备课；反复试讲，调整教案。展示阶段——一课多部，行督展示；1+3共研共评；后研阶段——学部提升，共建共享；主题再研，学部建模。推广阶段——行督展示，成果推广。以上八步即为一个闭环结构，并形成一个"一课多部、共研共评、共探共建、共赢共享"的"行督课"新模式，保障"提高覆盖面，变革同频率，效益最大化"，最终促进学科教研校本建设的高质量发展。

行政督导机制以建构教学"新主题、新方式、新机制"为变革目标，以促进学生高阶思维发展为课堂遵循，将拔尖创新人才的培养目标落实在日常课堂教学，将拔尖创新型优秀教师的培养目标实现在日常教学研讨，将拔尖创新型领导干部的成长目标完成于日常教学督导。

（文／张义宝）

面向未来 什么样的孩子能胜出

（发表于《现代教育报》2021年9月10日）

会学习、会创新、会管理将会是学生成长成才的核心武器。

"双减"政策是近期社会关注的焦点。这一政策对老师提出了新要求。面对"双减"，学生该如何提升自己的核心技能呢？会学习、会创新、会管理将会是学生成长成才的核心武器。

什么叫学习？为什么要学习？怎么来学习？为什么要做学习的小主人呢？学习是人类生命的好基因。人类与别的生物相比，优势的地方就在于善于学习。这个基因存在于我们每一个人的生命之中。因此，我们不要隐藏学习的技能，要将它尽情挖掘出来，创造出各种奇迹。

学习是与生俱来的好潜能。学习是儿童、少年的潜能，是一个伟大的潜能，能够带给我们源源不断的动力，蓬勃向上的能量，助力我们达成许许多多伟大的成就；学习是茁壮成长的好习惯。学生的成长是生命的拔节，会遇到阵痛，因此需要营养均衡，每一种营养元素都不能少，也要达成全面发展、五育并举的目标，需要学生们把学习作为终身的好习惯。有了这个好的习惯，学生就会养成好性格，获得更好的未来、更好的命运。

创新是什么？创新是儿童、少年的天性，探索未知世界是人的本能。家长和老师们要把孩子身上的"好奇心、想象力、青春期能量"这样的闪光点发掘并珍惜，善待用好。在当今这个人工智能和互联网时代，需要源源不断的创新人才，国家民族的发展更需要具备创新能力的人才。人与人虽然有差异，但每个人要相信自己生命的潜能和伟大天性，让孩子们相信"我们人人都是拔尖者！个个都是创新人"！

引导孩子们经常进行"我是谁？我去哪儿？怎么去？"的人生三问，还会进行"为什么？是什么？怎么办？"的探究三问。多问多思考，我们就朝创新又迈进了一步。面向未来，好学生的标准应该是这样的：敢问想问、善问会问、自问自解。我们要从身边的点滴小事做起，养成思考的好习惯；生活中、学习中，要多问善问，养成提问的好习惯；更重要的是在深思深问同时，自问自解，将自己思考之后提出的问题，通过自主的学习、自主的探索、自主的积累，自己解决。

学生还要做好目标管理。想要成为管理的小主人，要做到"三贵"：贵在自知之明——一个人能有自己的规划，自己的目标，就是对自己有充分的认识，有自知之明；贵在自始至终——唯有坚持下去，自始至终地去做一件事情，才能达成目标；贵在自强不息——要学会做家务、整理自己的房间、积极参加社会公益活动和志愿者实践，在日常生活中成就德行成长和全面发展，在坚持不懈中成就德智体美劳的和谐进步。

自古英雄出少年。毛泽东、邓小平等伟大人物和袁隆平、钟南山等杰出科学家都是从小心怀报国之志，一生自强不息的人。"双减"时代，孩子们更要像他们那样敢于自主好问，努力争取做学习的小主人、创新的小主人、管理的小主人，将来一定是国家、民族、社会的真正主人！

（文/张义宝）

创新未来：让问学成为目的

——主编《五育融合的数学文化》系列丛书序言

（2022 年 3 月）

人类已进入未来已来、迅猛发展的人工智能时代和元宇宙教育时代。著名的"钱学森之问"——"为什么我们的学校总是培养不出杰出的人才？"如今依然是我们当下和未来教育人的未解的时代之问。

习近平总书记在全国教育大会上指出："教育要在增长知识学识上下功夫，教育引导学生珍惜学习时光，心无旁骛求知问学，增长见识，丰富学识，沿着求真理、悟道理、明事理的方向前进。"教育要培育中华民族伟大复兴的时代新人，这样的"时代新人"有两个特征，一个是"接班人"，是社会主义的可靠接班人，这是落实"为谁培养人"的问题。立德树人必须为先，唯有如此，"为党育人"才能落地生根。一个是"建设者"，这个"建设者"具有现实意义、未来意义，就是国家到底最缺什么样的人才，我们作为教育者就要培养什么人才。目前"卡脖子"问题的本质就是缺乏具有创新精神和实践能力的拔尖人才，这样的人才首先要有强烈的好奇心、想象力和问题意识。一个能够自己发现和提出问题的学生才是一个真正有创新能力的好学生。教育改革、课堂变革、学校家庭社会协同的意义关乎要培养"拔尖创新型的人才"来担当社会主义未来建设者的育人目标是否落地，唯有如此，"为国育才"才能开花结果。

一个民族需要创新，创新的根源恰在于我们的教育。未来世界之于未来教育，未来教育之于当下变革，当下变革之于课程建设，核心素养之于立德育人，课程综合之于边界穿越，学科融通之于数学教育，创新人才之于问学课堂。一切的一切，促使我们改变当下，快速行动。就让我们由此寻找一个通向未来教育的现实学科、课堂、课程的实践探索之路，从未来教育与数学诸学科融合视角——创新未来：让问学成为目的。

1993 年，著名科学家钱学森曾这样描述未来的教育：我在想，中国 21 世纪的教育是要培养 18 岁的大成智慧学硕士。具体讲：第一，熟悉科学技术的体系，熟悉马克思主义哲学；第二，理、工、文、艺结合，有智慧；第三，熟悉信息网络，善于用电子计算机处理知识。这样的人是全才。21 世纪我们又将回到培养全才的教育了。这种全才，大约只需一个星期的学习和锻炼就可以从一个专业转入另一个专业。这是全与专的辩证统一。

当前教育最迫切的趋势之一是"回归到真实世界的学习"，奉行"创造即学习"的学科教育。人们的学习正加速从"对知识的消费"转变成"对知识的分享和创造"。学校和家庭其实就是一个类似于社会的实践时空，是创新未来的最佳场域。

教育要秉持"立德树人"，坚持"全面发展"，追求"五育"并举。在学校，德育、智育、体育、美育以及劳动教育是否健全开展，是衡量教育品质和品位的天然尺度，更是学生物质世界与精神世界和谐发展的核心内涵。因为"个性自由"是"全面发展"的另外一个更为重要的、更具"灵魂"性质的维度，或者说"全面发展"本身就涵括了"个性自由"。只有如此，学校才能成为每一个学生最自由、最安全、最信任的心灵故乡。

"'五育'并举"的本质是"'五育'融合"。"'五育'融合"不是全新概念，它具有深远的历史渊源。1912 年，著名教育家蔡元培先生在《对于新教育之意见》中，首次表达了作为教育方针的"'五育'并举"主张："军国民教育、实利主义教育、公民道德教育、世界观教育、美感教育皆近日之教育所不可偏废。"

今天，我们的教育不同程度地出现了"五育"分离或"五育"割裂的现代问题，表现为"疏德、偏智、弱体、抑美、缺劳"，导致片面发展、片面育人，远离了"全面发展、全面育人"这一教育宗旨。因而，"五育"并举、"融合"育人再次成为中国基础教育综合改革与发展面临的重大课题。习近平总书记在全国教育大会上旗帜鲜明地指出，努力构建德智体美劳全面培养的教育体系。2019 年发布的《中国教育现代化 2035》进一步提出"更加注重学生全面发展，大力发展素质教育，促进德育、智育、体育、美育和劳动教育的有机融合"，明确提出"五育"融合的教育发展目标。"怎样育人"以及如何提升"育人质量"成为未来中国教育改革亟须回答的重大问题。

为了适应时代发展和未来社会对人才培养的需要，作为学校重要基础的数学课程更是特别注重发展学生的"应用意识"和"创新意识"。这其实是基于数学又超越数学课程内容而提出的核心概念。每个人的数学素养是现代社会每一个公民应该具备的基本素养，数学教育更要发挥数学在培养人的理性思维和创新能力方面的不可替代的作用。数学课堂是学校创新人才培育的主要阵地，数学课程、数学教育及其课程整合融通正是指向了学校创新教育极为有效的实践空间。不仅能够为学生提供一个可供利用的场所，更因其自身独特的思维性、工具性、教育性、统整性等课程功能，成为创新教育实践的最佳土壤之一。

《义务教育数学课程标准（2022年版）》修改组组长史宁中教授指出，基于数学核心素养的未来理想教学过程应当注意五个环节，即把握数学知识本质，把握学生认知过程；创设合适教学情境，提出合适数学问题；启发学生独立思考，鼓励学生相互交流；掌握知识技能，理解数学本质；感悟数学基本思想，发展数学核心素养。他认为数学教育的终极目标是"会用数学的眼光观察现实世界，会用数学的思维思考现实世界，会用数学的语言表达现实世界"，对此，史宁中教授提出要高度重视"结果+过程"的教育，培养学生的数学眼光、数学思维、数学语言，探索以生为本的数学教育。国务院政府特殊津贴获得者、常州大学常识教育科学研究院特聘专家、特级教师邱学华强调在科技高度发展的信息化时代，学习数学主要在于"问题解决"，重在转变学习方式，发展思维。

问题是创新之源泉，创意之活水，是培养拔尖创新人才的"敲门砖"。拔尖创新人才首先要有强烈"问题意识"和"想象力"。一个能够自己提出和发现问题的学生才是一个真正有创新能力的好学生。如果每一节课学以致用后，再能提出新的有价值问题，那就实现了所有课堂当中最高境界——问学是求知的目的，求知成为问学的手段。"问学课堂"的价值导向就是指向育人目标的。我们要追寻"会学了"的最好课堂境界，处理好"鱼、渔、鱼塘"的三者关系，要得"鱼"，更要学会捕鱼，最可贵是创生出具有完整生物链的生态"鱼塘"，才能有生生不息、取之不竭、食之不尽的"鱼"啦！也只有这样，才能实现课堂的从

"他我""自我"，向"无我"最美妙的教学境界嬗变。只有如此，才能让学生成为课堂上真正的学习的小主人、管理的小主人、创新的小主人，长此以往，一定能成就未来社会需要的学习型、创新型、复合型的高素质人才。

辽宁人民出版社 2022 年 3 月出版（文／张义宝）

元宇宙＋教育　推动教育深刻变革

（发表于《现代教育报》2022年4月12日）

"元宇宙"一词在去年突然兴起，什么是元宇宙？元宇宙就是利用科技手段进行链接与创造的，与现实世界映射与交互的虚拟世界，具备新型社会体系的数字生活空间。"元宇宙＋教育"会产生什么样的结果？

在我看来，以"元宇宙＋教育"的方式融合融通，必将推动教育的深刻变革。不仅是技术、应用层面，重要的是元宇宙世界的神奇美妙极大吻合了儿童的好奇心、想象力和创造力。同时，要对"元宇宙教育"中的教育意义进行不断的本质追问，才能精准方向，无缝融通。元宇宙教育最终要回到教育初心和本意，应该用春风化雨般生态牵引出孩子内心的真善美。

元宇宙建立的是一种虚实相融的、基于技术创造的空间，但仅有空间概念，未必足以支撑起教育的新世界。在元宇宙的世界里，教育不只是赋予，更要激发出人与生俱来的美好天性与潜能。除此之外，"元宇宙＋教育"需要具备古今中外的广阔视野，增加时空维度，更好地服务于终身发展教育。

元宇宙如何赋能传统学校教育？要精准定位于"两经六纬度"的恒与变，建构"合体融通"的异与同。"两经度"即教育本质和价值追求，恒定不变。元宇宙教育，究其本质是教育，作为教育的本质属性没有变，也不能变；作为教育的价值追求不变，也不能变，要秉承立德树人的鲜明导向，要坚持上善若水的内容与方式的学校属性和教育赋能。"六纬度"是指元宇宙教育实验建构中要侧重"六个"视域的异同统筹，辩证统一，力求理念、研发、技术、工具、产品、应用、创新和教育的一体化，实现真正的"合体融通"。具体体现在：打破古今中外时空隔阂，能够"时空合体"；搭建师生共同探究、人人皆是主角、个个都是中心的无限平台，能够"主次融通"；学生尽情追求真理，坚持真理，允许犯错，乐于纠错，能够"真假合体"；激发好奇心和想象力，自由穿越畅游于真实与虚拟世界，能够"虚实融通"；积极研发生命智慧合体产品，优化生命生物技术潜能，创生新生态，能够"阴阳合体"；点燃孩子的内驱力和创新力，演绎整体与部分，分析与综合，逻辑与跨界的意念互动，物质共生，凝聚能量精气神，重构教育新样态，能够"分合融通"。

"元宇宙＋教育"期待和呼唤教学研企产创一体化的赋能融通、科技创新、智能制造，也将更加彰显"元宇宙＋教育"作为教育高质量发展所需要的高质量"数字底座"的强大功能和文化赋能。

让儿童少年在元宇宙中成为当下和未来真正的学习小主人和创新小主人。

（文／张义宝）

用阅读成就未来经典人生

（发表于《现代教育报》2022 年 5 月 20 日）

阅读要读出真感实悟，读出人生经典，读出写作习惯。

立身以立学为先，立学以读书为本。当今的社会，读书已悄然成为人们的一种生活方式：诗词大会上群雄逐鹿般的风采，读书亭内诗书浸润样的墨香，无一不令人志存高远、心怀美好。在知识爆炸的信息新时代，在素养导向、减负增效的"双减 + 高质量"变革新时代，阅读素养是未来公民的核心素养，其价值追求就是要让学生在古今中外的经典阅读和滋养中，成就他们未来的经典人生。

首先，爱读书，读好书

我曾提倡学生在课外要广泛阅读，让阅读成为一种习惯，而使我们的校园形成"风声雨声读书声，声声入耳"的阅读佳境。不过在当今时代，因为书海浩瀚又良莠不齐，爱读书就不仅仅是读书习惯，爱读书的首要习惯就是读好书。阅读选择本身就是立德树人价值引领和意识形态的应然抉择。

其次，读经典，用经典

读好书的标准是什么？我认为首先是阅读经典之作。因为经典之作具有典范性、权威性，是经久不衰的万世之作，是经过历史选择出来的"最有价值经典"，最能表现精髓的、最具代表性的、最完美的作品，经典之作是人类的高贵财富与文明成果，值得传承弘扬，也是创新的源头活水。经典人生需要人类经典的滋养与润泽，因此阅读要选好书读经典之书，如《道德经》《三字经》《红楼梦》等我国古典名篇。它们不仅闪烁着思想火花和智慧之光，而且也是我们不能丢失的珍贵的文化宝藏。它们之所以具有跨越古今、横穿中外的强大生命力，正是因为其中所蕴含丰富的思想内涵，至今于我们生活做人做事仍然有所教益。当孩子们在吟诵"父母呼，应勿缓，父母命，行勿懒"文句时，对于隐藏在孩子内心的那份冲动，不正是一种潜移默化的教育启迪吗？当然除了国内的经典名篇，许多国外的名篇名著，也都是同学们课外阅读的好材料。

我们之所以要多读经典，还是因为它们不仅承载着思想而且凝聚着智慧，是经过时间检验和历史选择的。它们真切地反映了人对这个世界、对自身的认识和理解，并从不同的方面影响文化历史的演进。我们只有站在经典之上，才能眺望到更高更远更好的未来。

最后，善读书，学写书

习近平总书记在给首届全民阅读大会的贺信中指出："希望孩子们养成阅读习惯，快乐阅读，健康成长；希望全社会都参与到阅读中来，形成爱读书、读好书、善读书的浓厚氛围。"我们如何带着总书记的"希望"，读出党和国家需要的经典人生呢？我们认为要落实在"善读书和学写书"的知行合一、行知践行中。阅读要读出真感实悟，读出人生经典，读出写作习惯。

一直以来，我特别倡导阅读写作，积极开展国学经典教育，期待同学们在学校"读经典、背经典、用经典"，我更喜欢同学们大胆尝试，可以"写经典"。倡导同学们要善于写作，争当"校园小作家"，这样小小少年将来可以当"未来的大作家""未来的文理大家"。

阅书读己，追随心灵净土，不断地书写出自己人生中的经典，这样的阅读经典，这样的读书人生，自然而然地就读出了大写的经典人生。

（文/张义宝）

内卷破圈："双减"视域下学校高标赋能的实践建构

——发表于《基础教育参考》2022 年第 6 期

（2022 年 6 月）

摘要： 落实"双减"需要内外的破圈效应，追求内卷破圈、内外互动的高效优质赋能。北京市润丰学校提出并践行"'双减'方向自主化，课后服务课程化，校本赋能机遇化，教育生态创生化"的校本"四化"理念，从"精微科研赋能，精准数据赋能，精心课堂赋能，精细策略赋能"的"四精"路径，聚焦主人角色回归、评价标准导航、课堂生态创生、服务机制重构等实践建构，促进学校实现"双减"背景下"高标赋能"的高质量发展。

主题词： 内卷破圈；"双减"；赋能；教育生态；高质量发展

从辩证视角来看，"双减"是减去"内卷"的双重负担，同时需要内外的"破圈"效应。所谓"破圈"是指从自己的行业内、领域内向外突破、拓展，从而向内吸引。只有将教育外部的人、事、物吸引到内部本质的圈子里来，才能实现教育的真正"破圈"。适逢赋能时代，如何赋予教育"内卷破圈"以某种能力和能量呢？从某种意义上说，如果人类智能更关注"潜能发掘、牵引出来、赋出、脑科学"等要素的由内而外，那么人类智能是否更需要关注"能量传递、激励进去、赋入、智科学"的由外至内呢？这样的内卷破圈、内外互动的高效优质赋能应该是教育的理想追求。

北京市润丰学校建校十多年来，一直秉承着首任校长"和谐教育"的办学理念，成效显著。随着学校进入"打造质量强校"跨越发展的"高质量·标准为王"的新阶段，在"双减"背景下，学校定位于"人口发展福利化，民族生存赓续化，立德树人创新化，国家富强力量化"的高端"四化"理念，提出并践行"'双减'方向自主化，课后服务课程化，校本赋能机遇化，教育生态创生化"的校本"四化"理念，从规范教育教学秩序、提高课堂教学质量、提高课后服务质量等维度，实践"精微科研赋能，精准数据赋能，精心课堂赋能，精细策略赋能"的"四精"路径，聚焦主人角色回归、评价标准导航、课堂生态创生、服务机制重构等实践探索，着力把"双减"的每一项要求落到实处，引领教师为党育人、为国育才，促进教育教学高质量发展。

一、精微科研赋能，明智选择定位新主人

精微致广大，理论方赋能。教育者首先应从科研的视角来追问"双减"的思辨价值和本质定位。2021 年 7 月，"双减"政策正式施行，国家以雷霆之势治理了校外教培机构，而究其原因，是大众忽视了一种"麻木现象"：很长时间以来，我们已经麻木地把"家长是孩子的第一任老师""学校教师是立德树人的第一责任人"的责任层层外推给了社会机构、私立学校等"别人"，并任由他们在利益驱动下不断制造焦虑，最终酿成全社会的"内卷焦虑"。但这些以资本利益为根本的主体又如何能高标准完成"为党育人，为国育才"的初心和使命呢？

（一）时代呼唤：回归学生成长的主人定位

自古英雄出少年。在"双减"时代，要引导学生会学习、会创新、会管理，成为竞合成长的"小主人"，才能成为民族、社会和国家的"大主人"。

1.让学生成为学习的主人。要让学生认识到，他们已经具备了成为学习的主人的良好条件。一是基因。学习是人类生命的优良基因，与其他生物相比，人类更善于学习。二是潜能。学习是人与生俱来的潜能，它能带给人源源不断的动力和蓬勃向上的能量，使人获得意想不到的成就。三是习惯。习惯是可以养成的，学习可以成为一种终身习惯。每个人都能够通过学习获得必备能力，塑造良好品格，把命运掌握在自己手中。

2.让学生成为创新的主人。要让学生成为创新的主人，因为他们已经具备了创新的重要条件。一是天性。探索未知和创新是人类的本能。要让学生珍惜并用好"好奇心、想象力、青春期能量"这样的"大礼物""好礼物"。二是需要。创新也是国家和民族发展的需要。国家和民族的发展更需要具备创新能力的人才。虽然人与人之间存在差异，但每个人都可以找到自己擅长的领域，并有所创新，成为祖国的合格建设者和可靠接班人。三是回报。每个人都应该问自己"我

是谁、我去哪、怎么去"，探究"为什么、是什么、怎么办"，只要会提这样的问题，就会朝着创新不断迈进。面向未来，培养学生敢问想问、善问会问、自问自解的能力，必有大创举，必有大回报。

3. 让学生成为管理的主人。 要培养学生成为管理的主人。培养管理能力要做到"三贵"。一贵自知之明，学会目标管理。每个人都可以对自己的人生做出规划，并根据自己的实际情况制定或调整发展目标。在学生时代，可以通过制定学业成长的具体目标规划学习生活，做出明智之举。只要坚持不懈地努力，就能达到目标。二贵自始至终，学会时间管理。"双减"为学生赢得了更多自主时间，使他们可以更充分地发展健康的爱好、尝试新事物等，但只有学会管理时间才不会荒废宝贵的时间。三贵自强不息，学会生活管理。要引导学生学会做家务、整理自己的房间、积极参加社会公益活动和志愿者实践，在日常生活中培养德行，在坚持不懈中促进德智体美劳的全面发展。

（二）科研先行：引领教师发展的学习赋能

面对"双减"新形势和学校高质量发展目标，学校力行"人人都是管理者，人人都是被管理者，我就是管理的主人"的赋能理念，引导师生树立主人翁意识，树立"人人都是拔尖者，个个都是创新人"的理念，细化管理哲学。

1. 以学促研，引领"第一生产力"生成。 为切实提高教师专业能力，学校倡导"让读书成为强校的第一生产力"，引领教师通过深度阅读提升教学质量，提高教学效益。一是通过"传统赠书"与"读书沙龙"。学校已连续两年在"教师节"向教师赠送了 80 余本教育教学类畅销书，通过开展"读书沙龙"引导教师开阔视野、提升专业素养，努力打造书香校园。二是通过"人人皆能"铸就"大家讲堂"。学校于 2020 年启动"大家讲堂"项目，邀请北京市各界名家走进校园。如在学校首届科研年会上，北京大学尚俊杰教授以《未来教育如何重塑：互联网 + 促教育流程再造》为题，与教师们分享了未来的教育改革之路。吴正宪、韩力群、钱守旺等名家也先后做客"大家讲堂"，为教师们传经送宝。学校还构建了以"实践—理论—实践—反思"为路径的"教育理论研修"式学习模式，引导教师学思结合、学用结合，让学习成为教师发展的新常态。

2. 以研促效，助力"双优高标型"发展。一是"双减"行动早。学校坚持课程开发"早下手"，提升校内教育质量。组织教师认真学习"双减"相关系列文件精神，不等不靠不要。小学部率先行动，加强"双减"课程开发，充分强化教育教学管理，积极推进课堂教学改革。初中部以质量跨越提升为目标，以育人变革为导向，探索"全方位、全时空、全覆盖"的"三全"育人新模式。二是坚持科研兴校。学校以求实精神抓教育科研，以务实作风开展课题研究，促进教育教学高质量发展。引导教师树立"问题即课题""教学即研究"的意识，以研究者的眼光审视、分析和解决在教学实践中遇到的真问题，实现科研与教育教学融为一体。一年来，八个学科大学部完成了两轮 13 场教师线上教学专题研训，六次"大家讲堂"，二十余次行政督导课，践行区域新课堂评价标准，聚焦"四八"环节研、学、教、评于一体的问学课堂建构，以学校"和谐杯"课堂教学大赛为核心，举办教师基本功大赛"8+1"系列竞赛，全面提高教师教学能力，首届科研年会凝练了教师科研成果。

3. 以研促教，成就"三高型"名师。"双优"成绩的取得依靠教育科研的持续发力。一是首届科研年会各显神通。在年会上，15 位教师向全校教师展示了视导过程中的课堂教学经验，从多方面阐释学校"深耕课堂改革主阵地，打好跨越质量组合拳"的教学战略。二是问题解决成人成己。如文综大学部通过"变革教学方式和变革教学观念"，进而变革课堂；数学大学部通过"问学课堂 + 思维导图"，提高课堂效率，提升数学素养。教师们通过认真分析与交流，系统梳理成绩背后的动力、策略及经验，实现了智慧共享，成人成己。三是用"三大高地"智筑未来。学校倡导"勤思善思深思研课题，用心用情用智筑未来"，打造了"自觉、积极、浓厚"的教研氛围，面向学校的新十年建设，学校还将着力构建"人才高地、智慧高地、学术高地"的高水平教学能手和名师队伍，不断促进学校高质量发展。

二、精准数据赋能，聚焦区域评价新标准

（一）客观冷静找准问题：聚焦数据分析"1+1"

以三年级和六年级为例，2018 年至 2020 年，两个年级的语文成绩不稳定。

同时，从区教科院教研员的下校视导中，还反映出教师在培养学生问题意识、高级思维层级化、促进学生知识内化、提高学生知识应用能力四个项目上仍有提升的空间。为此，学校加大了对问题的调查、分析，提出了合理化的解决方案，同时采取聚焦数据分析"1+1"的方式加以改进。其中，第一个"1"指课前利用数据精准分析学情，从而设计更符合要求的教学活动和可观测的目标任务；第二个"1"指在课堂结尾处进行有限时检测或限时作业，以精准化、个性化、差异化的培养策略夯实常态教学。

（二）主观积极找准途径：聚焦评价标准

1.研读课堂评价标准。"双减"政策实施以来，学校将《朝阳区课堂评价量表（3.0）》版与《朝阳区课堂评价量表（2.0）》五个维度的16条细项进行了对比研讨，形成了学校第十届"和谐杯"课堂评价量表，从"规范教育教学秩序""提高课堂教学质量""提高课后服务质量"三个维度，切实把"双减"的每一个要求落到实处。

2.聚焦课堂教学目标。 聚焦区课堂评价标准，力求新授课小课题研究的难点突破。为了使教学目标的制定符合不同层次的必备知识以及对关键能力和学科核心素养的培养，教师要做到对"课标、教材、学生发展"心中有数。备课组活动聚焦新的评价标准，依据课标、教材、学情，制定了清晰、可观察、易检测的教学目标，从而把握好课堂定位，使课堂教学变革的"目标导向"得以落实。

三、精心创新赋能，研磨问学课堂新结构

（一）领悟问学"331"内涵：着力自主创新

培养学生核心素养已成为教师的长期目标。课堂教学作为重要的实践领域，在实现这一目标过程中发挥着重要的作用。

1.思辨追问"1+1"。 问题是创新之源泉和创意之活水。在课堂中，应以学生提出问题与解决问题为主线，以知识建构与运用为载体，展开多种自主性学习与实践，通过教师的点拨、引导、追问、评价等方法，引导学生思考、辩论、感悟与运用，做到"学"与"问"联动，

"学"与"问"相济，以"问"促学，以"问"促思，使学生真正成为学习

的主体。

2.聚焦问学"331"。问学课堂"331"中，第一个"3"是课堂中的"三问"，分别设计在课堂伊始、新知识学习结束后、课堂结束前。新课开始时，要针对本节教学内容或课题进行直接提问，引导学生关注"想研究什么""想知道什么"。新知学习后，引导学生针对困惑提问，鼓励学生互助解答。课堂结束前，要针对本节内容提问"你还有什么新问题、新发现"，让学生带着问题走出课堂。第二个"3"和"1"则代表教会学生在课堂上进行独立学习、合作学习和竞争学习，最后指向创新学习，用这样的依次推进与循环往复，形成自主学习的问学课堂。

（二）实践问学"16 字"要诀：着力学科素养

1.课堂理念与课堂景观。"以问导学，先学后教，以学定教，问题解决"是问学课堂理念十六字要诀。"书声琅琅，问题多多，议论纷纷，鼓励阵阵"是理想课堂十六字景观。对于"教会了、学会了、会学了"的自我诊断与评价，是问学课堂倡导的常态。

2.双线组元与双线融合。"双线组元"指的是人文主题和学科要素两条线，只有通过自主问学、主动建构，才能实现"双线融合"，培育学生学科核心素养。例如，阅读是学生将作者的"言"转化为自己的"意"并内化的过程，是教师通过教学活动促进学生走进文本，通过学生的思维活动与文本产生碰撞、整合、内化的过程。而思维是一个不断提问、不断解答、不断追问、不断明朗的过程。教师要激发学生潜心思索，结合阅读主题，提出真实的、有思维含量的质疑。

（三）融通"问学"评价：着力高阶思维

美国课程学家拉尔夫·泰勒曾指出："学习是通过学生的主动行为而发生的，学生的学习取决于他自己做了什么，而不是教师做了什么。"在课堂教学中，要营造适合学生深度思维生长的教学内容场和教学对话场，注重指导学生对知识的理解与运用。综合、评价、创造是高阶思维的关键要素，教师要通过问学课堂以"问"促学，以"问"促思，激活学生的高阶思维。同时应直指评价标准中的具体要素。

四、精细策略赋能，重构课堂生态新机制

学校赋能精细化，优化课堂教学质量，提升机制化建设，以形成长效可持续的课堂新生态。为此，学校基于"双减"要求和九年一贯制的培养需求，相继出台了《关于进一步加强"双减"背景下作业设计与管理监控工作的实施方案》《关于进一步加强"双减"背景下校本教研与管理监控工作的实施方案》《学校大学科研究部建设方案》《关于学校重点项目研究院建设实施方案》《学校关于进一步加强集中式集体备课管理实施细则》等多个方案。

（一）精细化赋能治理新机制：治理体系新生态

基于学生学业水平和教师教学水平的实际情况，学校召开行政会，深入思考九年一贯制的教学管理、教研衔接、教师队伍建设，在原有各项机制基础上，调整、修改、重构，形成了"一核六维"的校本教研体系，借助学校第一学期的"和谐杯"基本功大赛和第二学期的"四段八步"行督课堂流程，落实问学课堂，监控教学质量。

1."一核六维"校本教研体系。"一核"是指开展以备课组为核心的校本教研（同年级单学科成立跨学科教备组）。"六维"包括：与备课组紧密相连的教研组学科素养学段教研、学科大学部融合贯通的主题教研、项目研究院的攻坚克难精深教研三个维度，以及作为备课组支撑的年级组统筹、专家组指导、监控组治理三个维度。"六维"协同发力，使教材研读、学情分析、教学目标制定、重难点突破策略、教学方法选择等诸多教学备课要素，在课前得以充分准备，课堂发力更加精准，共同指向学生的科学高效发展。

2."四段八步"行督课堂流程。充分发挥干部引领，学科大学部贯通衔接、教研组学科研究的协同、融合作用，给予课堂教学多方引领、多元评价，形成了"前研—展示—后研—推广"的四阶段及相应的八步骤闭环管理的行督课堂流程，通过层级管理，提高行政督导效能，增强教师教育教学能力，进而形成自主开放的问学课堂。

3."4+4"集中备课模型。备课组是校本教研的最小组织，是保障学校教学质量的根基。备课形式分为集中式集体备课、办公式集体备课、即时式和廊道式

微型备课。结合北京市朝阳区教学工作会精神和朝阳区教科院下校视导发现的问题以及新的课堂评价标准，学校将备课组活动聚焦新一周教学目标及重难点是否具体、可观测、可操作，并实施"4+4"备课模式。两个"4"分别指"发布—说课—研课—接力"四个环节和说课环节中的"四必说"：必说可测目标、必说重点难点、必说作业设计、必说下周满课时（把下周所有课时都说全）。具体实施步骤为：由本周信息发布人"发布"本学科最新前沿信息及来源，按照"四必说"进行"说课"，参会者人人发言以共同"研课"，备课组长明确下周"接力"发言人选。

（二）精细化课后服务新课程：设计体系新生态

1.研制作业课程化制度，新作业统筹公示

学校加强"让作业赋能"设计研究，大力提升育人实效。一是让作业设计走向课程化，明确作业目标、作业重难点、作业方式、作业主题、作业内容系列、作业评价等，积极探索"教师试做作业制度"以年级组为核心的"班主任统筹作业制度"，精准学生作业时长，确保作业管理落细落实、落地生根。二是作业设计要注意"2+3"。其中"2"代表课堂作业和课后作业，"3"代表内容、方式、时长三个维度。作业设计要关注学生个体差异，兼顾层次性、适应性和可选择性，满足学生的不同发展需求；针对学生的能力和书写等因素把作业划分为"必做、选做和实践"三个层次。启动"作业公示周简报""七彩视域，方圆微评"校长系列简报等精细化管理监控。三是以个性化作业落实自主学习。加大个性化作业和拓展实践类作业，并进行公示。充分发挥作业在增强学生核心素养和改进教学方法中的积极作用，强化作业管理、严控作业总量、提高作业质量，全面减轻学生过重作业负担。四是以自主化作业变革落实学业水平"质量跨越"。例如，2018年三年级的学生经过三年培养，特别是一年来"双减"的减负增效，在六年级的质量监测中，成绩获得显著提升，成为跨越发展的范例。学校的教育教学质量管理经验在2021年12月举行的区"双研会"上做了典型发言分享。

2.研发课后课程化服务，融"五五"全员覆盖。学校开设多元课后服务，促进学生全面发展。基于"双减方向自主化，课后服务课程化"的认知策略，积极探索构建"五五"课程体系，即"五特课程全融通，五育并举全覆盖"的课后服务课程，将双语课程、美健课程、国学课程、AI课程、戏剧课程五大校本特色课程融于课后服务课程研发实践体系，将"五育"并举渗透于艺术类、体育类、科技类、实践类等几十门课后服务课程的必学选修中，为学生提供丰富的自选资源。

（三）精细化目标行动新范式：竞合体系新生态

1. 质量强校需要高标冲尖。 足够细化和具体的目标才能保证执行力度，未来管理的目标更是数据化的"高标冲尖"。学校新学期所研制的《2021—2024年度教育教学质量专项考核目标责任书》更加精准聚焦数据化目标，以求高质量目标达成的全程、全科、全员的过程化实施。

2. 攻坚克难倒逼真改实变。 一是高质量项目管理要细化。"双减"新形势和高质量目标，倒逼学校成立了"9+n"个项目研究院。在新学期教育教学工作会上，学校研制了《2021—2022学年度项目研究院组建与颁聘方案》，通过项目研究院实现难点爆破、重点攻坚，为教师提供一个好"平台"。二是高质量重点项目要细化。管理重点是抓作业设计和校本教研，重点项目要细化。为此，学校研制了《关于进一步加强"双减"背景下作业设计与管理监控的实施细则》和《关于进一步加强"双减"背景下校本教研与管理监控的实施细则》。三是高质量特色原则要细化。在研制作业设计和校本教研实施细则方案时，注重在工作中坚持共性的主题化与重点化相结合，主体化与立体化相结合，自主化与创新化相结合；个性化作业侧重层级化与效率化相结合；校本教研方面侧重整体化与碎片化相结合。与此同时，逐步探索创生建构配套的校本机制。

3. 山高人峰必成美丽风景。 高质量的绩效考核要细化。要自信自主，攀登高峰。由于大家的共同努力，学校取得了重大进步，获得了"双优"的成绩。为此，学校提前研制了《2021—2022学年度教育教学质量专项考核优秀团队和先进个人的决定》"剧本"，指引打造未来"双减"强校的新生态与新业绩。

（四）精细化校长行动新作风：激励体系新生态

著名教育家、北京市十一学校总校长李希贵在其《学校制度改进》一书中指出："无需理论的验证，只要留心一下管理实践，我们就可以发现，那些伟大组织的掌门人，无一不是激励的高手。他们用在鼓励和补偿方面的绝招，常常让你喜出望外甚至拍案叫绝。管理思想家的鸿篇巨制，也大都在这些领域苦心孤诣。"领导干部"双减"行动的专业性和"勤慧志"的精细化，特别是"一把手"是否能够锚定高标、矢志不渝，俯身课堂、深耕一线，敢于创新、善于激励，是学校"减负增效"的"试金石"，也是获得跨越式高质量发展的"核聚变"因子。

例如，在期中教师教育教学质量分析会上，校长对各年级的团队工作质量进行了点评、总结和建议。尤其是针对毕业班，总结了"早、变、融、爱、化"五大亮点，即在"双减"政策下，第一届毕业班的教师"早"进入状态，采取了主动；无论是质量分析还是课堂都在变革，都凸显了"变"字，以变化的思维，采取主动；以智慧追求"融"课堂，不断创新课堂；充满"爱"心地服务于个性化的人才培养；敢于"拿来主义"，但是一定要内"化"外显，如"语文主题学习"等优秀成果的应用，就是很好的例子。校长也提出了三点建议：一是"严"。教师一定要严慈相济，对于日常课堂、晚自习，一定要规矩到位，严格要求。二是"学"。在严的基础上要敢于创新。本着学习的精神，继续深刻感悟和践行"一切皆有可能，让不可能成为可能，学习可以改变一切，一切都可以改变"的学理逻辑和创新哲学。这一切的方法就是学习，向书本学习，向经验学习，向比自己优秀的人学习。三是"创"。我国在顶尖人才培养上还有提升空间。学校要积极推进"导师制"等创新举措，聚焦目标，精细夯实，集中优势，勇创新奇迹。

例如，在初中的总结表彰会上，校长针对各年级学生的发展目标致辞。其中，以"算账"为关键词对七年级学生提出：一是算"小账"，明确自己现阶段的"小目标"，观察自己的努力和进步情况；二是算"中账"，明确自己的"中目标"，时刻提醒自己，不失保底，力争理想，突破梦想；三是算"大账"，要有更长远的发展目标，它包括"大学、大业、大志"，将个人与时代和国家的发展联系起来，用更远大的目标支撑长久的努力。

天下难事必作于易，天下大事必作于细。"双减"时代的到来，恰逢学校的新十年刚刚起步。2021 年，学校喜获"朝阳区年度小学教育教学优秀奖"和"朝阳区初中教育教学优秀奖"的双优成绩，获评中国教育发展战略学会人工智能与机器人教育专业委员会理事单位、中央电化教育馆中小学人工智能教育实验校等，这些历史性、标志性的佳绩，振奋了学校高质量跨域发展的信心，更加坚定了"双减"必胜、"高标"必成的信念。学校将继续秉承"质量新生态"新理念，进入"双减新视域"新阶段，建构"教育新基建"新格局。

（文／张义宝）

想象未来　创造现在

（发表于《中国教师报》2022 年 8 月 17 日）

如果你是"有想象力的人"，是否思考过元宇宙是什么，未来科技如何发展？如果你是"有高期望值的人"，是否思考过如何培养孩子，如何获得幸福？如果你是教育工作者，是否思考过未来学校会怎样？教师会怎样？学生如何成长？读清华大学美术学院社会美学研究所学术委员李骏翼的《元宇宙教育》，你可以跨越时空边界，探寻以上问题的答案。《元宇宙教育》是一本以"元宇宙＋教育"为主题的书，李骏翼站在"元宇宙"视角深度探讨教育应用，同时也站在教育立场思考"元宇宙"。该书用"科幻"的方式深度讲述教育，既是大胆的创新，也是认真的探索。该书配套的"历史长图"与书的内容密切关联，尝试用1000 多个词条描绘中外教育发展史，读者可以清晰感知"人类命运共同体"的时代脉动，发现更多教育规律。记得在去年元宇宙教育实验室的成立仪式上，李骏翼发表了元宇宙之于儿童和教育的观点，他认为，元宇宙世界的神奇美妙极大吻合了儿童的好奇心、想象力和创造力。在元宇宙的世界里，教育不只是赋予，更要激发人与生俱来的美好天性和潜能。元宇宙教育应该是虚实的美好相遇，万物的和谐共生。

纵览《元宇宙教育》，发现这本书为我们提供了三重机遇：第一重机遇，帮助读者更新对教育的认知。元宇宙产生了大量的数据和模型，可以帮助我们深化对教育的认知，挖掘新的教育理论，发现新的教育规律。第二重机遇，重塑学校乃至教育生态。拥有了虚拟场景与更多数字化资源，我们看待教育要提升到教育生态层面。元宇宙时代的教育什么样？书中列举了许多案例，比如"全民教师"体系。未来 30 年，学校还是学校，教育还是教育，但教育生态会发生巨大的演化。第三重机遇，让读者重新理解教育与社会的关系。元宇宙时代，教育与社会关系怎么演化？作者脑洞大开，展示了"教育数字货币"等设想。既然预感到新时代的到来，我们看教育就不能只盯着教材、课堂、教室，而是要看到教育与社会关系改变带来的巨大影响。

中国是教育大国，但距离"教育强国"还有距离。"元宇宙"会不会成为中国教育发展的机遇呢？将这三重机遇有机融合，视其为一个更大的历史机遇，抓住这个历史机遇，我们或有可能成为全球教育数字化大变革趋势的引领者。

李骏翼在自序中写道"科幻有点意思，现实同样也有点意思"，未来学校的诗与远方，激荡着教育的天穹苍宇。让儿童在元宇宙中成为学习的小主人、创新的小主人，我们的未来才可能成为教育元宇宙的美妙时空和精神港湾，让"个个都是创新人"的目标得以实现。

元宇宙教育不仅关乎个人命运，也关乎国家与民族的命运，更关乎整个人类的命运。只有理解历史，才能把握未来的发展趋势。

《元宇宙教育》这本书"站在未来，回望现在"，而我们这些身在现实的教育人要学会"想象未来，创造现在"。让中国成为全球教育数字化大变革趋势的引领者，这是我们共同的使命。

（文／张义宝）

面对"校园不公"，家长要积极倾听和引导

（发表于《人民政协报》2022 年 8 月 17 日）

家有入园或上学孩子的家长，常会听到孩子向自己诉说来自校园里的委屈："今天做游戏时，老师到最后才叫到我。""今天上课时，明明是同桌先找我讲话的，老师却只批评我。"也有的还会直接质疑老师："为什么老师总喜欢她而不那么喜欢我？""为什么我也做得很好，老师却不表扬我？"这样的抱怨和质疑，我们分明感受到了孩子在"不公平"面前的委屈、气恼甚至怨恨。其实无论是在学校还是在社会，不公平待遇都是经常发生的事情。面对孩子受到不公平待遇的时候，作为家长应该怎么做才能使孩子健康成长呢？

孩子在校园里经历的所谓"不公平"待遇主要来源于老师和孩子的同伴中。学校老师的态度和行为上的亲疏偏颇是孩子们直接感知到的，这与老师自身的教育观、儿童观、价值观等相关联。比如：孩子学习成绩的好坏、性格的偏向或孩子的家庭经济、资源条件等会与不同教师不同的教育观和儿童观有很大关联，而与孩子本身无关。而孩子的同伴"关系"也是"遭遇不公"的"重灾区"，常会有孩子在伙伴关系中体验到"被冷落"的感觉。

不论事实如何，孩子长期感受到"不公"，将会影响健康，甚至产生厌学情绪，同时影响孩子的价值观形成。当孩子因为某事与同伴发生争论或争吵的时候，如果父母没有问清事由而直接责备孩子，并武断地让孩子认错道歉，就会让孩子认为是自己做错了，长此以往就会影响孩子正确的是非判断能力，相反亦然。

基于此，家长要及时干预。我们需要做的有很多。

第一，沟通。

常沟通，架起信任的桥梁。为防御"校园不公"，我们首先提倡家长多去学校和老师面对面交流。特别是年龄尚小，刚刚入学的孩子，家长一定要和孩子的老师进行沟通：一方面肯定老师和学校的努力，相信学校的处理办法和做事方

式;一方面和老师多多交流,以便更好地了解孩子的学习、生活习惯,配合老师达成教育目标。也建议家长多和孩子进行交流。心理学家皮亚杰曾在《儿童的语言和思维》一书中提到自我中心理论,它是指儿童在2~7岁时只会从自己的立场和观点去认识事物,而不能从客观的、他人的立场和观点去认识事物。也就是说,有些孩子之所以认为老师偏心,是因为他只是从自身角度出发,在他看来就是不公平的现象。所以孩子眼中的"不公平"往往和大人看到的不公平不同,具有一定的局限性。每个人看事情的角度不同,公平度也就不一样。这就要求家长们要正确看待和处理孩子感受到的"不公",积极引导,而不是让孩子将怨恨一直埋在心里。

第二,倾听。

每个孩子都有自己的心声,家长一定要耐心地去倾听,才能真正了解孩子的想法、感受,才能对他们的生理和心理问题及变化做到及时捕捉和处理。在此基础上,才能进行良好的亲子沟通,建立和谐的亲子关系。当孩子向家长抱怨而长期没有得到重视时,他会长期生活在批评与被孤立的环境中,这将会对孩子的心理造成不可修复的伤害。因而,父母要做一名优秀的倾听者,站在孩子的立场上理解并感受他们想要表达的一切。在倾听中了解事情的前因后果,正确地判断孩子的做法是否正确,教会孩子正确的观念;在倾听中更好地了解孩子,帮助他们更快地走出困境;在倾听中及时疏导孩子的消极情绪,让孩子知道:"当你抱怨没有鞋的时候,还有人没有脚",明白"你愈大,愈会发现这世界上有许多不公平",但你依旧要充满阳光。

第三,鼓励。

鼓励孩子将"不公平"当作一份特殊的礼物并转化为逆袭的力量,成为增强孩子耐挫力的难得机会。家长们通过适宜的方法,让孩子坚信:在面对不公时既不自怨自艾,也不怨恨敌视。努力奔跑,同样能抵达终点,看到最美的风景。让孩子不执拗于"不公平"的情绪,学着一点一点地改变自己,创造属于自己的公平,让自己成为一束绚丽的花朵,在"不公平"的土壤上灿烂地开放!

（文/张义宝）

智业革命呼唤 AI 教育应从基础教育抓起

（刊载于中关村教育互联网创新中心公众号 2022 年 9 月 19 日）

北京市润丰学校从 2020 年 9 月开始，将原有的信息课程、信息技术以及其他的相关学科进行了整合，开设了人工智能的课程，并在实践中不断总结经验，针对 AI 教育的整体架构，提出了"3125 模型"，从三大意识理念、一堂问学课堂、两大教学场景、五大读本板块出发，不断完善人工智能科普教育课程体系，推动人工智能科普教育革新。借此机会，我想从三个方面对"智业革命 + 教育"视域下，基于"中小学人工智能课程教学指南"的 AI 问学课堂实践建构进行具体阐述。

一、为什么要在学校开设人工智能课程

智业革命正在到来。如果说农业革命催生了农业社会的构建，工业革命催生了工业社会的构建，信息革命催生了信息社会的构建，那么等量齐观的智业革命是否会催生出一个智业社会呢？我认为，智业革命强调的是生命的自我革命，具体将会带来十大社会变革。

1. 智业劳动

智力是生产资料和资本。智力材料将取代石油等工业材料与货币挂钩。智能化触发人的劳动从制造物质产品转向创造智力产品，感知、认知，智创活动产业化。

2. 智业生产方式

智业取代工业成为产业链的顶层，社会大生产从"分工—交换"范式迈向"互动—共享"范式。

3. 智业生活

人口大迁徙，社会地理从城市中心论转向大学园区中心论，智能变革转化城乡差别。

4. 智业生产力与生产关系

网约关系取代雇佣关系，智民阶级与知本家阶级兴起，否定资本垄断，工业社会解体。

5. 智业经济

从生产资料占有权竞争迈向生产资料使用权竞争，走公益化与商品化相结合的新经济路线，打开共同富裕之门。

6. 智业社会

制度升级，从民主迈向共治，从法治社会迈向信用社会。

7. 智业哲学

升级世界观，发掘物质与意识的整体有机性，整合西方逻辑思维和东方直觉感知路径，建立思维"空间折叠"。

8. 融学智性

超越科学理性，融汇感性和理性激发智性，从科学大分化转向科学大融合，东方文化暗示领航整体性分化新轨。

9. 智业文明

文明开放互嵌，引发文明大合流，压倒文明冲突论，促生人类命运共同体超意识形态。

10. 新智人

全民增智工程筑基百年大竞争，"教育启智＋智能辅智＋医学生智"开启生业革命——生态革命、生活革命、生命革命，有道德地自主物种进化与变异。

既然 AI 能赋能，人工智能教育从何做起？本人参编的韩力群教授编著的《中小学人工智能教育课程教学指南》指出，其课程性质以推进普通中小学人工智能课程普及，培养学生创新意识、综合能力，提升人工智能科学素养为目的，可作为开展中小学人工智能教学活动的基本依据，也可作为设计中小学人工智能课程教材、教学内容、教学方案和教学装备的指导性、建议性大纲。尤其是本人积极倡导并参编的"体验性"性质就特别强调，中小学人工智能课程的基本学习方式是让学生通过体验 AI 技术和应用场景等实践活动了解 AI 的功能，进而熟悉和探究相关 AI 知识。《指南》建议课程要强调学生的直接经验和亲身体验，立足于从"玩中学""做中学"到"学中问""学中做"。

二、如何让孩子拥有人工智能的天赋

作为北京市润丰学校的第二任校长，我上任之后便把学校的育人目标进行了进一步定位，明确为"培养有竞争力的现代中国人"。在 2020 年 9 月就把 AI 作为学校新十年发展教育"新基建"的首个战略项目，成立了 AI 项目研究院，全面培养学生的人工智能信息科技素养。明晰润丰学子的毕业证将是"三证合一"，在学业毕业证、游泳毕业证的基础上，新增一张"AI 学习合格证书"。

如何上好这门人工智能课呢？我提出了三个标准，一是大众赋能，营造 AI 学习环境，探索 AI 课堂方式。二是精英赋能，积极倡导探究式、主题式、研究型、项目式。三是机制赋能，探索建构"教师培训、学本编写、课堂实践、学习方式、赛练互动、资源整合、共建共赢"良性运行新机制。即："先学后教"与"边学边教"相结合；"以编促学"与"以学定编"相结合；"以练导教"与"以赛促学"相结合；"线上线下"与"校内校外"相结合；"融合融通"与"整合综合"相结合。

三、AI 教育教学的具体实践

机制制定好后需要有具体的招数。经过两年多的努力，润丰学校大胆创新，敢于建构，形成了"3125 模型"的 AI 教学，即从三大意识理念、一堂问学课堂、两大教学场景、五大读本板块出发，不断完善人工智能科普教育课程体系，推动人工智能科普教育革新。

（一）三大意识理念

"天赋潜能观"，即要树立和坚信"儿童或学生拥有学习人工智能的天赋和潜能"的自信意识；"学习主人观"，即在课堂教学、社团活动等实践层面教师要确立和践行"让学生成为人工智能学习的小主人，让学生成为人工智能创新的小主人"的主人意识；"激趣生态观"，即在中小学的基础教育阶段，AI 教育贵在营造 AI 学习的课程开发、课堂实践、学习资源、社团活动、AI 竞赛等 AI 教育生态链，并使学生在生态链的每个环节中都有动手操作的学习活动，从而保障孩子们对 AI 学习的浓厚兴趣，树立"在孩子的心田里播下 AI 的种子，才能生根发芽开花结果"的生态意识。

（二）问学课堂

习总书记说好奇心是人的天性，对科学兴趣的引导和培养要从娃娃抓起，使他们更多了解科学知识，掌握科学方法，形成一大批具备科学家潜质的青少年群体。热情鼓励青少年学生要"心无旁骛求知问学"，并明确提出"找准突破口和主攻方向培养大批具有创新能力和合作精神的人工智能高端人才是教育的重要使命"。这句话我和我的老师们反复理解，最终一致认为好奇心是一切科学之母，直接表象就是好问！因为当一个孩子不再能够从亲身接触的物品中获得有趣感受，可是懂得了可以通过问别人而扩充自己体会容量时，他就会求别人给他提供感兴趣的材料，此时一个新纪元开始了！我们才会不断听到童稚的声音在问："这是什么？""那是为什么？""那怎么办呀？"……当问题问过别人后仍未得到解决而学生仍然将问题留在自己脑子里继续思索，想方设法寻求答案时，好奇心就上升到智力层面成为推进思维的积极力量——核心素养！为此，我们呼唤重构"好学生观"，倡导和树立问学课堂的"新问题观"，即敢提、能提问题的学生是好学生，会提、善提问题的学生是最好的学生，会解决自己提出问题的学生才是最可贵的学生，形成"敢问想问、会问善问、自解自问"新层级。问学课堂强调"以问导学、问题解决、先学后教、以学定教"理念，构建"启问导标，自学调控、内化反馈、总结反思 + 问题解决、自主检测"的"四六"环节问学课堂新结构，学生充分经历"现实生活—提出问题—形成项目—分析问题—建立模型—自主求解—创意设计—生活实际—新的问题—新的项目"等"AI+ 问学"解决问题的基本过程，达到了意想不到的教学效果。

（三）课内与课外相结合，校内校外相结合

充分挖掘北京的人才资源优势，积极主动与北大、清华等高校院士、教授、教育战略学会人工智能与机器人专业委员会专家、中关村互联网教育创新中心、AI 教育产业 CEO 团队等进行资源整合，寻求战略合作、学术支持与互动生成，共建共赢。

（四）五大读本板块

"五大读本"指的是读本编制的体例，我们从一年级到九年级编辑九册读本教材，每册包含四个单元，每个单元 2~3 课时。每课时包含五个结构模块，分别为"问学单—智慧园—创新地—实践园—区块链"。面向未来，正如钱学森曾预言的那样，21 世纪我们又将回到培养全才的教育了。这种全才，大约只需一个星期的学习和锻炼就可以从一个专业转入另一个专业。这是全与专的辩证统一。也许这就是 AI 与爱（ai）天人合一的神奇魅力，这也就是我们今天立德树人初心使命与脑科学研究方兴未艾的"智业革命—新智人—智业文明"视域下，基于"中小学人工智能课程教学指南"AI 问学课堂实践建构的现实意义和未来价值，因为就是在这样每天平平常常的一节一节课堂中，在这样的 AI 课堂中用 AI 的思想，我们一定会创生新时代中国教育 AI 那个世界中心的如约而至，迎来"全新人类文明的冉冉升起"。

（文／张义宝）

AI 时代　教育工作者要学会占领"高地"

（发表于《现代教育报》2023 年 3 月 3 日）

在人工智能和元宇宙的汹涌浪潮中，教育工作者更要积极占领两个"价值高地"。

近日，ChatGPT 火爆出圈，广受国内外各领域关注。ChatGPT 将会带给教育领域哪些影响？ChatGPT 环境下的立德树人如何保障？ChatGPT 也在提醒我们学校教育不能当旁观者，要静思冷观，不能落后于时代。我们要抓住它，研究它，使挑战成为变革的机遇。

ChatGPT 来了，我们首先要更加重视立德树人。康德说天下只有两个敬畏，第一个是浩瀚的苍穹，第二个就是内心的道德法律。

教育部怀进鹏部长特别强调，"教育系统大力推进教育信息化、推进教育资源数字化建设，要按照'应用为王、服务至上、示范引领、安全运行'的工作要求和思路一体化推进建设与应用"。因此，技术应该为人合理、合法地使用。要理性看待人工智能及其应用，要注意数据案例、伦理规范和学术诚信的问题，要向学生明确，用人工智能作弊和代考答题是失信行为，呼吁要有序规范人工智能技术的教育应用，引导师生形成正确的智能教育价值观。学校育人的根本在立德，教育关乎人性和人本的问题，不是 AI 可以简单替代的。

好奇心就上升到智力层面成为推进思维的积极力量——核心素养。为此，我们呼唤重构"好学生观"，倡导和树立问学课堂的"新问题观"，即敢提、能提问题的学生是好学生，会提、善提问题的学生是最好的学生，会解决自己提出问题的学生才是最可贵的学生，形成"敢问想问、会问善问、自解自问"的新进阶。

面对人工智能带来的职业压力，教育从业者要明确自己安身立命的看家本领。对待培养人工智能时代及元宇宙时代的未来新人，教育工作者要理直气壮、坚定不移地明晰三大责任使命：一是情感、态度、价值观的正确塑造；二是引导人机协同的融合互补共存同在；三是学生高阶思维能力的着力培养。教育是点燃人的火焰，是情感与情感共融的云朵，是智慧与智慧碰撞的火花，而不是做大数据的"机械投喂"，也不是海量信息的"教条八股"，这些都需要发挥教师的创造能动性，需要激发学生的天生好奇心和创造潜能。人工智能最重要的是为我们师生成长赋能，而不能被误用或滥用。

为此，我们还要激发和保护孩子的好奇心。好奇心是人的天性，对科学兴趣的引导和培养要从娃娃抓起，使他们更多地了解科学知识，掌握科学方法，形成一大批具备科学家潜质的青少年群体。好奇心是一切科学之母，直接表象就是好问。想方设法寻求答案，对此我们要把"问题权"还给学生。因为只有孩子自己发现和提出问题，并提出有价值的问题，再能够自解自问，这才是拔尖创新人才成长和成才的必由之路，也是最终解决"卡脖子"问题的症结所在。

当下，机器暂时不能做或未来 AI 做不出来的就是创意、创造。因此，我们要更加重视拔尖创新人才培养，更加强调分层分类、个性化培养。践行习近平总书记在党的二十大报告中提出的"坚持为党育人、为国育才，全面提高人才自主培养质量，着力造就拔尖创新人才，聚天下英才而用之"的伟大目标和光荣使命！

（文／张义宝）

激活学生问题思维　让学生学会学习

（发表于《朝阳教育报》2023年3月25日）

元数学是一种将数学作为人类意识和文化客体的科学思维或知识。元数学是一种用来研究数学和数学哲学的数学，是"数学的数学"。借鉴元数学和元认知的理论，我结合多年来研究团队的教学实践和探索，提出了"元数学教学"的数学教学哲学理念。

课堂教学是落实"为谁培养人""培养什么人""怎样培养人"的育人主渠道，也是课堂教学育人价值的核心所在。"问学课堂"直指"问题意识"和"想象力"。在"元数学教学"理念的引领下，我提出了"问学课堂"，并逐步探索构建了"以问导学—启动导标—自学调控—内化反馈—反思总结—问题解决"的"四六环节问学课堂"新结构模式体系。课堂中，我以学生提出问题与解决为主线，以知识的建构与运用为载体，展开各种自主性学习与实践，做到"学"与"问"联动，"学"与"问"相济，以"问"促学，以"问"促思，激活学生的思维。

为了让教师更好地掌握"问学课堂"，我总结出了"问学课堂"的"331"："3"是课堂中的"三问"，分别设计在上课伊始、新知识学习结束后以及课堂结束前；第二个"3"是教授学生在课堂上进行独立学习、合作学习和竞争学习；"1"指向创新学习。

我还将"问学课堂"的理念在学校进行推广，并从数学学科拓展到全学科，从小学延伸到初中，引导教师做"有问题"的教师，创"有问题"的设计，建"有问题"的课堂，育"有问题"的学生，探"有问题"的评价，引导学生在一系列"有问题"的教学中，体验到在失败中成长，不断尝试获得解决问题的经验，最终创造性地解决问题，进而在"问学课堂"中润品立德，在学科学习中丰智强体。学校通过"问学课堂"实现了课堂教学质量的提升，探索了"五育"融合背景下拔尖创新人才培养的有效路径。

（文/张义宝）

"节庆课程"：人人都是拔尖者　个个都是创新人

（发表于《现代教育报》2023 年 4 月 28 日）

3 月英语口语节，4 月阅读写作节，5 月文化艺术节，10 月美健体育节，11 月 AI 科创节，12 月经典戏剧节。在北京市润丰学校，"节庆课程"贯彻全年全学期，突出"全员参与，层层竞合，个个精英"。每个节为期一个月，都有月初的开幕式和月末的闭幕式，过程中进行各类系列活动和竞赛展示，确保节节有收获，以此落实"人人都是拔尖者，个个都是创新人"的理念。

一、"节庆课程"直指中高考贯通培养

作为一所九年一贯制的学校，学校提出了"一切为了九年级，一切为了新高考，一切为了创新人"的口号，这是历史经验总结反思的必然选择。

比如今年的首届"英语口语节"，直指中考英语的"口语机考部分"。对此，我们在"英语口语节"提出了"四大"要求，即"大声说出来""大胆讲起来""大战赛起来""大美亮起来"，这"四大"既是入口——输入性的，也是出口——输出性的，合而为一，互动生成，赋能生态通过英语经典戏剧的形式，达成目标。

再比如说"阅读写作节"直指中考语文的阅读和作文部分。聚焦了"阅读"和"写作"两点，聚焦输入的"读"，也聚焦输出的"写"，合起来才是完整的"读书"节。"读"而"写"之，栩栩如生；"写"后再"读"，行知有力；合二为一，方为赋能。

二、"节庆课程"实现三个"一体化"

为什么"阅读写作节"要搞优秀学生作品集？其实，这不是什么难事大事，这几年贯彻的一个什么精神呢？就是我开始提出的"三个一体化"。

一是高大上一体化。学校的定标为"高大上"：高就是高质量、高品位；大就是大格局、大视野；上就是上档次、上境界。在阅读时要选择经典著作，从

"高大上"的经典作品中汲取营养，成就经典人生。

二是家校社一体化。"家校社一体化"是"和谐的本质是竞合"的育人理念和"一切皆有可能"育人方式的变革必然，我们应秉承"开放、自主、信任、共建、共融、共赢"的建构理念，这样才能拓宽孩子的视野，让无限的资源服务孩子的成长。今年学校"英语口语节"进行了英语戏剧表演，只是确定了经典剧情的要求，学校大胆放手交给各班各年级自主进行，整合家庭社区优质资源，最终在"国际之声"闭幕式颁奖典礼上呈现出百花齐放、推陈出新、精彩纷呈的盛况。

三是教学评一体化。"教学评一体化"是评价前置、目标前置的设计。"节庆课程"就是课堂的有效补充和拔尖拓展，落实到位就可以成为学业质量评价考试的增值点、加分点。

三、"节庆课程"落实"常态为新"机制

"节庆课程"从哪来？首先就是要与课程打通，与课堂打通。拔尖创新人才培养基础在课堂，关键在课外。比如"文化艺术节"中学生表演的各类舞蹈、歌曲等，这些需要课内外的联动。学校需要给学生搭台子、展风采、给激励。

重构"节庆课程"的认识。"节庆课程"不仅要体现于"五五课程"的"常态化、创编化、特色化"，又是学科实践活动，这是新课标的要求，是学科10%的要求，更是新课程跨学科实践的创新素养落地生根。

"节庆课程"优化学生评价。"节庆课程"在评奖方面实行全员性、竞赛性、精英性和创新性。开展"节庆课程"，我们鼓励学生之间、班级之间进行比拼、竞赛，这是为了调动学生的积极性，只有竞赛才能真正激发大家的能力。在评奖的设置上，我们将激励性融入其中，因此班级参赛的各项指标、参赛人数原则上做到了"保底不封顶"，鼓励全员参与，让全员收获成长。

"节庆课程"激活办学活力。当前，润丰学校建立了"一体双翼"（八大学科研究部 +16 个项目研究院）的管理机制，"院部担当，行政主导"。在实施"节庆课程"的过程中，我们把权力下放到学校的大学科研究部和项目研究院，以发挥大学科研究院的主动性、专业性和创造性。比如："文化艺术节"的活动主要由学

校大学科研究部部长汪老师牵头主导；"英语口语节"由英语大学科研究部部长赵老师带领团队进行研发设计；"经典戏剧节"则由学校戏剧项目研究院院长燕老师遴选架构；等等，彰显了学校治理体系的"一体双翼"的"大学科研究部和项目研究院"的"两翼"功能的统筹协调，然后由校务会、行政干部反复研讨审议，再由年级组班主任统筹创编最终完善实施，实现了"联合作战、立体作战、竞合作战"。

教育现代化的本质是人的现代化，而人的现代化是社会现代化的核心。只有通过教育培养现代化的人，才能走向真正意义上的现代化社会；只有现代化思维方式的学校，才能培养具有竞争力的现代中国人。润丰学校将以"节庆课程"为杠杆，激活学校拔尖创新人才培养的新生态，为培育出更多未来强国建设、民族复兴的建设者和接班人做出应有的贡献。

（文 / 张义宝）

人工智能赋能学校教育改革创新的实践探索

（发表于《中小学信息技术》2023 年第 4 期）

近 20 年来，我国人工智能赋能教育教学的研究主要聚焦于人工智能促进教育信息化发展、智能技术缓解在线教育开展困难、"人工智能 +"融合构筑新工科改革框架、自适应学习系统延展个性化学习路径、智能时代需求引领未来人才培养等方向。

人工智能技术也能帮助学生构建完善的知识体系，在数学、英语、生物、化学、信息科技等学科教学中，实现内外融通，优化师生互动，全面提高学生的学科核心素养。在智能教育的时代背景下，人工智能必将助推学校教育教学方式方法的变革，打造学校教育的新生态，为教师的发展赋能；以人工智能为基础展开的辅助教学系统应用研究终会得到各方的广泛重视；大数据的发展，必将会深刻影响教育评价。

一、新时代背景下，人工智能赋能拔尖创新人才培养

人工智能教育在未来人才培养的批判性思考与解决问题的能力、跨界合作与以身作则的领导力、灵活性与适应力、主动进取与开创精神、有效的口头与书面沟通能力、评估与分析信息的能力、好奇心与想象力等方面具有特有的优势，这使人工智能教育具有先天的前沿特征。

课程是实现育人目标的手段，如何设计中小学人工智能课程的内容，这是人工智能教育落地亟待解决的首要问题。北京市润丰学校与中国教育发展战略学会合作，参考韩力群教授主编的《中小学人工智能课程教学指南》，以培养学生创新意识、综合能力，提升人工智能科学素养为导向，以跨学科内容为契合，以开展中小学人工智能教学活动为实践策略，探索并开发素养导向下的一至九年级人工智能课程体系，为拔尖创新人才的培养奠定了课程基础。

二、"双减"背景下，人工智能赋能课堂变革

"双减"的根本出发点是让课堂教学回归育人，实现立德树人的根本目标。基于学生主动知识建构，借助人工智能经验，学校建构了"问学课堂"模式（图1）。聚焦"学习"和"问题"，回归学习本质，做到"学"与"问"联动，"学"与"问"相济，以"问"促学，以"问"促思，激活学生的思维。"问学"课堂基本结构包括启问导标—自学调控—内化反馈—总结反思—自主检测—问题解决的主动知识建构过程。同时，通过人工智能进课堂，构建人工智能的"赋能"系统，真正实现教学理念、教学过程、学习方式和教育评价的变革。

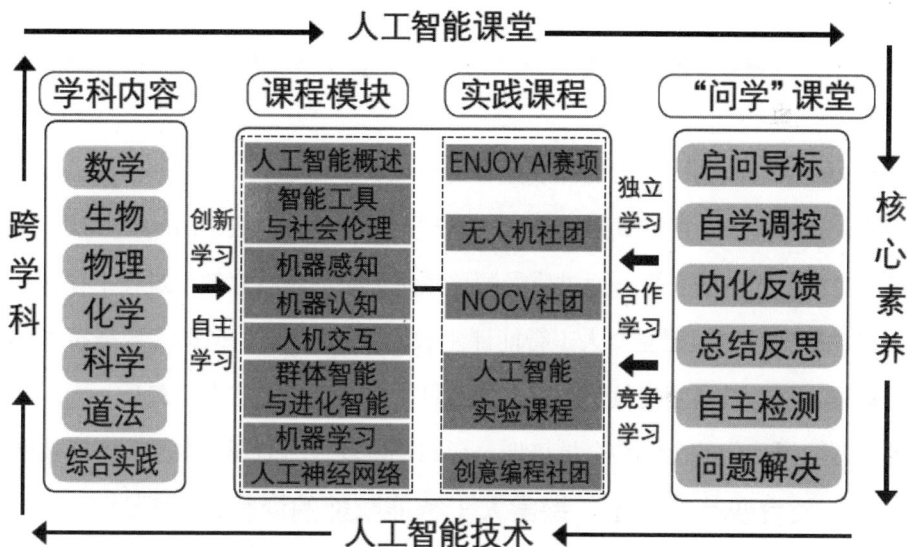

图 1　人工智能赋能课堂变革示意图

三、新课标引领下，人工智能赋能课程发展

以核心素养为导向的《义务教育新课程方案和课程标准（2022年版）》对教学提出了新要求、新挑战，这意味着整个育人方式和人才培养模式都将进行深刻的变革和创新。新课标在"基本原则"中明确要求"开展跨学科主题教学，强化课程协同育人功能"。因此，人工智能教育也将成为跨学科课程融合的有效突破口，使新课标引领下的课程建设与发展有的放矢。

学校在各个年级开设人工智能课程的同时，在原有"七彩阳光"课程的基础上，进一步丰富学校课程育人体系，拓展创生以 AI 课程为首的"五五"特色课程体系，实践以 AI 课程、美健课程、戏剧课程、国学课程、双语课程为核心的"五育"并举的全面发展特色校本课程体系。

四、大数据背景下，人工智能赋能教师专业成长

人工智能赋能的教育为教师专业发展提供了机遇和支持，而人工智能赋能的教与学变革促进教师不断接触和了解新的信息技术，不断更新教育观念，不断提高教育教学效率的开拓性、创新性。从教学活动角度看，新时代要求教师具有数字化学习和工作的能力，具备信息技术、信息化教学法知识和信息化学科教学法知识，能够将新思维迁移到新的教学情境中，能够利用信息技术开展协作化的教学。

首先，学校根据人工智能深度融合的特点，率先建立"AI 研究院"，以"分层培养，自主发展"的方式融合教学，组建人工智能骨干教学团队。其次，加强与高校、科研团队的合作，通过质量测评系统记录的在教育教学过程中存在的大量数据，有针对性地建立"人工智能课堂教学分析模型"，借助大数据技术分析这些数据，帮助教师发现教学中存在的不足，并提供改进方案。最后，面向全体教师，开展课程化的全学科全员培训，帮助全体教师提高理论水平和实践技能。

五、教育变革背景下，探索人工智能赋能的课程评价标准

人工智能时代新型的教育生态环境、新型的认知与学习方式、新型的学校与区域教育体系，对教育评价提出了新的诉求，呼唤多元主体参与的、个性化的、精准的、发展性的教育评价体系。

学校已成为中国教科院未来实验室"基于 AI 赋能课堂评价标准"的智慧教育实验学校，积极参与人工智能赋能的课堂评价标准的前期标准工具表研制工作。启动阶段力求实现三个方面的初步架构：一是探索新课程方案新课程标准背景下的课堂评价新标准研制；二是探索 AI 技术应用课堂评价标准的可能性操作性；三是探索如何选择学科进行相关量表前期测试，为评价标准研制精准性提供支持。

　　在课堂评价变革的过渡时期，为了衔接多元化的课堂评价标准，学校提出了自己的课堂评价模式。主要侧重于课堂教学的五个方向：区域课堂评价标准的最新导向、体现"问学课堂"的思想、项目研究院的主题研究、思维导图设计、分层和限时作业设计。

　　这种立体的评价模式，在人工智能的参与下，能够实现从传统课堂评价模式，至"25314"评价模式的过渡，直至变革传统的甄别、选拔的评价标准，从促进发展、关注过程的角度制定人工智能赋能的课堂评价标准，对于落实"双减"的减负增效，特别是新颁布的"1+16"课程方案和学科课程标准的落地生根是极为重要的现实操作引领，以更好地促进学生全面、个性化发展。

　　学校在人工智能课程方面已经取得丰硕成果，在 2021 年、2022 年连续两年中，有 6 人次获得人工智能教育部白名单竞赛一等奖，学生对人工智能知识充满渴望。人工智能由于其独特的时代背景，独具创新性和多学科融合的特点，其引入教育教学有助于培养未来社会所需的人才，而人工智能时代教学改革的首要任务是培养适应未来社会发展的创新型人才。

（文 / 张义宝　刘静静）